ARTHUR CONAN DOYLE

ARTHUR CONAN DOYLE

O ARQUIVO SECRETO DE SHERLOCK HOLMES

TRADUÇÃO
LUCIENE RIBEIRO DOS SANTOS

Esta é uma publicação Principis, selo exclusivo da Ciranda Cultural
© 2022 Ciranda Cultural Editora e Distribuidora Ltda.

Traduzido do original em inglês
The Case-book of Sherlock Holmes

Texto
Sir Arthur Conan Doyle

Editora
Michele de Souza Barbosa

Tradução
Luciene Ribeiro dos Santos

Produção editorial
Ciranda Cultural

Diagramação
Linea Editora

Preparação
Walter Sagardoy

Revisão
Fernanda R. Braga Simon

Dados Internacionais de Catalogação na Publicação (CIP) de acordo com ISBD

D754m	Doyle, Arthur Conan
	O arquivo secreto de Sherlock Holmes / Arthur Conan Doyle ; traduzido por Luciene Ribeiro dos Santos. - Jandira, SP : Ciranda Cultural, 2022. 256 p. ; 15,50cm x 22,60cm. - (Sherlock Holmes).
	Título original: The Case-book of Sherlock Holmes ISBN: 978-65-5552-830-5
	1. Literatura inglesa. 2. Aventura. 3. Detetive. 4. Mistério. 5. Suspense. 6 Crime. I. Santos, Luciene Ribeiro dos. II. Título. III. Série.
2022-0962	CDD 823.91 CDU 821.111-3

Elaborado por Lucio Feitosa - CRB-8/8803

Índice para catálogo sistemático:
1. Literatura inglesa 823.91
2. Literatura inglesa 821.111-3

1ª edição em 2022
www.cirandacultural.com.br
Todos os direitos reservados.
Nenhuma parte desta publicação pode ser reproduzida, arquivada em sistema de busca ou transmitida por qualquer meio, seja ele eletrônico, fotocópia, gravação ou outros, sem prévia autorização do detentor dos direitos, e não pode circular encadernada ou encapada de maneira distinta daquela em que foi publicada, ou sem que as mesmas condições sejam impostas aos compradores subsequentes.

Esta obra reproduz costumes e comportamentos da época em que foi escrita.

Sumário

Prefácio 7

O cliente ilustre..10

O soldado desaparecido..38

O roubo da pedra Mazarin...60

A casa Three Gables..80

A vampira de Sussex 99

Os três Garridebs.. 118

O enigma da Ponte de Thor... 136

A estranha aventura do homem-macaco 164

A juba do leão 186

A inquilina sem rosto.. 208

O velho solar de Shoscombe 220

O comerciante de tintas falido.. 239

Prefácio

Temo que o senhor Sherlock Holmes possa se tornar como um daqueles cantores populares que, tendo sobrevivido ao sucesso, ainda são tentados a fazer repetidas turnês de despedida para seu público condescendente. Um dia tudo acaba, e ele deve seguir o caminho de todo ser vivo, material ou imaginário. Gosto de pensar que existe um limbo fantástico para as criações da imaginação; um lugar estranho e impossível, onde os belos rapazes de Fielding ainda podem fazer amor com as beldades de Richardson, onde os heróis de Scott ainda podem se gabar, os encantadores *cockneys* de Dickens ainda causam riso, e os mundanos de Thackeray continuam a prosperar em suas repreensíveis carreiras. Talvez, no recanto humilde de algum Valhalla, Sherlock e seu fiel Watson possam por um tempo encontrar um lugar de descanso, enquanto alguns detetives mais astutos, com parceiros ainda menos astutos, poderão brilhar no palco que eles virão a desocupar.

Foi uma longa carreira, embora com um possível exagero; alguns senhores decrépitos que se aproximam de mim e declaram que essas aventuras formaram as leituras de sua infância não ouvem de mim a resposta que parecem esperar. Ninguém deseja ter a sua idade revelada de forma tão indelicada. Apenas para situar os fatos, Holmes fez sua estreia com *Um estudo em vermelho* e *O signo dos quatro*, dois pequenos livretos publicados entre 1887 e 1889. Foi em 1891 que *Um escândalo na boêmia*, o primeiro de uma longa série de contos, saiu na *The Strand Magazine*. O público parecia agradecido e desejoso de mais; de modo que, desde aquela data, há trinta e nove anos, eles foram publicados em uma série descontínua que agora contém nada menos do que cinquenta e seis histórias, republicadas como *As aventuras, As memórias, O retorno* e *O último adeus de Sherlock Holmes*. E restaram estes doze contos, publicados durante os últimos anos, que aqui são reunidos sob o título de *O arquivo secreto de Sherlock Holmes*. Ele começou suas aventuras ainda nos estertores da era vitoriana, conduziu-as através do reinado de Eduardo VII e conseguiu manter seu próprio nicho, mesmo nestes dias febris. Assim, seria verdade que aqueles que o leram pela primeira vez quando eram jovens viveram para ver seus próprios filhos adultos seguindo as mesmas aventuras na mesma revista. É um exemplo notável da paciência e da lealdade do público britânico.

Na conclusão de *As memórias*, eu havia decretado terminantemente o fim das aventuras de Sherlock Holmes, pois senti que minhas energias literárias não deveriam ser direcionadas em demasia para um único canal. Aquela figura de cara pálida e pernas compridas estava absorvendo uma parte indevida da minha imaginação. Declarei a hora da morte, mas felizmente nenhum médico legista se pronunciou sobre os restos mortais; e assim, após um longo intervalo, não foi difícil responder aos lisonjeiros apelos e explicar meu ato precipitado. Nunca me arrependi, pois, na prática, descobri que estes esboços mais leves não me impediram de explorar e enfrentar minhas limitações em ramos variados da literatura como história, poesia, epopeia, biografia e drama. Se Holmes nunca tivesse existido, eu não poderia ter feito mais – embora ele talvez tenha ficado no caminho do reconhecimento de minha produção literária mais séria.

O ARQUIVO SECRETO DE SHERLOCK HOLMES

E assim, leitor, digamos adeus a Sherlock Holmes! Agradeço por sua fidelidade no passado e só posso esperar que eu tenha contribuído, de alguma maneira, em nome daquela distração das preocupações da vida e da estimulante mudança de pensamento – as quais somente podemos encontrar no fantástico reino do romance.

Arthur Conan Doyle

Capítulo 1

• O CLIENTE ILUSTRE •

"Agora não há mais perigo." Este foi o comentário do senhor Sherlock Holmes quando, pela décima vez em tantos anos, pedi para publicar a presente narrativa. Foi assim que finalmente obtive permissão para registrar aquele que foi, de certa forma, o momento supremo da carreira do meu amigo.

Tanto Holmes quanto eu tínhamos um fraco pelo banho turco. Em meio à fumaça, na agradável lassitude da sauna, eu o achava menos reticente e mais humano do que em qualquer outro lugar. No andar superior da casa de banhos da Northumberland Avenue, há um canto isolado onde dois divãs ficam lado a lado, e ali estávamos estendidos no dia 3 de setembro de 1902, o dia em que minha narrativa começa. Perguntei a ele se havia alguma novidade; em resposta, ele estendeu seu braço longo, fino e nervoso para fora dos lençóis que o envolviam, e tirou um envelope do bolso interno do casaco, pendurado ao seu lado.

– Pode ser um maçador qualquer, ou algum tolo que se acha importante; mas também pode ser uma questão de vida ou morte – disse ele, ao me entregar o bilhete.

– Eu não sei mais do que está escrito nesta mensagem.

O arquivo secreto de Sherlock Holmes

Era do Carlton Club e datava da noite anterior. O que li foi o seguinte:

> *Sir James Damery apresenta seus cumprimentos ao senhor Sherlock Holmes, e o informa sobre sua visita amanhã, às quatro e meia. Sir James pede licença para dizer que o assunto sobre o qual deseja consultar o senhor Holmes é muito delicado e também muito importante. Ele confia, portanto, que o senhor Holmes fará o possível para conceder esta entrevista, e que ele a confirmará telefonando para o Carlton Club.*

– Não preciso dizer que já confirmei, Watson – disse Holmes, quando devolvi o papel. – Você sabe alguma coisa sobre esse Damery?

– Apenas que é um nome muito conhecido na sociedade.

– Bem, posso dizer um pouco mais do que isso. Ele tem a reputação de se envolver em assuntos delicados que não se publicam nos jornais. Você deve se lembrar das negociações dele com Sir George Lewis sobre o caso Hammerford Will. Ele é um cidadão do mundo, com uma queda natural para a diplomacia. Somente espero que não seja alarme falso e que ele realmente precise de nossa assistência.

– Nossa?

– Sim, se você tiver a bondade de me acompanhar, Watson.

– Será uma honra.

– Então, você já sabe o horário: quatro e meia. Até lá, não precisamos mais pensar no assunto.

Naquela época, meus aposentos ficavam na Queen Anne Street, um pouco longe da Baker Street; mesmo assim, cheguei antes do horário combinado. Às quatro e meia em ponto, foi anunciada a chegada do coronel Sir James Damery. Não é necessário descrevê-lo, pois muitos se lembrarão daquela grande personalidade: um homem sorridente e honesto, de rosto largo, com a barba bem-feita e, acima de tudo, uma voz agradável e suave. A franqueza brilhava em seus olhos cinzentos de irlandês, e o bom humor brincava em seus lábios sorridentes. O chapéu de feltro, o casaco escuro, enfim, cada detalhe, desde o alfinete de pérola na gravata preta de cetim, até as polainas cor de lavanda sobre os sapatos envernizados, mostrava o cuidado meticuloso no vestir, pelo qual ele se tornou famoso. Aquele grande e magistral aristocrata dominava a nossa pequena sala.

– Naturalmente, eu já esperava encontrar aqui o doutor Watson – observou ele, com uma saudação cortês. – Sua colaboração pode ser muito necessária, pois estamos lidando nesta ocasião, senhor Holmes, com um homem para quem a violência é familiar e que, literalmente, ninguém consegue prender. Eu diria que não há homem mais perigoso na Europa.

– Já tive vários oponentes que receberam essa lisonjeira descrição – disse Holmes, com um sorriso. – O senhor fuma? Então me perdoará se acender meu cachimbo. Se o seu homem é mais perigoso que o falecido professor Moriarty ou o coronel Sebastian Moran, que ainda está entre os vivos, então realmente vale a pena caçá-lo. Posso perguntar o nome dele?

– O senhor já ouviu falar sobre o barão Gruner?

– Aquele assassino austríaco?

O coronel Damery ergueu as mãos enluvadas de pelica, dando uma gargalhada.

– O senhor é insuperável, senhor Holmes! Esplêndido! Então já o identificou como assassino?

– Costumo acompanhar as notícias sobre os crimes no continente. Quem poderia ter lido o que aconteceu em Praga e ter dúvida quanto à culpa do homem? Ele foi salvo por um ponto legal puramente técnico e pela morte suspeita de uma testemunha! Estou certo de que ele assassinou a esposa no chamado "acidente" do desfiladeiro Splugen, como se eu o tivesse presenciado. Eu também soube que ele veio morar na Inglaterra, e tive um pressentimento de que, mais cedo ou mais tarde, ele me daria algum trabalho. Bem, o que o barão Gruner tem feito? Espero que não seja algum resquício dessa antiga tragédia.

– Não, é muito mais sério do que isso. Vingar um crime é importante, mas impedi-lo é mais importante ainda. É uma coisa terrível, senhor Holmes: ver uma grande desgraça, uma situação atroz, desenrolar-se diante de seus olhos, saber claramente onde tudo isso vai dar... e, mesmo assim, ser totalmente incapaz de impedi-la. Pode um homem estar em situação mais difícil?

– Creio que não.

– Então, acredito que o senhor simpatizará com o meu cliente, cujos interesses represento.

– Não sabia que o senhor era apenas um intermediário. Quem é o interessado?

– Senhor Holmes, peço que não insista nessa pergunta. É importante que eu possa assegurar a meu cliente que o nome dele não será de forma alguma envolvido no assunto. Os motivos dele são, em última instância, honrosos e cavalheirescos, mas ele prefere permanecer desconhecido. Não preciso mencionar que os honorários do senhor estão garantidos, e que terá total liberdade. Certamente, o nome real de seu cliente é irrelevante.

– Sinto muito – disse Holmes. – Estou acostumado a lidar com o mistério em uma das pontas, na maioria dos meus casos; mas tê-lo em ambas as pontas é muito complicado. Receio, Sir James, que eu deva recusar.

Nosso visitante ficou muito perturbado. Seu rosto grande e sensível ficou turvado de emoção e desapontamento.

– O senhor não percebe o efeito de sua ação, senhor Holmes – disse ele. – Coloca-me em um dilema muito sério, pois estou certo de que teria orgulho em assumir o caso, se eu pudesse revelar os fatos; no entanto, sou impedido por uma promessa. Posso, ao menos, explicar ao senhor tudo o que me é permitido?

– Naturalmente, desde que o senhor entenda que eu não me comprometo com nada.

– Perfeitamente. Em primeiro lugar, sem dúvida o senhor já ouviu falar sobre o general De Merville.

– Merville, de Khyber? Sim, já ouvi falar dele.

– Ele tem uma filha, a senhorita Violet De Merville: jovem, rica, bonita, bem-educada, uma maravilha em todos os sentidos. É essa filha, essa linda e inocente menina, que estamos tentando salvar das garras de um demônio.

– Então, o barão Gruner tem alguma influência sobre ela?

– A mais forte de todas as influências que podem agir sobre uma mulher: a influência do amor. Como os senhores já devem ter ouvido, o sujeito é extraordinariamente bonito. Ele tem maneiras fascinantes, uma voz suave e aquele ar de romance e mistério que tanto impressiona as mulheres. Ele tem o sexo frágil totalmente à sua mercê e faz amplo uso dessa vantagem.

– Mas como esse homem veio a conhecer uma moça da posição da senhorita Violet De Merville?

– Foi durante uma viagem de iate pelo Mediterrâneo. O grupo de excursionistas, embora seleto, pagou as próprias passagens. Quando os promotores descobriram a verdadeira identidade do barão, já era tarde demais. O pilantra se aproximou da moça e a envolveu de tal forma que conquistou o coração dela completamente. Dizer que ela o ama seria muito pouco. Ela o adora! Ela está obcecada por ele! Além dele, não existe mais nada no mundo. Ela não admite uma só palavra contra ele. Todos têm feito de tudo para tentar curá-la dessa loucura, mas em vão. Enfim, ela pretende se casar com ele no próximo mês. Como ela é maior de idade e tem vontade de ferro, ninguém sabe como a impedir.

– Ela não sabe sobre o episódio na Áustria?

– Ele foi astuto como o diabo, a ponto de contar para ela os escândalos mais abomináveis de sua vida passada, mas de tal forma que sempre se apresenta como vítima. Ela aceita cegamente a versão dele e não dá ouvidos a nenhuma outra.

– Maldito seja! Mas devo dizer que o senhor revelou, sem querer, o nome de seu cliente. Sem dúvida é o general De Merville.

Nosso visitante se remexeu na cadeira.

– Eu poderia enganá-lo e afirmar o que diz, senhor Holmes, mas esta não é a verdade. De Merville é um homem alquebrado. O bravo soldado foi totalmente desmoralizado por esse incidente. Ele perdeu a coragem que nunca lhe falhou no campo de batalha e se tornou um velho fraco e esquivo, totalmente incapaz de lutar contra um canalha tão brilhante e vigoroso como esse austríaco. Meu cliente, na verdade, é um velho amigo,

O ARQUIVO SECRETO DE SHERLOCK HOLMES

que conhece intimamente o general há muitos anos e se interessou por essa jovem desde que ela usava saias curtas. Ele não pode deixar essa tragédia se consumar, sem alguma tentativa para impedi-la. Não há nada que a Scotland Yard possa fazer. Estou aqui por sugestão do meu próprio cliente, mas, como já disse, há uma determinação expressa de que ele não deve estar pessoalmente envolvido no assunto. Não duvido, senhor Holmes, de que, com suas grandes habilidades, o senhor possa facilmente rastrear a identidade do meu cliente; mas devo pedir-lhe, como ponto de honra, que se abstenha de fazê-lo, e que ele permaneça desconhecido.

Holmes deu um sorriso enigmático.

– Creio que posso fazer essa promessa – disse ele. – Devo acrescentar que seu problema me interessa e que estou disposto a examiná-lo. Como devo manter contato com o senhor?

– O senhor poderá me encontrar no Carlton Club. Mas, em caso de emergência, há um número telefônico particular: XX. 31.

Holmes tomou nota e sentou-se, ainda sorridente, com o caderno de anotações aberto sobre os joelhos.

– O endereço atual do barão, por favor...

– Vernon Lodge, perto de Kingston. É uma casa grande. Ele teve sorte em algumas especulações bastante suspeitas e é um homem rico, o que naturalmente o torna um antagonista ainda mais perigoso.

– Ele está em casa no momento?

– Sim.

– Além do que o senhor me disse, poderia me dar mais informações sobre o homem?

– Ele tem gostos caros. Sei que é um apreciador de cavalos. Ele jogou polo por algum tempo em Hurlingham, mas teve de sair quando o escândalo de Praga se tornou notório. Ele também coleciona livros e quadros, pois é um homem de gosto artístico refinado. Creio que seja uma reconhecida autoridade em cerâmica chinesa, pois escreveu um livro sobre o assunto.

– Uma mente complexa... – disse Holmes. – Todos os grandes criminosos têm. Meu velho amigo Charlie Peace era um virtuoso violinista.

Wainwright também era um artista notório. Eu poderia citar muitos outros. Bem, Sir James, informe ao seu cliente que estou devotando minha mente ao barão Gruner. Não posso dizer mais nada. Tenho algumas fontes de informação próprias e ouso dizer que encontraremos os meios para encaminhar o assunto.

Quando nosso visitante nos deixou, Holmes ficou pensativo por tanto tempo que pareceu ter-se esquecido da minha presença. Mas, por fim, ele retornou à terra.

– Bem, Watson, alguma opinião? – perguntou ele.

– Acho melhor falar com a jovem pessoalmente.

– Meu caro Watson, se nem o pobre e velho pai consegue convencê-la, o que dirá de mim, que sou um estranho? Mas há algo de útil em sua sugestão, se tudo o mais falhar. Eu acho que devemos começar por um ângulo diferente. Tenho um palpite de que Shinwell Johnson possa nos ajudar.

Ainda não tive ocasião de mencionar Shinwell Johnson nestas memórias porque raramente relato em meus casos os últimos anos da carreira do meu amigo. Durante os primeiros anos do século, ele se tornou um valioso assistente. Johnson, lamento dizer, fez fama primeiro como um vilão muito perigoso e cumpriu pena duas vezes em Parkhurst. Finalmente ele se arrependeu e se aliou a Holmes, atuando como seu agente no imenso submundo do crime de Londres e obtendo informações que, muitas vezes, provaram ser de vital importância. Se Johnson fosse um informante da polícia, ele logo teria sido exposto; mas, como ele tratava de casos que não seguiam diretamente aos tribunais, suas atividades nunca foram percebidas por seus companheiros. Com o *glamour* de suas duas sentenças, ele tinha entrada franca em cada clube noturno, em cada *pub* e casa de jogo na cidade; e sua observação rápida, bem como seu cérebro perspicaz, fizeram dele um agente ideal para obter informações. Era a ele que Sherlock Holmes pensava em recorrer.

Não pude acompanhar as providências imediatas do meu amigo, pois eu mesmo tinha alguns deveres profissionais urgentes; mas marcamos um encontro naquela noite no Simpson's, onde, sentado em uma mesinha perto da janela da frente e espiando o fluxo apressado da cidade lá embaixo, ele me atualizou sobre os últimos acontecimentos.

– Johnson já está de olho. Ele pode revirar e descobrir alguma coisa nos recantos mais escuros do submundo, pois é ali, em meio às raízes negras do crime, que encontraremos os segredos daquele homem.

– Mas, se a senhorita não aceita o que já é conhecido, por que você acha que qualquer descoberta sua a desviaria de seu propósito?

– Quem sabe, Watson? O coração e a mente de uma mulher são enigmas insolúveis para o homem. Um assassinato pode ser perdoado ou explicado e, no entanto, algumas ofensas menores podem ser imperdoáveis. O barão Gruner comentou comigo que...

– Ele comentou com você?!

– Oh, é mesmo, eu não havia contado a você os meus planos. Bem, Watson, você sabe que gosto de estudar o terreno, entrar em contato direto com o meu homem. Gosto de falar com ele olho no olho e ver por mim mesmo de que espécie ele é. Depois que dei as instruções a Johnson, peguei um táxi para Kingston e encontrei o barão com um humor muito agradável.

– Será que ele o reconheceu?

– Quanto a isso, não houve nenhum mistério, pois enviei a ele o meu verdadeiro cartão. Ele é um adversário formidável: frio como o gelo, suave e discreto como um alfaiate, venenoso como uma cobra. Ele tem *pedigree* de criminoso, é um verdadeiro aristocrata do crime. Tem ares de burguês que toma chá da tarde e toda a crueldade de um assassino sem escrúpulos. Sim, estou feliz em dedicar minha atenção ao barão Adelbert Gruner.

– E então, ele é uma pessoa agradável?

– Tão agradável quanto um gato que ronrona ao sonhar com ratos. A cortesia de algumas pessoas pode ser mais mortal do que a violência de almas mais grosseiras. A saudação dele foi bem característica.

"'Eu já esperava vê-lo, mais cedo ou mais tarde, senhor Holmes', disse ele. 'Sem dúvida, o senhor foi contratado pelo general De Merville para tentar impedir meu casamento com a filha dele, Violet. Não é isso?'

'Eu concordei.

"'Meu caro amigo', disse ele, 'o senhor arruinará sua merecida reputação. Não há possibilidades de êxito neste caso. O senhor terá um trabalho árduo, sem mencionar que também correrá perigo. Eu o aconselho vivamente a desistir o quanto antes'.

."'É curioso', respondi, 'mas era exatamente esse o conselho que eu tinha a intenção de dar ao senhor. Tenho respeito por sua inteligência, senhor barão, e o pouco que tenho visto de sua personalidade não o diminuiu. Vamos conversar de homem para homem. Ninguém deseja remexer o seu passado e deixá-lo desconfortável. O passado ficou para trás, e agora o senhor está em águas calmas; mas, se persistir nesse casamento, levantará um enxame de inimigos poderosos que nunca mais o deixarão em paz, até tornarem a Inglaterra insuportável para o senhor. Vale a pena? Certamente, o senhor seria mais sábio se deixasse a moça em paz. Não seria agradável para o senhor se ela soubesse do seu passado'.

'O barão tem umas pontinhas de pelo debaixo do nariz, como as antenas curtas de um inseto. Elas tremiam de alegria enquanto ele escutava; até que, finalmente, ele não conseguiu conter uma risada suave. 'Desculpe minha risada, senhor Holmes', disse ele, 'mas é realmente engraçado vê--lo assim, tentando jogar sem cartas na mão. Creio que ninguém poderia fazer melhor, mesmo assim é bem patético. O senhor não tem chances de me vencer, senhor Holmes; não tem a menor chance'.

"'Isso é o que o senhor pensa', respondi.

"'Não, isso é o que sei. Deixe-me esclarecer umas coisas, pois minha mão é tão forte que posso me dar ao luxo de mostrá-la. Tive a sorte de conquistar todo o afeto daquela moça. Esse afeto foi dado a mim, embora eu tenha contado a ela, com todos os detalhes, todos os incidentes da minha vida passada. Eu também alertei Violet de que algumas pessoas perversas e maledicentes, espero que o senhor se reconheça, iriam até ela para relatar as mesmas coisas, e avisei a ela sobre como as tratar. O senhor já ouviu falar em sugestão pós-hipnótica, senhor Holmes? Bem, então verá como funciona, pois um homem de personalidade pode usar o hipnotismo sem nenhum truque ou subterfúgio. Portanto, não tenho dúvida de que Violet está pronta para recebê-lo, pois ela é bastante suscetível à vontade do pai, exceto em nosso assunto particular'.

'Bem, Watson, não havia mais nada a dizer; então me levantei, com a maior dignidade possível. Mas, quando coloquei a mão na maçaneta da porta, ele me impediu.

"'A propósito, senhor Holmes', disse ele, 'conheceu o senhor Le Brun, o agente francês?'

"'Sim, eu o conheci', respondi.

"'O senhor sabe o que aconteceu com ele?'

"'Ouvi dizer que ele foi espancado por alguns capangas no distrito de Montmartre e ficou desfigurado pelo resto da vida.'

"'Exatamente, senhor Holmes. Por uma curiosa coincidência, ele se intrometeu nos meus assuntos apenas uma semana antes. Não faça isso, senhor Holmes; não é uma boa ideia. Vários já descobriram isso. Minha última palavra para o senhor é: siga seu próprio caminho e deixe-me seguir o meu. Adeus!'

"Então é isso, Watson. Agora você está atualizado."

– O sujeito parece perigoso.

– Extremamente perigoso. Eu desconsidero a ameaça, mas esse é o tipo de homem que diz muito menos do que quer dizer.

– Você precisa mesmo interferir? Qual é o problema se ele quer se casar com a moça?

– Considerando que, sem dúvida, ele assassinou a última esposa, eu deveria dizer que o problema é esse. Além disso, nós temos um cliente! Bem, não precisamos discutir isso. Quando terminar seu café, quero que venha comigo até minha casa, pois nosso genial Shinwell já deve estar à nossa espera com um relatório.

Ele estava, de fato, à nossa espera. Era um homem enorme, rude, tinha a cara vermelha, os olhos negros e vívidos, que eram o único sinal externo de sua mente astuta. Ele estava muito à vontade, no que parecia ser o seu reino particular; ao seu lado, no sofá, repousava uma jovem esbelta e muito atraente. Seu rosto era pálido, intenso e jovial e, ao mesmo tempo, desgastado pelos vícios e pela tristeza, deixando entrever as marcas dos anos terríveis de boemia.

– Esta é a senhorita Kitty Winter – disse Shinwell Johnson, acenando vigorosamente com sua mão gorda. – O que ela não souber... bem, ela falará por si mesma. Senhor Holmes, eu a apanhei uma hora depois de ter recebido sua mensagem.

– Sou fácil de ser encontrada – disse a jovem mulher. – Aqui em Londres, esta cidade dos infernos, qualquer um sabe onde moro. "Porky" Shinwell tem o meu endereço. Somos velhos amigos, o Porky e eu. Mas, por Deus! Há uma pessoa que deveria estar num inferno pior que o nosso se houvesse justiça no mundo! É o homem que procura, senhor Holmes.

Holmes sorriu.

– Presumo que podemos contar com sua ajuda, senhorita Winter.

– Se eu puder ajudar a colocá-lo no lugar que ele merece, contem comigo até o fim! – disse nossa visitante, com energia feroz.

Havia um ódio intenso em seu rosto branco e imóvel, em seus olhos brilhantes, como raramente se vê em um ser humano. Ela continuou:

– Você não precisa entrar no meu passado, senhor Holmes. Isso não importa. Mas o que sou hoje é graças a Adelbert Gruner. E quero acabar com ele! – Ela agitava freneticamente as mãos e dava socos no ar. – Oh, se eu pudesse atirá-lo no mesmo poço para onde ele empurrou tanta gente!

– A senhorita já está a par do caso?

– O Porky me contou. Aquele canalha já está atrás de outra pobre tola, e desta vez quer se casar com ela. O senhor deseja impedi-lo. Bem, certamente o senhor já sabe o suficiente sobre aquele demônio para impedir que qualquer moça decente, em seu perfeito juízo, queira subir ao altar com ele.

– Ela não está em seu perfeito juízo. Está loucamente apaixonada. A moça já foi informada sobre tudo, mas não acredita em nada.

– Já contaram a ela sobre o assassinato?

– Sim.

– Meu Deus, então ela deve ter nervos de aço!

– Ela diz que são apenas calúnias.

– O senhor não poderia colocar as provas diante dos olhos dela?

O ARQUIVO SECRETO DE SHERLOCK HOLMES

– Bem, a senhorita pode nos ajudar a fazer isso?

– Eu sou uma prova viva! Se eu fosse até ela e contasse como ele me usou...

– A senhorita faria isso?

– Se eu faria? É claro que sim!

– Bem, talvez valha a pena tentar. Mas ele mesmo já confessou a ela a maioria de seus pecados, e ela o perdoou. Creio que ela não desejará reabrir a questão.

– Tenho certeza de que ele não contou tudo – disse a senhorita Winter. – Eu sei de mais um ou dois assassinatos além daquele que causou tanto alarido. Às vezes ele falava comigo sobre alguém, com aquela voz de veludo, e depois olhava fixamente para mim e dizia: "Esse aí vai estar morto em menos de um mês". E não eram apenas ameaças. Mas não dava muita importância, o senhor sabe, naquela época eu o amava. O que quer que ele tenha feito, guardei comigo, assim como com essa pobre tola! Mas houve uma coisa que me abalou. Sim, por Deus! Se ele não tivesse me acalmado com aquela língua venenosa e mentirosa, eu o teria deixado naquela mesma noite. É um livro que ele tem, um livro de couro marrom, com fechadura, e seu brasão dourado na capa. Acho que ele estava bêbado naquela noite, senão ele não o teria mostrado para mim.

– E então, o que há no livro?

– Eu vou dizer, senhor Holmes. Aquele homem coleciona mulheres e se orgulha de sua coleção, assim como alguns homens colecionam borboletas. Está tudo no livro. Fotografias, nomes, detalhes, tudo sobre elas. É um diário! É asqueroso! Algo que nenhum homem, nem o mais depravado de todos, jamais poderia ter feito! Mas Adelbert Gruner fez. "Vidas que eu arruinei", é o que ele poderia ter escrito na capa. Mas isso não faz a menor diferença, pois o livro não serviria para o senhor; e, se servisse, o senhor não conseguiria pegá-lo.

– A senhorita sabe onde está o livro?

– Já faz mais de um ano que o deixei. Mas sei onde ele o guardava naquela época. Como ele é um homem muito cuidadoso e organizado, talvez o livro ainda esteja na gaveta da velha escrivaninha, no escritório dele. O senhor conhece a casa dele?

– Eu estive no escritório dele – disse Holmes.

– Mas… já? A coisa toda começou hoje de manhã, mas o senhor não perde tempo. Desta vez, o querido Adelbert talvez tenha encontrado um rival à altura. Bem, aquele cômodo onde fica a louça chinesa, em um grande armário de vidro entre as janelas, é o escritório externo. Atrás da mesa há uma porta que leva ao gabinete interno, uma pequena sala onde ele guarda papéis e objetos.

– Ele tem medo de ladrões?

– Adelbert não é covarde. Até seu pior inimigo sabe disso. Ele sabe cuidar de si mesmo. Ele tem um alarme contra roubos. Além do mais, o que mais haveria ali para ser roubado? A menos que alguém quisesse roubar aquela louça extravagante.

– Sem chance – disse Shinwell Johnson, com ares de especialista. – Não é preciso trancar coisas desse tipo, coisas que não se pode derreter nem vender.

– Exatamente – disse Holmes. – Senhorita Winter, se possível, venha me encontrar amanhã às cinco horas. Enquanto isso, vou pensando em sua sugestão de ver pessoalmente a senhorita Violet, e como isso pode ser arranjado. Estou extremamente grato por sua cooperação. Não preciso dizer que meus clientes irão recompensá-la generosamente…

– Nada disso, senhor Holmes – interrompeu-o a jovem. – Eu não quero dinheiro. Só quero ver esse homem na lama, e meus serviços estarão bem pagos. Na lama, com o meu pé na maldita cara dele! Esse é o meu preço. Estarei com o senhor amanhã, e sempre que o senhor precisar, desde que esteja no encalço dele. O Porky sabe onde me encontrar.

Não voltei a ver Holmes até a noite seguinte, quando jantamos mais uma vez em nosso restaurante no Strand. Quando perguntei se tivera sorte em sua entrevista, ele encolheu os ombros; e depois contou a história que transcrevo a seguir. Seu estilo áspero e seco precisou de alguns retoques para se adequarem aos termos da vida real.

O ARQUIVO SECRETO DE SHERLOCK HOLMES

– Não houve nenhuma dificuldade com o compromisso – disse Holmes –, pois a moça se glorifica em mostrar uma abjeta obediência filial em todas as coisas secundárias, numa tentativa de expiar sua escandalosa desobediência em relação ao noivado. O general telefonou e disse que tudo estava pronto, e a intensa senhorita Winter chegou no horário combinado; de modo que, às cinco e meia, um táxi nos deixou no número 104 da Berkeley Square, onde reside o velho soldado. É um daqueles horrorosos casarões cinzentos de Londres, que fariam uma igreja parecer frívola. Um criado de libré nos mostrou uma grande sala de visitas pintada de amarelo, e lá estava a senhorita Violet à nossa espera: muito séria, pálida, reservada, tão inflexível e ausente como uma boneca de neve na montanha. Eu não sei bem como a descrever para você, Watson. Talvez você venha a conhecê-la antes de desvendarmos o caso, e então poderá usar seu próprio dom de palavras. Ela é linda, mas tem uma beleza etérea de outro mundo, a beleza daquelas devotas cujos pensamentos estão muito além. Já vi rostos assim nos quadros dos antigos mestres da Idade Média. Como é que um animal como o Gruner pode ter colocado suas patas sobre um ser tão divino? É algo que não consigo entender. Você deve ter notado como os extremos se atraem: o espiritual atrai o animal, o homem das cavernas atrai o anjo. Você nunca viu um caso pior do que este. Claro que ela sabia o motivo da nossa visita. Aquele canalha não perdera tempo e já tinha envenenado a mente dela contra nós. Ela pareceu surpresa com a chegada da Winter, mas logo apontou nossas respectivas cadeiras, como uma madre superiora recebendo dois mendigos leprosos. Se um dia quiser aprender a ser esnobe, meu caro Watson, faça um curso com a senhorita Violet De Merville.

"'Bem, senhor', disse ela, com uma voz fria como o vento de um *iceberg*, 'o seu nome me é familiar. O senhor está aqui, pelo que sei, para difamar o meu noivo, o barão Gruner. É somente em obediência ao meu pai que recebo esta visita; e devo adverti-lo desde já: qualquer coisa que o senhor disser não terá o menor efeito sobre minha mente'.

"Senti muita pena ela, Watson. Pensei nela, naquele momento, como teria pensado em uma filha minha. Não costumo ser eloquente. Eu uso

23

minha cabeça, e não o meu coração. Mas realmente implorei a ela, com todas as palavras calorosas que pude encontrar em minha natureza. Descrevi para ela a situação horrível de uma mulher que só acorda para o caráter de um homem depois do casamento, uma mulher que tem de se submeter às carícias de mãos sangrentas e lábios lascivos. Eu não a poupei de nada: a vergonha, o medo, a agonia, a desesperança de tudo isso. Mas nenhuma das minhas palavras emocionadas conseguiu trazer um toque de cor àquelas faces cor de marfim, nem um só brilho de emoção àqueles olhos abstraídos. Pensei naquilo que o malandro me disse sobre a influência pós-hipnótica. Ela parecia estar longe, pairando acima da terra, em algum sonho extasiante. No entanto, não havia hesitação alguma em suas respostas.

"'Ouvi-o com toda a paciência, senhor Holmes', disse ela. 'O efeito de suas palavras em minha mente foi exatamente como o previsto. Estou ciente de que Adelbert, meu noivo, teve uma vida tempestuosa e que tem sido vítima do ódio mais amargo e das mais injustas difamações. O senhor é apenas mais um entre muitos que já trouxeram suas calúnias até mim. Provavelmente o senhor tem boas intenções, embora eu saiba que é um agente pago e que estaria disposto a agir tanto em favor do barão como contra ele. Mas, em todo caso, desejo que compreenda de uma vez por todas que o amo e que ele me ama e que a opinião de todos não vale mais para mim do que o piado daqueles pássaros lá fora. Se a sua nobre natureza alguma vez sucumbiu por um instante, talvez eu tenha sido enviada especialmente para elevá-lo ao seu nível verdadeiro e sublime. E desconheço', aqui ela voltou os olhos para minha acompanhante, 'quem pode ser esta jovem senhora'.

"Eu estava prestes a responder, quando a jovem irrompeu como uma tempestade. Se alguma vez você já viu a chama confrontar o gelo, esta é a perfeita descrição daquelas duas mulheres.

"'Pois vou dizer quem eu sou!', ela gritou, levantando-se da cadeira, com a boca toda trêmula de emoção. 'Eu sou a última amante dele! Sou uma das mais de cem que ele seduziu, usou e abusou, arruinou e jogou no lixo, assim como também vai fazer com você! E o monte de lixo para onde você vai pode ser o túmulo, e talvez isso seja o melhor! Eu digo a você, sua tonta: se você se casar com esse homem, ele será a sua morte! Pode ser de coração partido ou pode ser de pescoço partido, mas ele vai fazer isso, de uma maneira ou de outra! Não é por amor a você que estou falando. Não me importa se você viva ou morra. É pelo ódio que tenho por ele, para acabar com ele, para retribuir o que ele me fez. E não precisa olhar para mim dessa maneira, minha bela senhorita! Pois, antes que tudo isso acabe, você pode estar pior do que eu!'

"'Eu preferiria não discutir tais assuntos', disse friamente a senhorita De Merville. 'Deixe-me dizer de uma vez por todas que estou ciente de três episódios da vida do meu noivo, nos quais ele se envolveu com mulheres interessantes, e que estou certa de seu arrependimento sincero por qualquer mal que ele possa ter feito'.

"'Três episódios!', gritou minha acompanhante. 'Sua idiota! Sua grandessíssima idiota!'

"'Senhor Holmes, considere esta entrevista encerrada', respondeu aquela voz gelada. 'Obedeci ao desejo de meu pai ao recebê-lo em minha casa, mas não sou obrigada a ouvir as ofensas desta pessoa'.

"Soltando um palavrão, a senhorita Winter ousou avançar sobre Violet; e, se eu não a tivesse agarrado pelo pulso, ela teria apanhado a pobre mulher louca pelos cabelos. Eu a arrastei em direção à porta e tive sorte de colocá-la de volta no táxi sem nenhum escândalo, pois ela estava furiosa. Para falar a verdade, eu mesmo também estava furioso, Watson, pois havia algo extremamente irritante naquela calma, naquele ar de superioridade da mulher que estávamos tentando salvar. Portanto, agora você sabe exatamente como estamos, e é claro que devo planejar uma nova estratégia, pois essa não funcionou. Manterei contato com você, Watson, pois é mais que provável que você tenha seu papel a desempenhar, embora seja possível que seja a vez deles de jogar, e não a nossa."

E foi assim que aconteceu. A resposta deles não tardou – ou melhor, a resposta *dele*, pois nunca pude acreditar que a moça tivesse alguma participação nisso. Creio que poderia mostrar a vocês o local exato da calçada onde eu estava quando meus olhos caíram sobre aquela notícia e um estremecimento de horror passou pela minha alma. Foi entre o Grand Hotel e a estação de Charing Cross, onde um rapaz que tinha só uma perna exibia os jornais noturnos. Tinham se passado apenas dois dias após a nossa última conversa. Ali, em letras garrafais, estava a terrível manchete: *"SHERLOCK HOLMES SOFRE UM ATENTADO"*.

Acho que fiquei atordoado por alguns momentos. Depois, tenho a vaga lembrança de ter apanhado um jornal, de ter sido chamado pelo rapaz, a quem eu não havia pagado, e, finalmente, de me encostar na porta de uma farmácia enquanto lia avidamente aquela notícia fatídica. Eis o seu conteúdo:

Com pesar, fomos informados de que o senhor Sherlock Holmes, o conhecido detetive particular, foi vítima de uma agressão nesta manhã e está em estado grave. Não há mais detalhes, mas o fato parece ter ocorrido por volta do meio-dia na Regent Street, em frente ao Café Royal. O senhor Holmes foi atacado a pauladas por dois homens, que desferiram golpes na cabeça e no corpo – ferimentos que os médicos descrevem como gravíssimos. O detetive foi conduzido ao Hospital Charing Cross, mas depois insistiu em ser levado para seus aposentos na Baker Street. Segundo algumas testemunhas, os agressores pareciam ser homens bem-vestidos, que escaparam dos transeuntes entrando no Café Royal e saindo pelos fundos, na Glasshouse Street. Sem dúvida, os dois pertencem ao bando de criminosos que já tiveram a ocasião de lamentar a atividade e a engenhosidade do homem ferido.

Não preciso dizer que, mal terminei de ler a notícia, saltei em um carro, a caminho de Baker Street. Encontrei Sir Leslie Oakshott, o famoso cirurgião, que já estava de saída, seguindo em direção ao carro que o aguardava.

– Ele está fora de perigo – informou-me ele. – Duas feridas profundas no couro cabeludo e alguns hematomas consideráveis. Foi preciso dar vários pontos. Administrei morfina, e é essencial que ele fique em repouso; mas visitas curtas não são estritamente proibidas.

O ARQUIVO SECRETO DE SHERLOCK HOLMES

Com essa permissão, adentrei o quarto escuro na ponta dos pés. O doente estava bem acordado, e ouvi meu nome em um sussurro rouco. A persiana estava três quartos abaixada, mas um raio de sol conseguiu entrar e atingiu a cabeça enfaixada do homem ferido. Uma mancha de sangue empapava a compressa de linho branco. Sentei-me ao lado dele e curvei a cabeça.

– Está tudo bem, Watson. Não precisa ficar assustado – murmurou ele, com a voz muito fraca. – Não é tão ruim quanto parece.

– Graças a Deus por isso!

– Eu sou um perito com a minha bengala, como você sabe, e consegui me defender da maioria dos golpes. Mas o segundo homem foi demais para mim.

– O que posso fazer por você, Holmes? Está claro que o mandante foi aquele maldito. Posso ir atrás dele e quebrá-lo ao meio; basta você pedir.

– Meu bom e velho Watson! Não, não podemos fazer nada, a menos que a polícia ponha as mãos nos dois homens. A fuga deles foi muito bem planejada. Pode ter certeza. Espere um pouco… Eu tenho meus planos… A primeira coisa a fazer é exagerar meus ferimentos. Alguém virá até você para saber notícias. Exagere bastante, Watson. Fale que tenho poucos dias de vida, fale em concussão, delírio, o que você quiser! Pode exagerar à vontade.

– Mas e Sir Leslie Oakshott?

– Oh, não se preocupe. Eu já cuidei disso. Ele também dará notícias terríveis.

– Algo mais?

– Sim. Peça para Shinwell Johnson esconder a senhorita Winter. Aqueles canalhas já devem estar atrás da moça. Eles sabem, é claro, que ela está comigo no caso. Se eles se atreveram a fazer isso comigo, com certeza não se esquecerão dela. Isso é urgente. Faça isso ainda hoje.

– Eu vou agora mesmo. Mais alguma coisa?

– Por favor, coloque meu cachimbo sobre a mesa… e a minha bolsinha de tabaco. Isso! Venha me ver todas as manhãs, e vamos planejar nossa revanche.

Combinei com Johnson, naquela noite, de levar a senhorita Winter para um bairro tranquilo, e que ela deveria se esconder até que o perigo passasse.

Durante seis dias, o público em geral pensou que Holmes estava à beira da morte. Os boletins médicos eram bem pessimistas, assim como as notícias nos jornais. Minhas contínuas visitas me asseguraram de que a situação não era tão ruim assim. A constituição forte e a vontade determinada de Holmes estavam fazendo maravilhas. Ele se recuperava rapidamente; e às vezes eu suspeitava que ele fingia, até mesmo para mim, e que realmente estava melhorando mais rápido do que parecia. Havia naquele homem um ar de mistério que levava a muitos efeitos dramáticos e deixava até mesmo seu melhor amigo sem saber quais seriam seus verdadeiros planos. Ele levava ao extremo o axioma de que o único conspirador seguro era aquele que conspirava sozinho. Eu era mais próximo dele do que qualquer outra pessoa, e mesmo assim estava sempre consciente dessa distância entre nós.

No sétimo dia, os pontos foram tirados. Apesar disso, houve um relato de erisipela nos jornais vespertinos. E os mesmos jornais traziam um anúncio que fui obrigado a levar para o meu amigo, doente ou não. O jornal simplesmente dizia que entre os passageiros do barco *Ruritania*, de Cunard, que partiria de Liverpool na sexta-feira, estava o barão Adelbert Gruner, que tinha alguns assuntos financeiros importantes para resolver nos Estados Unidos antes de seu casamento iminente com a senhorita Violet De Merville, única filha de etc. etc.

Holmes ouviu as notícias com um olhar frio e concentrado no rosto pálido dele, o que me fez perceber que aquilo o atingiu duramente.

– Sexta-feira! – ele exclamou. – Apenas três dias. O malandro quer se colocar fora de perigo. Mas ele não vai conseguir, Watson! Por Deus, Harry, ele não vai conseguir! Agora, Watson, quero que você faça uma coisa para mim.

– Estou à sua disposição, Holmes.

– Então, meu caro Watson, passe as próximas vinte e quatro horas em um estudo intensivo sobre a cerâmica chinesa.

O arquivo secreto de Sherlock Holmes

Ele não deu mais explicações, e eu também não pedi. Por longa experiência própria, eu tinha aprendido o valor da obediência. Caminhei pensativo pela Baker Street, imaginando como eu poderia cumprir uma ordem tão estranha. Finalmente, dirigi-me até a Biblioteca de Londres na St. James Square, expliquei o assunto para meu amigo Lomax, o auxiliar de biblioteca, e segui para meus aposentos com um grande volume debaixo do braço.

Diz-se que um advogado que defende um caso com maestria pode examinar uma testemunha-chave na segunda-feira e se esquecer de todo o seu conhecimento forçado antes do sábado. Certamente, eu não gostaria de me fazer passar por uma autoridade em cerâmica. No entanto, durante toda aquela noite, com um curto intervalo para descansar, e por toda a manhã seguinte, fiquei absorvendo conhecimentos e gravando nomes na memória. Aprendi sobre as marcas peculiares dos grandes artistas, o mistério das dinastias, as particularidades da era Hung-wu e as belezas da era Yung-lo, os escritos de Tang-ying e as glórias dos períodos primitivos de Sung e Yuan. Estava munido de todas essas informações quando encontrei Holmes na noite seguinte. Ele já estava fora da cama, embora as notícias dissessem o contrário, e apoiava a cabeça enfaixada na mão, recostado em sua poltrona favorita.

– Escute, Holmes – eu disse –, segundo os jornais, você está morrendo.

– A ideia é essa – disse ele –, é essa a impressão que eu pretendia transmitir. E então, meu caro Watson, você fez a lição de casa?

– Pelo menos tentei.

– Muito bem. Poderia manter uma conversa inteligente sobre o assunto?

– Acredito que sim.

– Então me dê aquela caixinha que está ali em cima da lareira.

Holmes abriu a tampa e tirou um pequeno objeto cuidadosamente envolto em uma fina seda oriental, desdobrou o envoltório e revelou um delicado pires, no mais belo azul profundo.

– Manuseie com cuidado, Watson. Esta é uma verdadeira porcelana casca de ovo da dinastia Ming. Nenhuma peça mais fina jamais passou pela Christie's. A coleção completa valeria o resgate de um rei. Na verdade, duvido que exista um jogo completo fora do palácio imperial de Pequim. Um verdadeiro especialista, diante desta visão, ficaria louco.

– O que devo fazer com isso?

Holmes me deu um cartão com a seguinte inscrição: *"doutor Hill Barton. Half Moon Street, 369"*.

– Este será o seu nome nesta noite, Watson. Você fará uma visita ao barão Gruner. Conheço um pouco os hábitos dele, e provavelmente às oito e meia ele estará livre. Envie um bilhete com antecedência, avisando que irá visitá-lo e que levará a ele um exemplar de um conjunto absolutamente único de porcelana Ming. Você pode continuar sendo médico, já que esse é um papel que você pode desempenhar sem fingir. Você é um colecionador, esta peça veio parar em suas mãos. Você ouviu falar do interesse do barão pelo assunto e não se opõe a vendê-la a um certo preço.

– Qual o preço?

– Boa pergunta, Watson. Você certamente passaria vergonha se não soubesse o valor de seu próprio produto. Este pires foi comprado para mim por Sir James; e, pelo que entendi, veio da coleção do cliente dele. Não será exagero se disser que não há outra igual no mundo.

– Talvez eu possa sugerir que ela seja avaliada por um especialista.

– Excelente, Watson! Você está brilhante hoje. Sugira a Christie's ou a Sotheby's. Sua elegância impede que você mesmo coloque um preço.

– Mas e se ele não me receber?

– Oh, tenho certeza de que vai recebê-lo. Ele é um maníaco por coleções, e especialmente neste assunto, no qual ele é uma autoridade reconhecida. Sente-se, Watson, e vou ditar o bilhete. Nenhuma resposta será necessária. Você simplesmente dirá que está indo e qual será o motivo.

Era um documento admirável, conciso, cortês e estimulante para a curiosidade do especialista. Um mensageiro foi devidamente encarregado de entregá-lo. Na mesma noite, com o precioso artefato na mão e o cartão do doutor Hill Barton no bolso, parti rumo à minha aventura.

A bela casa e o terreno indicavam que o barão Gruner era, como Sir James havia dito, um homem de considerável riqueza. Um longo percurso sinuoso, com alamedas de arbustos raros de cada lado, conduzia a uma grande praça de cascalho, adornada com estátuas. O lugar havia sido construído por um rei do ouro sul-africano em seus dias de glória; e a casa era alongada e baixa, com pequenas torres nas extremidades. Embora fosse um pesadelo arquitetônico, era imponente em tamanho e solidez. Fui recebido por um mordomo, que parecia recém-saído de um conclave de bispos, e depois conduzido por um criado de libré até a presença do barão.

Ele estava em pé diante de um grande armário que ficava entre as janelas e que continha parte de sua coleção chinesa. Quando entrei, ele se voltou com um pequeno vaso marrom na mão.

– Por gentileza, sente-se, doutor. Estou admirando meus tesouros e me perguntando se posso realmente me dar ao luxo de adquirir mais um. Este pequeno espécime Tang, que data do século VII, provavelmente interessaria ao senhor. Tenho certeza de que o senhor nunca viu trabalho mais fino nem esmalte mais rico. O senhor trouxe o pires Ming?

Desembrulhei cuidadosamente a embalagem e entreguei-lhe o objeto. Ele se sentou à escrivaninha, aproximou a lâmpada, pois estava escurecendo, e se pôs a examiná-lo. Ao fazê-lo, a luz amarela iluminou suas próprias feições, e pude estudá-las à vontade.

Realmente, ele era um homem extraordinariamente bonito. Sua reputação europeia de beleza era plenamente merecida. Em estatura, ele não era mais do que um homem mediano, mas era construído sobre linhas graciosas e ativas. Seu rosto era moreno, quase oriental, com olhos grandes, escuros e lânguidos, que podiam facilmente exercer um fascínio irresistível sobre as mulheres. Os cabelos e o bigode eram negros; o bigode era curto, pontudo e cuidadosamente encerado. Suas feições eram regulares e agradáveis, com exceção da boca reta e de lábios finos. Se alguma vez eu já tinha visto a boca de um assassino, era aquela – uma fenda dura e cruel em seu rosto, comprimida, inexorável e terrível. Ele foi mal aconselhado a aparar seu bigode para não a cobrir, pois era um sinal de perigo da natureza, colocado como um aviso para suas vítimas. Sua voz era envolvente, e seus modos eram perfeitos. Estimei que ele devia ter pouco mais de trinta anos de idade, embora seu histórico comprovasse mais tarde que tinha quarenta e dois anos.

– Muito bom! Muito bom mesmo! – exclamou, finalmente. – E o senhor disse que tem um conjunto de seis? O que mais me intriga é que eu nunca tinha ouvido falar de exemplares tão magníficos. Só tive notícia de um deles na Inglaterra, e não é provável que esteja no mercado. Seria indiscreto se eu perguntasse, doutor Hill Barton, como o senhor obteve este?

– Será que isso realmente importa? – perguntei, com um ar o mais descuidado possível. – O senhor pode ver que a peça é genuína, e, quanto ao valor, fico contente em aceitar a avaliação de um especialista.

– Muito misterioso... – disse ele, com um lampejo de dúvida nos olhos negros. – Ao lidar com objetos de tal valor, naturalmente se deseja saber tudo sobre a transação. Que a peça é genuína, não há dúvida. Mas suponhamos... pois devo levar em conta todas as possibilidades... suponhamos que, mais tarde, seja provado que o senhor não tinha o direito de vendê-la?

– Eu dou garantias contra qualquer reclamação dessa natureza.

– Isso, é claro, abriria a questão sobre o valor de sua garantia.

– Meus banqueiros responderiam quanto a isso.

– Muito bem. Mas, ainda assim, toda a transação me parece bastante incomum.

– O senhor pode fazer negócios comigo ou não – disse eu, com indiferença. – Fiz a primeira oferta, pois soube que o senhor era um especialista; mas não terei nenhuma dificuldade em procurar outros compradores.

– Quem disse ao senhor que eu era um especialista?

– Sei que o senhor escreveu um livro sobre o assunto.

– Já leu o livro?

– Não.

– Meu caro, isso se torna cada vez mais difícil de entender! O senhor é um conhecedor e um colecionador, com uma peça muito valiosa em mãos; no entanto, nunca se dignou a consultar o único livro que mostra o real significado e valor do tesouro que possui. Como o senhor explica isso?

O arquivo secreto de Sherlock Holmes

– Eu sou um homem muito ocupado. Sou um médico.

– Isso não é resposta. Se um homem tem um *hobby*, ele se dedica a cultivá-lo, quaisquer que sejam suas outras atividades. O senhor disse em seu bilhete que era um conhecedor.

– E sou mesmo.

– Posso fazer algumas perguntas para testá-lo? Devo dizer, doutor, se é que o senhor é realmente um médico, que a situação está cada vez mais suspeita. Gostaria de perguntar: o que sabe sobre o imperador Shomu e de que forma ele se relaciona ao Shoso-in próximo à região de Nara? Meu caro, isso o intriga? Conte-me um pouco sobre a dinastia Wei do Norte e sobre sua importância na história da cerâmica.

Eu saltei da minha cadeira, fingindo estar com raiva.

– Isso é intolerável! – disse eu. – Vim aqui para lhe fazer uma oferta, não para ser sabatinado como se fosse um estudante. Meu conhecimento sobre esses assuntos pode ser muito inferior ao seu, mas certamente não vou responder a perguntas que foram colocadas de maneira tão ofensiva.

Ele olhou para mim com firmeza. A languidez havia desaparecido de seus olhos. Subitamente, eles faiscaram. Havia um brilho de dentes entre aqueles lábios cruéis.

– Qual é o seu jogo? O senhor está aqui como um espião. É um emissário de Holmes e está tentando me enganar. O sujeito está morrendo, pelo que sei, então ele envia seus capangas para me sondarem. O senhor teve permissão para entrar aqui, mas, por Deus! Vai achar mais difícil sair do que entrar.

Ele estava de pé, e dei um passo para trás, preparando-me para um ataque, pois o homem estava fora de si. Ele devia ter suspeitado de mim desde o início; certamente esse interrogatório havia revelado a verdade, mas estava evidente que eu não conseguira enganá-lo. Ele mergulhou a mão em uma gaveta e remexeu nela furiosamente. De repente parou, parecendo ter ouvido alguma coisa.

– Ah! – gritou ele. – Ah! – e entrou na sala que ficava atrás da mesa.

Dois passos me levaram até a porta aberta, e o que vi ficou gravado para sempre em minha mente. A janela que levava ao jardim estava bem aberta.

33

Ao lado dela, parecendo um terrível fantasma, com a cabeça envolvida por ataduras ensanguentadas, o rosto desfigurado e pálido, estava Sherlock Holmes. No instante seguinte, ele já tinha escapado pela abertura, e ouvi a queda de seu corpo entre os arbustos de louro do lado de fora. Com um uivo de raiva, o dono da casa correu até a janela aberta.

Tudo aconteceu muito rápido, e mesmo assim vi claramente. Um braço – o braço de uma mulher – surgiu entre as folhas. No mesmo instante, o barão proferiu um grito horrível – um grito que ecoará para sempre em minha memória. Ele levou as duas mãos ao rosto e correu pela sala, batendo com a cabeça horrivelmente contra as paredes. Depois ele caiu sobre o tapete, rolando e contorcendo-se, enquanto seus gritos ressoavam pela casa.

– Água! Pelo amor de Deus, água! – ele clamava.

Peguei um jarro de uma mesa e me apressei em ajudá-lo. Ao mesmo tempo, o mordomo e vários criados de libré entraram correndo no escritório. Lembro que um deles desmaiou ao me ver ajoelhado ao lado do homem ferido, quando eu virava aquele rosto horrível para a luz da lâmpada. Um ácido corroía o seu rosto e pingava das orelhas e do queixo. Um olho já estava branco e vidrado. O outro estava vermelho e inflamado. As feições que eu havia admirado alguns minutos antes pareciam agora como uma bela pintura sobre a qual o artista passara uma esponja molhada e suja. Estavam borradas, descoloridas, desumanas, terríveis.

Em algumas palavras, expliquei exatamente o que havia ocorrido, no que diz respeito ao ataque com ácido. Alguns criados haviam subido pela janela e outros saíam correndo para o gramado, mas estava escuro e havia começado a chover. Entre gritos, a vítima se enfurecia contra o seu vingador.

– Foi aquela bruxa dos infernos, Kitty Winter! – ele gritava. – Aquele demônio de saias! Ela vai pagar por isso! Ela vai pagar! Oh, Deus do céu, esta dor é mais do que posso suportar!

Banhei o rosto dele com azeite, coloquei chumaços de algodão sobre as feridas e administrei uma injeção de morfina. Na presença desse choque, todas as suspeitas que o barão havia depositado sobre mim haviam desaparecido, e ele se agarrava às minhas mãos como se eu tivesse o poder

O arquivo secreto de Sherlock Holmes

de curar aqueles olhos de peixe morto, que me olhavam com desespero. Eu poderia ter lamentado aquela ruína, se não me lembrasse claramente da vida perversa que o havia levado a uma mudança tão horrível. O toque daquelas mãos ardentes era repugnante, e fiquei aliviado quando seu médico particular, acompanhado por um especialista, veio aliviar o meu fardo. Um inspetor de polícia também estava lá, e entreguei a ele meu verdadeiro cartão. Teria sido inútil e tolo fazer o contrário, pois eu era quase tão conhecido pela polícia quanto o próprio Holmes. Então deixei aquela casa de tristeza e terror. Uma hora depois, eu estava na Baker Street.

Holmes estava em sua poltrona, muito pálido e exausto. Além de estar mal curado de seus ferimentos, seus nervos de ferro também haviam ficado abalados com os acontecimentos daquela noite, e ele ouviu com horror o meu relato sobre a transformação do barão.

– É o salário do pecado, Watson… o salário do pecado! – disse ele. – Cedo ou tarde, o castigo sempre vem. Só Deus sabe quantos pecados ele cometeu! – acrescentou ele, erguendo da mesa um volume marrom. – Aqui está o livro do qual a moça falou. Se isto não romper o noivado, nada mais poderia. Mas vai romper, Watson. Não tem como! Nenhuma mulher que se dê ao respeito poderia suportar isso.

– É um diário de conquistas?

– Está mais para um diário de luxúria. Chame-o como quiser. No momento em que a moça nos falou sobre isso, percebi que poderia ser uma arma tremenda se pudéssemos apenas colocar nossas mãos nele. Não disse nada na ocasião para não revelar meus pensamentos, pois ela poderia ter estragado tudo. Mas me desesperei por ela. Depois fui atacado, e isso me deu a chance de deixar o barão pensar que estava à vontade, que nenhuma precaução precisava ser tomada contra mim. Deu certo. Eu queria esperar um pouco mais, mas a viagem dele aos Estados Unidos precipitou as coisas. Ele não deixaria para trás uma prova tão comprometedora. Por isso, tínhamos que agir logo. Roubá-lo na calada da noite seria impossível. Ele toma precauções. Mas havia uma pequena janela de oportunidade, se eu pudesse distrair a atenção dele. Foi aí que você entrou em cena, com o seu

35

pires azul. Mas eu precisava ter certeza da localização do diário, e sabia que teria apenas alguns minutos para agir, pois meu tempo era limitado pelo seu conhecimento da cerâmica chinesa. Por isso, chamei a moça no último instante. Como eu poderia adivinhar o conteúdo do pequeno pacote que ela carregava tão cuidadosamente sob o manto? Pensei que ela iria apenas para me ajudar, mas ela já tinha outros planos em mente.

– Ele adivinhou que era um enviado seu.

– Era isso que eu temia. Mas você conseguiu distrai-lo o bastante para que eu pegasse o livro, embora o tempo não tenha sido suficiente para a minha fuga. Ah, Sir James, estou muito feliz que o senhor tenha vindo!

Nosso gentil amigo tinha vindo em resposta a um chamado anterior. Ele escutou com a mais profunda atenção o relato de Holmes sobre o ocorrido.

– O senhor fez maravilhas! Maravilhas! – exclamou, ao ouvir a narrativa. – Mas, se os ferimentos dele são tão terríveis como o doutor Watson descreve, então certamente nosso propósito de frustrar o casamento será cumprido, sem termos de recorrer a este livro nojento.

Holmes balançou a cabeça.

– Mulheres como a senhorita De Merville não agem dessa forma. Ela o amaria ainda mais, como um mártir desfigurado. Não, não. É o lado moral dele, e não o físico, que temos de destruir. Esse livro a trará de volta à terra, e não conheço outra coisa que consiga fazê-lo. Ele escreveu tudo de próprio punho. Ela não poderá ficar indiferente.

Sir James carregou tanto o livro quanto o precioso pires. Como eu mesmo estava atrasado, saí com ele para a rua. Um carro o aguardava. Ele entrou, deu uma ordem apressada ao cocheiro e foi embora rapidamente. Ele atirou seu sobretudo pela metade da janela para cobrir o brasão que estava gravado na lateral do carro, mas eu já o tinha visto, à luz que saía de nossa porta. Fiquei boquiaberto. Voltei e subi rapidamente as escadas até o quarto de Holmes.

– Descobri quem é nosso cliente! – exclamei, louco para dar a grande notícia. – Holmes, ele é…

O arquivo secreto de Sherlock Holmes

– É um amigo leal e um cavalheiro da mais alta honraria – disse Holmes, impondo silêncio com a mão. – Agora e para sempre, que isso seja suficiente para nós.

Até hoje, não sei qual foi o destino do livro incriminatório. Talvez o próprio Sir James tenha tomado as devidas providências. Ou é mais provável que uma tarefa tão delicada tenha sido confiada ao pai da jovem senhorita. Em todo o caso, o efeito foi exatamente o esperado. Três dias depois, saiu uma nota no *Morning Post* informando que o casamento entre o barão Adelbert Gruner e a senhorita Violet De Merville fora cancelado. O mesmo jornal também relatou a primeira audiência do processo contra a senhorita Kitty Winter, sobre a grave acusação de tentativa de assassinato com o uso de ácido. Houve circunstâncias atenuantes no julgamento, de modo que a sentença, como todos se lembram, foi a mais branda possível para tal crime. Sherlock Holmes foi ameaçado com uma acusação por roubo; mas, quando as intenções são boas e um cliente é suficientemente ilustre, mesmo a rígida lei britânica se torna mais humana e flexível. Assim, meu amigo jamais se sentou no banco dos réus.

Capítulo 2

• O SOLDADO DESAPARECIDO •

Embora limitadas, as ideias do meu amigo Watson são extremamente convincentes. Há muito tempo ele insiste comigo para que eu mesmo escreva uma de minhas aventuras. Talvez eu tenha provocado sua insistência, visto que frequentemente tenho ocasião de mostrar a ele como suas narrativas são superficiais, e de acusá-lo de agradar ao gosto do público, em vez de se restringir rigorosamente aos fatos e às personagens. "Então tente você mesmo, Holmes!", ele me desafiou; e agora, com a caneta na mão, começo a compreender que o assunto realmente deve ser apresentado de modo que interesse o leitor.

O caso a seguir não poderia deixar de ser apresentado e figura entre os mais estranhos de minha carreira, embora Watson não o tenha registrado em suas notas. Por falar no meu velho amigo e biógrafo, aproveito a oportunidade para observar que, se conto com a companhia de Watson em minhas investigações, não procedo assim por qualquer sentimento ou por capricho, mas porque ele possui muitas qualidades notáveis – as quais omite por modéstia, em seus exagerados relatos de minhas façanhas. Um companheiro que prevê nossas conclusões e o curso de nossas ações é sempre perigoso; mas aquele para quem cada fase surge como uma perpétua

O arquivo secreto de Sherlock Holmes

surpresa, e para quem o futuro é sempre um livro fechado, é de fato um ajudante ideal.

Segundo o meu caderno de apontamentos, em janeiro de 1903, logo após o final da Guerra dos Bôeres, recebi a visita do senhor James M. Dodd, um britânico alto, jovial, bronzeado e atlético. Naquela ocasião, o bom Watson tinha me trocado por uma esposa – a única ação egoísta de que me recordo, durante o longo tempo de nossa parceria. Eu estava sozinho.

É meu hábito sentar-me de costas para a janela e colocar meus visitantes na cadeira oposta, onde a luz bate em cheio sobre eles. O senhor James M. Dodd parecia um tanto embaraçado no início da entrevista. Não fiz nenhuma tentativa de ajudá-lo, pois seu silêncio me deu mais tempo para observá-lo. Gosto de impressionar meus clientes com um ar de superioridade, e por isso apresentei a ele algumas de minhas deduções.

– O senhor vem da África do Sul, pelo que vejo.

– Sim, senhor – respondeu ele, um tanto surpreso.

– Da Guarda Imperial, creio eu.

– Exatamente.

– Do batalhão de Middlesex, sem dúvida.

– Isso mesmo, senhor Holmes. O senhor é brilhante.

Sorri, diante da expressão surpresa do meu visitante.

– Quando um cavalheiro de aparência tão viril adentra os meus aposentos, com o rosto bronzeado por um sol que não é da Inglaterra, e com o lenço enfiado na manga, em vez de estar enfiado no bolso, não é difícil adivinhar sua procedência. O senhor tem barba, e isso mostra que não é um soldado raso. Tem o porte de um cavalheiro. Quanto a Middlesex, seu cartão já havia me informado de que é um morador da Throgmorton Street. A que outro regimento o senhor se juntaria?

– O senhor percebe tudo.

– Não vejo mais do que o senhor, mas fui treinado para perceber além do que vejo. No entanto, senhor Dodd, não foi para discutir a ciência da observação que o senhor veio me visitar nesta manhã. O que tem acontecido em Tuxbury Old Park?

– Senhor Holmes!

– Meu caro senhor, não há mistério algum. Esse endereço está no timbre de sua carta; e, como o senhor marcou esta entrevista em termos muito urgentes, está claro que aconteceu alguma coisa repentina e muito importante.

– Sim, de fato. Mas a carta foi escrita à tarde, e muita coisa aconteceu desde então. Se o coronel Emsworth não me tivesse expulsado...

– O senhor foi expulso?

– Bem, chegou a esse ponto. É um osso duro de roer, esse coronel Emsworth. Foi o homem mais valente do exército em sua época, mas também é famoso por sua linguagem grosseira. Eu só o aturei por causa de Godfrey.

Acendi o cachimbo e encostei-me na cadeira.

– Talvez possa explicar sobre o que está falando.

Meu cliente sorriu maliciosamente.

– Já estava me acostumando com a ideia de que o senhor deduz tudo, sem que precise ser informado – disse ele. – Mas vou relatar todos os fatos, e espero em Deus que o senhor consiga me dizer o que eles significam. Passei a noite em claro, com a cabeça dando mil voltas; e, quanto mais penso, mais incrível me parece. Quando me alistei, em janeiro de 1901, há apenas dois anos, o jovem Godfrey Emsworth havia se alistado no mesmo esquadrão. Ele era o filho único do condecorado coronel Emsworth. O sangue de combatente corre nas veias de Godfrey, portanto não é de se admirar que se alistasse como voluntário. Não havia no regimento rapaz mais bonito. Estreitamos uma amizade, o tipo de amizade que só pode existir quando se vive a mesma vida e se compartilham as mesmas alegrias e as mesmas tristezas. Ele era meu companheiro, o que no exército pode significar muita coisa. Juntos, nós aguentamos de tudo durante um ano inteiro de duras batalhas. Um dia, ele foi atingido com munição de matar elefantes, durante o combate travado em Diamond Hill, nos arredores de Pretória. Recebi uma carta do hospital da Cidade do Cabo e outra de Southampton. Desde então, nem uma palavra, nem uma palavra, senhor Holmes, em mais de seis meses, e isso porque ele é o meu amigo mais próximo. Quando a

O arquivo secreto de Sherlock Holmes

guerra acabou e todos voltamos para casa, escrevi ao coronel Emsworth e perguntei onde estava Godfrey. Sem resposta. Esperei um pouco, e depois escrevi novamente. Desta vez, recebi uma resposta curta e grossa. Godfrey tinha partido em uma viagem pelo mundo, e talvez ele ficaria fora por um ano. Isso foi tudo. Não fiquei satisfeito, senhor Holmes. Tudo isso me pareceu muito estranho. Ele era um bom rapaz e não terminaria uma amizade assim. Não era do feitio dele. Depois, soube que ele tinha recebido uma grande herança e que ele e o pai não se entendiam muito bem. Às vezes o velho era violento, e o jovem Godfrey não merecia suportar isso. Não, não fiquei satisfeito e determinei que chegaria à raiz da questão. No entanto eu precisei cuidar de meus próprios assuntos, após dois anos de ausência; e somente nesta semana consegui retomar o caso de Godfrey. Agora estou me dedicando inteiramente a este caso e não vou parar até que tudo esteja esclarecido.

O senhor James M. Dodd parecia ser o tipo de pessoa que seria melhor ter como amigo do que como inimigo. Seus olhos azuis eram severos, e sua mandíbula quadrada não se movia enquanto ele falava.

– Bem, e o que o senhor tem feito?

– A primeira providência que tomei foi ir até a casa dele, em Tuxbury Old Park, perto de Bedford, para ver com os meus próprios olhos o que estava acontecendo. Escrevi para a mãe dele, pois já estava farto das ofensas do pai, e entrei diretamente no assunto: disse que Godfrey era meu amigo, que eu me preocupava muito com ele e que eu poderia contar a ela sobre nossas experiências comuns; como eu estava por perto, perguntei se haveria alguma objeção em visitá-la, e coisa e tal. Recebi uma resposta bastante amável da parte dela e um convite para passar a noite em sua casa. Foi isso que me levou para lá na segunda-feira. Tuxbury Old Park é um lugar de difícil acesso e fica a cinco milhas da estação mais próxima. Não havia nenhuma carruagem na estação, e tive de caminhar, carregando minha mala, e já estava quase escuro quando cheguei. É uma casa enorme e irregular e fica no meio de um parque imenso. Eu diria que pertence a todas as épocas e estilos, desde a fundação da era elizabetana até o pórtico vitoriano. O interior é revestido com todos os tipos de tapeçarias e de quadros antigos, já meio desbotados; enfim, é uma casa de sombras e mistério. Há um mordomo, o velho Ralph, que parece ter mais ou menos a mesma idade da casa, e a esposa dele parece mais velha ainda. Ela foi ama de Godfrey, que me falava sobre ela com o maior carinho, como se fosse a sua segunda mãe. Por isso tive simpatia por ela, apesar de sua aparência esquisita. Gostei também da mãe, uma mulher meiga, pequenina e muito pálida. E, como era de se esperar, o coronel foi muito antipático. Tivemos uma rusga logo de cara e só não voltei imediatamente para a estação para não aceitar o jogo dele. Fui imediatamente recebido em seu escritório, onde me deparei com um homem alto, meio curvo, de pele manchada e barba grisalha e rala, sentado atrás de uma escrivaninha cheia de papéis velhos. Um nariz avermelhado, pontudo como o bico de um abutre, e dois olhos cinzentos e ferozes me fitavam, debaixo daquelas sobrancelhas espessas. Naquele instante, compreendi por que Godfrey raramente falava sobre seu pai.

"'Bem, cavalheiro', disse ele, com um tom de voz irritante, 'eu gostaria de saber as verdadeiras razões desta visita'.

"Respondi que já os tinha declarado em minha carta à esposa dele.

"'Sim, sim; o senhor disse que conheceu Godfrey na África. Temos, é claro, apenas a sua palavra a esse respeito'.

"'Tenho cartas dele aqui, no meu bolso'.

"'Por favor, deixe-me vê-las'.

"Ele passou os olhos pelas duas cartas e logo as atirou de volta.

"'Bem. O que o senhor pretende?', ele perguntou.

"'Eu gosto muito de seu filho Godfrey, senhor. Muitos laços e memórias nos uniram. Não é natural que eu estranhe o seu súbito silêncio e deseje saber o que aconteceu com ele?'

"'Tenho uma vaga lembrança de já ter me correspondido com o senhor e de ter contado o que aconteceu com ele. Ele está em uma viagem de volta ao mundo. Ele não estava bem de saúde, depois das aventuras na África; e

O arquivo secreto de Sherlock Holmes

tanto a mãe dele quanto eu concordamos que era necessário um descanso completo e uma mudança de ares. Por gentileza, transmita essa explicação a quaisquer outros amigos que possam estar interessados no assunto.'

"'Sem dúvida', respondi. 'Mas talvez o senhor tivesse a bondade de informar qual o nome do navio em que ele partiu, e qual foi a data. Assim, eu poderia enviar uma carta para ele'.

"Tive a impressão de que esse pedido causou certo embaraço e irritação em meu anfitrião. Suas grandes sobrancelhas caíram sobre os olhos, e ele começou a batucar com os dedos impacientemente sobre a mesa. Finalmente, ele ergueu os olhos com a expressão de alguém que viu o adversário fazer um movimento perigoso no jogo de xadrez e decidiu como o neutralizar.

"'Muitas pessoas, senhor Dodd', disse ele, 'muitas pessoas se ofenderiam com sua insistência infernal e pensariam que sua insistência atingiu os limites da maldita impertinência'.

"'O senhor deve considerar a minha verdadeira afeição por seu filho.'

"'Exatamente. E já fiz todas as concessões sobre esse ponto. Devo pedir-lhe, no entanto, que desista dessas indagações. Cada família tem suas próprias tradições e seus próprios motivos, que nem sempre podem ser revelados para os de fora, por mais bem-intencionados que sejam. Minha esposa está ansiosa para ouvir alguma coisa sobre o passado de Godfrey, e creio que o senhor está em condições de falar sobre isso; mas peço que deixe o presente e o futuro em paz. Tais indagações não têm nenhum propósito e nos colocam em uma posição delicada e difícil.'

"Então fiquei em uma saia justa, senhor Holmes. Não havia mais nada a fazer. Só me restava fingir que aceitava a situação, e jurei para mim mesmo que não descansaria até que o destino de meu amigo fosse esclarecido. Foi uma noite monótona. Jantamos em silêncio, nós três, em uma sala de jantar lúgubre e sombria. A senhora me interrogou avidamente sobre seu filho, mas o velho parecia contrariado e deprimido. Fiquei tão aborrecido com tudo aquilo que arranjei uma desculpa, assim que as boas-maneiras me permitiram, e me retirei para meus aposentos. Era um quarto grande e vazio no andar térreo, tão sombrio quanto o resto da casa; mas, depois de um ano dormindo no campo de batalha, senhor Holmes, não é preciso ser muito exigente quanto aos aposentos. Eu abri as cortinas e olhei para o jardim, observando que era uma bela noite de lua crescente. Depois sentei-me junto ao fogo, com uma lâmpada ao meu lado, e tentei distrair minha mente lendo um romance. Porém, fui interrompido por Ralph, o velho mordomo, que chegou com um novo suprimento de carvão.

"'Calculei que o carvão poderia acabar durante a noite, senhor. O tempo está fechado, e estes quartos são frios.'

"Ele hesitou um pouco antes de sair do quarto; e, quando me voltei, dei de cara com ele: estava de pé, na minha frente, com um olhar melancólico em seu rosto enrugado.

"'Perdoe-me, senhor, mas não pude deixar de ouvir o que o senhor disse sobre o jovem mestre Godfrey, durante o jantar. Como sabe, senhor, minha esposa o amamentou, por isso posso dizer que sou o segundo pai dele. É natural que nos interessemos por ele. Ele sempre se portou bem, não é, senhor?'

"'Não havia um homem mais corajoso naquele regimento. Ele me salvou uma vez, em meio ao fogo cruzado dos bôeres. Se não fosse por ele, talvez eu não estivesse mais aqui.'

"'Sim, meu senhor, esse é o nosso jovem mestre Godfrey, sem tirar nem pôr. Ele sempre foi corajoso. Não há uma árvore neste bosque que ele não tenha escalado. Nada o amedrontava. Era um bom rapaz... Oh sim, e era um belo homem', disse ele, esfregando suas mãos magras.

"Coloquei-me de pé, em um sobressalto. 'Espere aí!', exclamei. 'O senhor diz que ele *era*. Fala como se ele estivesse morto! O que é todo esse mistério? O que aconteceu com Godfrey Emsworth?', e agarrei o velho pelo ombro, mas ele se encolheu.

"'Não sei o que quer dizer, meu senhor! Pergunte ao patrão! Ele sabe o que aconteceu ao nosso jovem mestre. Não cabe a mim interferir!'

"Ele ia sair, mas eu o segurei pelo braço. 'Escute!', eu disse. 'O senhor vai responder a uma pergunta antes de sair, mesmo que eu tenha de segurá-lo

O arquivo secreto de Sherlock Holmes

a noite toda. Godfrey está morto?' Ele não conseguia me olhar diretamente nos olhos. Parecia hipnotizado. A resposta foi arrancada de seus lábios. Foi uma resposta terrível e inesperada.

"'Quisera Deus que estivesse morto!', ele disse, chorando; e, libertando-se de mim, saiu correndo do quarto.

"O senhor deve imaginar, senhor Holmes, em que estado de espírito voltei à minha cadeira. As palavras do velho admitiam apenas uma interpretação. Era evidente que meu pobre amigo se envolvera em alguma transação criminosa ou, no mínimo, desonesta, que tocava a honra da família. Aquele velho severo havia mandado o filho para longe, escondendo-o do mundo, para que nenhum escândalo viesse à tona. Godfrey era bastante ingênuo e se deixava influenciar facilmente por aqueles que o rodeavam. Sem dúvida, ele deve ter-se envolvido com gente ruim, sendo desencaminhado e arrastado para a ruína. Era um caso lamentável, se eu estivesse certo em minhas suposições, e me sentia na obrigação de descobrir onde ele estava e ver se podia ajudá-lo. Eu estava completamente absorto nesses pensamentos quando ergui os olhos e vi Godfrey Emsworth diante de mim."

Meu cliente fez uma pausa, tomado por uma profunda emoção.

– Por favor, continue – disse eu. – Seu problema apresenta algumas características muito incomuns.

– Ele estava do lado de fora da janela, senhor Holmes, com o rosto pressionado contra o vidro. Eu disse ao senhor que tinha olhado pela janela, contemplando a noite. Ao voltar, deixei as cortinas meio abertas. Seu vulto estava emoldurado nessa abertura. A janela descia até o chão, e pude vê-lo de corpo inteiro, mas foi seu rosto que deteve o meu olhar. Ele estava mortalmente pálido. Nunca vi uma pessoa tão pálida! Penso que os fantasmas devem ter a mesma aparência; mas seus olhos encontraram os meus, e eram os olhos de um homem vivo. Quando percebeu que eu estava olhando para ele, Godfrey deu um salto para trás e desapareceu na escuridão. Havia alguma coisa errada com ele, senhor Holmes. Não era apenas aquele rosto horripilante, branco como um queijo na escuridão. Era algo mais sutil do que isso... alguma coisa de furtivo, algo culposo... algo muito

ARTHUR CONAN DOYLE

diferente do rapaz franco e viril que eu conhecera. Aquilo deixou um sentimento de horror em minha mente. Mas um homem que guerreia com os bôeres durante um ano ou mais sabe manter a coragem e agir com rapidez. Godfrey mal tinha desaparecido e já eu estava junto à janela. O trinco estava emperrado, e levei algum tempo para abri-lo. Então, pulei para fora e corri pelo jardim, na direção que julgava que ele pudesse ter tomado. Era um longo caminho e havia pouca luz, mas me pareceu que algo estava se movendo à minha frente. Corri e chamei-o pelo nome, mas foi em vão. Quando cheguei ao final do caminho, havia vários outros, ramificando em diferentes direções. Parei, hesitante, e então ouvi claramente o som de uma porta que se fechava. Não estava atrás de mim na casa, mas à minha frente, em algum lugar na escuridão. Isso foi suficiente, senhor Holmes, para me assegurar de que o que eu tinha visto não era uma assombração. Godfrey fugia de mim e tinha fechado aquela porta. Disso eu estava certo. Não havia mais nada que eu pudesse fazer, e passei uma noite desconfortável, revirando o assunto na minha mente e tentando encontrar alguma teoria que explicasse os fatos. No dia seguinte, achei o coronel um pouco mais conciliador; e, como sua esposa observou que havia alguns lugares interessantes nas imediações, isso me deu ocasião para perguntar se minha presença por mais uma noite os incomodaria. Uma aquiescência um tanto rancorosa do velho me deu mais um dia para fazer minhas investigações. Eu estava perfeitamente convencido de que Godfrey estava escondido em algum lugar próximo; mas onde, e por quê, ainda faltava descobrir. A casa era tão grande e tão irregular que poderia esconder um regimento inteiro sem que ninguém o notasse. Se havia algum segredo, estava ali; mas a porta que eu tinha ouvido se fechar certamente não fazia parte da casa. Eu precisava explorar o jardim, para ver o que conseguiria encontrar. Não havia nenhum obstáculo no caminho, pois os velhos criados estavam ocupados em suas tarefas e me deixavam à vontade. Havia vários pequenos anexos, mas na extremidade do jardim havia uma construção à parte, suficientemente espaçosa para servir de moradia a um jardineiro ou zelador. Poderia ser aquele o lugar de onde tinha vindo o som? Aproximei-me do lugar,

O ARQUIVO SECRETO DE SHERLOCK HOLMES

simulando indiferença, como se estivesse passeando sem rumo pelo jardim. De repente, um homem barbudo, de pequena estatura, de casaco preto e chapéu-coco, nada parecido com um jardineiro, abriu a porta e saiu. Para minha surpresa, ele trancou a porta e colocou a chave no bolso. Somente depois ele percebeu a minha presença, um pouco admirado.

"'O senhor é um visitante?', perguntou ele.

"Respondi que sim, e disse também que era amigo de Godfrey. 'É uma pena que ele esteja em viagem, pois ele teria gostado muito de me ver', continuei.

"'Exatamente', disse ele, com um ar de quem tem culpa no cartório. 'E, sem dúvida, o senhor retornará em um momento mais oportuno'.

"O homem misterioso seguiu seu caminho, mas, quando me voltei, percebi que ele estava me observando, meio encoberto pelos louros, no final do jardim. Dei uma boa olhada na casinha; mas as janelas estavam veladas por pesadas cortinas, e, até onde se podia ver, a casa estava vazia. Se eu não fosse cuidadoso, poderia colocar tudo a perder, ou mesmo ser expulso dali, pois sabia que estava sendo vigiado. Assim, regressei para a casa principal e esperei pela noite, antes de prosseguir com a minha investigação. Quando tudo estava em silêncio e oculto na escuridão, deslizei pela janela e dirigi-me silenciosamente para a casinha misteriosa. Eu disse que havia pesadas cortinas diante das janelas, mas descobri naquele momento que as janelas também tinham venezianas. Alguma luz, no entanto, conseguia entrar por uma delas, e concentrei ali toda a minha atenção. Por sorte, a cortina não havia sido bem fechada, e havia uma fenda na veneziana; de modo que pude ver o interior do quarto. Era um lugar bastante alegre, com uma boa lareira e luz forte. Bem ao meu lado estava sentado o homenzinho que vira pela manhã. Ele estava fumando um cachimbo e lendo um jornal."

– Que jornal? – perguntei.

Meu cliente parecia aborrecido com a interrupção de sua narrativa.

– Isso realmente importa? – perguntou ele.

– É o mais essencial.

– Eu realmente não reparei.

ARTHUR CONAN DOYLE

– Talvez o senhor tenha reparado se era um jornal de formato grande, ou daqueles de tamanho menor, como as publicações semanais.

– Agora que o senhor mencionou esse detalhe... não, não era grande. Poderia ser o *Spectator*. Mas não tive tempo de pensar nesses detalhes, pois havia um segundo homem sentado de costas para a janela, e eu poderia jurar que era Godfrey. Não pude ver seu rosto, mas reconheci a inclinação familiar dos ombros dele. Ele estava apoiado sobre o cotovelo, em uma atitude de profunda melancolia, com o corpo voltado para o fogo. Eu ainda hesitava sobre o que deveria fazer, quando senti uma dura pancada no ombro. Era o coronel Emsworth ao meu lado.

"'Por aqui, cavalheiro!', disse ele, em voz baixa. Ele caminhou em silêncio até a casa, e o segui até meu próprio quarto. Ele tinha pegado um horário de trens no corredor. 'Há um trem para Londres às oito e meia', disse ele. 'A carruagem estará à porta às oito horas.'

"Ele estava branco de raiva, e, de fato, eu me sentia em uma posição tão difícil que apenas pude balbuciar algumas palavras incoerentes, com as quais tentava me desculpar, ressaltando a minha ansiedade por ter notícias do meu amigo.

"'Este assunto não será mais discutido', disse ele abruptamente. 'O senhor se intrometeu de forma muito grave na privacidade de nossa família. Estava aqui como convidado e sairá como um espião. Não tenho mais nada a dizer, senhor, a não ser que não tenho nenhum desejo de vê-lo novamente.'

"Então perdi totalmente a calma, senhor Holmes, e respondi com certa agressividade.

"'Eu vi o seu filho e estou convencido de que, por alguma razão, o senhor o está escondendo do mundo. Não tenho ideia de quais sejam seus motivos para prendê-lo dessa maneira, mas estou certo de que ele não é mais uma pessoa livre. Advirto-o, coronel Emsworth, de que, até que eu tenha certeza da segurança e bem-estar do meu amigo, jamais desistirei dos meus esforços para desvendar esse mistério, e certamente não me deixarei intimidar por nada que o senhor possa dizer ou fazer.'

O arquivo secreto de Sherlock Holmes

"O velho ficou furioso, e realmente pensei que iria me atacar. Eu mencionei que ele era um gigante esquivo e feroz; e, embora eu não seja nenhum fracote, talvez fosse difícil me impor contra ele. Entretanto, depois de um longo olhar de raiva, ele se virou sobre os calcanhares e saiu do quarto. De minha parte, tomei o trem designado pela manhã, com a plena intenção de vir diretamente ao senhor e pedir seu conselho e assistência."

Tal era o problema que meu visitante me apresentou. Como o leitor astuto já terá percebido, o caso apresentava poucas dificuldades para sua solução, pois havia poucas alternativas para se chegar à raiz da questão. No entanto, por mais elementar que fosse, havia pontos de interesse e de novidade sobre o assunto que poderiam justificar minha decisão de divulgá-lo por escrito. Então, utilizando meu método familiar de análise lógica das circunstâncias, tratei de restringir as soluções possíveis.

– Sobre os criados – perguntei –, quantos estavam na casa?

– Creio que havia somente o velho mordomo e a esposa dele. Eles pareciam viver da maneira mais simples possível.

– Então, não havia nenhum criado na casinha do jardim?

– Nenhum, a menos que o homenzinho barbudo esteja agindo como tal. No entanto, ele parece ser um homem de posição bastante superior.

– Isso me parece muito sugestivo. Você não percebeu se alguém levava comida de uma casa para a outra?

– Agora que o senhor mencionou isso, lembro-me de ter visto o velho Ralph carregar um cesto pelo jardim, em direção à casinha. Não tinha imaginado que pudesse ser comida.

– Você fez alguma pergunta nos arredores?

– Sim. Falei com o chefe da estação e também com o dono da hospedaria. Eu simplesmente perguntei se eles sabiam alguma coisa sobre o meu amigo Godfrey Emsworth. Ambos me asseguraram de que ele partira em uma viagem ao redor do mundo. Ele havia retornado da guerra e logo depois havia partido. Ficou evidente que essa era a história oficialmente divulgada.

– O senhor não disse nada a respeito de suas suspeitas?

– Nada.

– Fez muito bem. Sem dúvida alguma, esse assunto deve ser investigado. Irei com o senhor a Tuxbury Old Park.

– Hoje mesmo?

Ocorre que, naquele momento, eu estava ocupado em resolver o caso que meu amigo Watson descreveu como "o caso da Abbey School", no qual o duque de Greyminster estava profundamente envolvido. Eu também recebera uma missão do sultão da Turquia que exigia uma ação imediata, e meu descuido poderia causar consequências políticas da maior gravidade. Dessa forma, foi somente no início da semana seguinte, segundo o meu diário, que pude viajar para Bedfordshire em companhia do senhor James M. Dodd. Quando nossa carruagem passou por Euston, juntou-se ao nosso grupo um cavalheiro grave e taciturno, de terno cinza-ferro, com o qual eu havia feito os arranjos necessários.

– Este é um velho amigo – disse eu a Dodd. – Talvez a presença dele seja totalmente desnecessária, mas, por outro lado, pode ser essencial. Por ora, é a única informação que posso revelar.

As narrativas de Watson acostumaram o leitor, sem dúvida, ao fato de que eu não desperdiço palavras nem revelo meus pensamentos enquanto um caso está realmente em investigação. Dodd pareceu surpreso, mas não disse nada; e nós três continuamos nossa jornada juntos. No trem, fiz mais algumas perguntas a Dodd, que eu desejava que nosso companheiro ouvisse.

– O senhor diz que viu claramente o rosto de seu amigo pela janela, tão claramente que não tem dúvida quanto à identidade dele, não é?

– Não tenho dúvida. Ele pressionou o nariz contra o vidro. A lâmpada iluminou em cheio o rosto dele.

– Não poderia ter sido alguém parecido com ele?

– Não, não; com certeza era ele.

– Mas o senhor diz que seu amigo estava mudado.

– Apenas na cor. O rosto dele estava… Como posso descrever?… Pálido como barriga de peixe. Era um rosto pálido.

– A palidez era uniforme?

O arquivo secreto de Sherlock Holmes

– Creio que não. O que vi mais claramente foi a testa, quando colou a cara na janela.

– O senhor não o chamou?

– Naquele momento, fiquei assustado, horrorizado. Depois o persegui, como já disse, mas sem resultado.

Meu caso estava praticamente esclarecido, e só faltava um detalhe para completá-lo. Quando, depois de uma longa viagem, chegamos ao estranho e velho casarão já descrito por meu cliente, foi Ralph, o mordomo, que nos recebeu à porta. Eu havia alugado a carruagem para o dia todo e pedi que meu velho amigo ficasse ali dentro, a menos que fosse chamado.

Ralph, um homem já idoso e cheio de rugas, usava a roupa convencional, isto é, casaco preto e calça risca de giz, mas havia um detalhe muito curioso. Ele usava luvas de couro marrom, mas, assim que nos viu, tirou-as imediatamente, deixando-as em cima da mesa do vestíbulo. Como meu amigo Watson costuma dizer, tenho sentidos aguçados além do normal; e então senti um cheiro muito tênue, mas incisivo. Parecia emanar do centro daquela mesa do vestíbulo. Virei-me, coloquei meu chapéu ali, derrubei-o e abaixei-me para apanhá-lo – fazendo o possível para aproximar o nariz daquelas luvas. Sim, sem dúvida, aquele estranho odor de alcatrão emanava daquelas luvas. Quando entrei no escritório, meu caso já estava resolvido. Infelizmente eu revelo o jogo e mostro minhas cartas ao contar minha própria história! Pois foi assim, escondendo os elos da cadeia, que Watson foi capaz de produzir seus finais tão maravilhosos.

O coronel Emsworth não estava no escritório; mas, tendo recebido o recado de Ralph, veio imediatamente. Ouvimos seus passos rápidos e pesados no corredor. A porta foi aberta com violência, e ele entrou, com a barba retorcida e as feições transtornadas, um homem tão velho e terrível como jamais vi. Ele trazia nas mãos os nossos cartões, que rasgou em pedacinhos e pisoteou.

– Eu não lhe disse, seu intrometido dos infernos, que estava proibido de pisar em minha casa? Não se atreva a mostrar sua maldita cara! Se o senhor entrar novamente sem minha permissão, estarei no meu direito de usar violência. Eu atiro em você, senhor! Por Deus, eu atiro! Quanto ao senhor – disse ele, dirigindo-se a mim –, estendo o mesmo aviso! Estou familiarizado com sua ignóbil profissão, mas leve seus grandes talentos para longe daqui! Não há nada para o senhor aqui!

– Não sairei daqui – disse com firmeza o meu cliente – enquanto não ouvir do próprio Godfrey que ele não está sob coação alguma.

Nosso anfitrião involuntário tocou a campainha.

– Ralph! – ordenou ele. – Telefone para a polícia do condado e peça ao inspetor para enviar dois guardas. Diga a ele que há assaltantes na casa.

– Um momento! – exclamei. – O senhor deve estar ciente, senhor Dodd, de que o coronel Emsworth está em seu direito, e de que não temos nenhum status legal dentro da casa dele. Por outro lado, ele deveria reconhecer que nossa ação é inteiramente motivada por uma preocupação com o filho dele. Atrevo-me a esperar que, se me fossem concedidos cinco minutos de conversa com o coronel Emsworth, certamente ele poderia mudar seu ponto de vista sobre o assunto.

– Não sou uma pessoa tão fácil de convencer! – respondeu o velho soldado. – Ralph, faça o que mandei. Que diabos você está esperando? Ligue para a polícia!

– Nada disso! – bradei, barrando a porta de entrada. – Qualquer interferência policial provocaria a própria catástrofe que o senhor tanto teme.

Peguei meu bloco de anotações e escrevi uma palavra em uma folha solta.

– Foi isto que nos trouxe até aqui – disse eu, entregando o papel ao coronel Emsworth.

Quando ele viu a escrita, toda a expressão desapareceu de seu rosto, exceto o espanto.

– Como é que o senhor sabe? – ele começou a arfar, caindo pesadamente na cadeira.

– Saber das coisas é o meu trabalho.

Ele ficou absorvido em profundos pensamentos, cofiando a barba com sua mão magra. Depois fez um gesto de resignação.

O ARQUIVO SECRETO DE SHERLOCK HOLMES

– Bem, se desejam ver Godfrey, então devem vê-lo. Não vou mais impedi-los. Os senhores venceram. Ralph, diga ao senhor Godfrey e ao senhor Kent que estaremos lá em cinco minutos.

Decorrido esse tempo, seguimos pelo caminho do jardim até pararmos em frente à casa misteriosa. O pequeno homem barbudo estava de pé, junto à porta, com olhar de considerável espanto.

– Isto é muito repentino, coronel Emsworth – disse ele. – Isto vai desarticular todos os nossos planos.

– Não pude evitar, senhor Kent. Estamos de mãos atadas. Podemos ver o senhor Godfrey?

– Sim, ele está esperando lá dentro.

Ele se virou e nos conduziu a uma grande sala, bem mobiliada. Um homem estava ali, em pé, de costas para o fogo. Ao vê-lo, meu cliente avançou em direção a ele com a mão estendida.

– Olá, Godfrey, meu velho amigo! Como é bom revê-lo!

No entanto, o outro fez um gesto impaciente para afastá-lo.

– Não toque em mim, Jimmie. Fique a distância. Sim, olhe bem para mim! Não pareço mais aquele elegante soldado Emsworth, do Esquadrão B, não é verdade?

Sua aparência era, de fato, extraordinária. Podia-se ver que realmente ele era um belo homem, de feições delicadas, bronzeado pelo sol da África; mas, nas áreas mais escuras de seu rosto, havia manchas esbranquiçadas que davam um tom estranho à sua pele.

– Eu não posso receber visitas – disse ele. – Se fosse apenas você, Jimmie, não me importaria; mas não compreendo a presença de seu amigo. Suponho que haja uma boa razão para isso. Mas, como vocês podem ver, não estou bem.

– Eu queria ter certeza de que você estava bem, Godfrey. Eu o vi naquela noite, quando você veio à minha janela. Desde então, não pude mais descansar.

– O velho Ralph me disse que você estava aqui. Eu não queria que você tivesse me visto, e tive de correr para o meu esconderijo quando ouvi a janela se abrir.

53

– Mas, pelo amor de Deus, o que está acontecendo?

– Bem, não é uma história muito longa – respondeu Godfrey, acendendo um cigarro. – Você se lembra daquele combate matinal em Buffelsspruit, nos arredores de Pretória, a leste da linha ferroviária? Você soube que fui atingido?

– Sim, eu soube, mas nunca mais tive notícias suas.

– O campo de batalha era um terreno muito irregular, como você deve se lembrar. Três de nós se perderam dos outros: o Baldy Simpson, o Anderson e eu. Passamos por um bôer que se fingia de morto, e ele nos alvejou com munição de matar elefantes. Os outros dois rapazes morreram. Eu fui ferido no ombro. Consegui me agarrar ao meu cavalo, e ele galopou por vários quilômetros; até que desmaiei e caí da sela. Quando voltei a mim, já era noite. Levantei-me, sentindo-me muito fraco e doente. Para minha surpresa, havia uma casa perto de mim. Uma casa bem grande, com um belo alpendre e muitas janelas. Fazia um frio mortal. Você se lembra muito bem daquele frio entorpecedor que costumava fazer à noite. Um frio terrível, aterrorizante, muito diferente dos flocos suaves da nossa nevasca. Eu estava gelado até os ossos, e minha única esperança parecia estar naquela casa. Tentei ficar de pé e fui me arrastando, quase sem consciência do que fazia. Tenho uma vaga lembrança de ter subido lentamente os degraus, de entrar por uma porta, e depois atravessar um enorme salão com várias camas e me atirar sobre uma delas, com um suspiro de satisfação. A cama estava desfeita, mas nem me importei com isso. Puxei os cobertores, e logo caí em um sono profundo. Quando acordei, pela manhã, em vez de ter despertado em um mundo de sanidade, eu parecia ter emergido em um extraordinário pesadelo. O sol africano invadia as janelas amplas e sem cortinas, e cada detalhe do imenso dormitório, caiado e vazio, se destacava com força e clareza. Diante de mim estava um homem de baixa estatura – um pigmeu, de cabeça volumosa, que tagarelava excitadamente em holandês, balançando duas mãos horrorosas, que pareciam duas esponjas. Atrás dele estava um grupo de pessoas que parecia se divertir imensamente com

O ARQUIVO SECRETO DE SHERLOCK HOLMES

a situação, mas senti um arrepio enquanto eu olhava para eles. Nenhum deles parecia ser uma criatura deste mundo. Todos eram deformados, inchados ou estranhamente desfigurados de alguma forma. O riso daquelas monstruosidades era uma coisa horrível de se ouvir. Parecia que nenhum deles falava inglês, e a situação estava fora de controle; pois a criatura de cabeça grande ficava cada vez mais furiosa e, gritando como uma besta selvagem, tinha colocado suas mãos deformadas sobre mim e me arrastava para fora da cama, sem se importar com o fluxo de sangue que saía pela minha ferida. O pequeno monstro era tão forte quanto um touro, e não sei o que ele teria feito comigo se um homem idoso, claramente em posição de autoridade, não tivesse sido atraído pelo burburinho. Ele disse algumas palavras severas em holandês, e meu perseguidor se acalmou. Então o idoso se voltou para mim, cheio de espanto.

"'Como veio parar aqui?', ele perguntou. 'Calma. Vejo que está cansado e que seu ombro ferido precisa de cuidados. Eu sou médico e posso fazer um curativo. Mas, homem de Deus! Aqui você corre um perigo muito maior do que no campo de batalha. Você está em um hospital de leprosos e dormiu na cama de um leproso!'

"Preciso dizer mais alguma coisa, Jimmie? Ao que parece, diante da batalha que se aproximava, todas aquelas pobres criaturas haviam sido evacuadas dali no dia anterior. E depois, enquanto os britânicos avançavam, eles foram levados de volta por aquele homem, que era o médico superintendente. Ele me disse que, embora acreditasse que eu era imune à doença, ele não teria ousado fazer o que fiz. Ele me instalou em um quarto particular, cuidou de mim e, mais ou menos uma semana depois, fui transferido para o Hospital Geral de Pretória. Essa é a minha tragédia. Fiquei cheio de esperança; mas, depois de ter voltado para casa, surgiram os terríveis sinais que você vê no meu rosto. Eu não tinha sido poupado. O que mais eu deveria fazer? Ninguém sabia que eu estava aqui. Tínhamos dois criados em quem podíamos confiar totalmente. Havia uma casinha onde eu poderia viver. Sob compromisso de sigilo total, o senhor Kent, que é médico, se ofereceu para ficar comigo. Simples assim. A alternativa era terrível: a segregação perpétua entre estranhos, sem esperança de libertação. Mas o sigilo absoluto era necessário, senão esta pacata região rural teria sido abalada por um grande clamor. Assim, fui arrastado para este terrível destino. Até você, Jimmie, até você teve de ser mantido no escuro. Mas não consigo entender por que meu pai resolveu revelar tudo agora."

O coronel Emsworth apontou para mim.

– Foi este cavalheiro que me obrigou – disse ele, desdobrando o pedaço de papel no qual eu havia escrito a palavra "lepra". – Já que ele sabia tanto, era mais seguro que ele soubesse tudo.

– Exatamente – confirmei. – Mas quem sabe se algo bom não pode resultar de tudo isso? Ao que parece, somente o doutor Kent examinou o paciente. Permita-me fazer uma pergunta, doutor: o senhor é um especialista em enfermidades de natureza tropical ou semitropical?

– Tenho apenas os conhecimentos de um clínico geral – respondeu ele, com alguma formalidade.

– Doutor, não tenho dúvida em relação a sua competência, mas o senhor concordará que, em casos como este, vale ouvir uma segunda opinião. Sei que o senhor evitou essa alternativa, por medo de insistirem no isolamento do paciente.

– Exatamente – disse o coronel Emsworth.

– Eu já havia previsto tal situação – expliquei – e trouxe comigo uma pessoa. Podem contar com sua total e absoluta discrição. Uma vez prestei a ele um serviço profissional, e ele se prontificou a emitir sua opinião como amigo, não como especialista. Ele é Sir James Saunders.

Nem a perspectiva de uma entrevista com o lorde Roberts em pessoa teria causado tanto deslumbramento e satisfação em um plebeu como se refletiu no rosto do doutor Kent.

– Será uma honra conhecê-lo! – murmurou ele.

– Então pedirei a Sir James que venha até aqui. Ele está lá fora, na carruagem. Enquanto isso, coronel Emsworth, talvez possamos nos reunir em seu escritório, para que eu dê as explicações necessárias.

O ARQUIVO SECRETO DE SHERLOCK HOLMES

E é neste momento que mais sinto falta do meu Watson. Por meio de diálogos elaborados, perguntas astutas e exclamações de espanto, ele conseguiria elevar minha modesta arte, que é apenas um senso comum sistematizado, ao patamar de um prodígio. Quando conto minha história, não tenho tal ajuda. Todavia, tentarei transmitir ao leitor o meu processo mental, da mesma forma que o demonstrei à minha pequena audiência, que incluiu a mãe de Godfrey, no escritório do coronel Emsworth.

– Todo o meu processo – disse eu – começa com a suposição de que, quando se elimina tudo o que é impossível, então o que resta, por mais improvável que seja, deve ser a verdade. É bem possível que várias explicações permaneçam, e nesse caso devemos testar uma por uma, até que uma delas seja convincente. Vamos agora aplicar este princípio ao caso em questão. Quando me foi apresentado pela primeira vez, havia três explicações possíveis para a reclusão ou o encarceramento desse senhor em uma moradia externa à mansão de seu pai. Havia a hipótese de que ele estivesse escondido por algum crime, ou de que ele estava louco e que a família queria evitar um asilo, ou que ele tinha contraído alguma doença que causou sua segregação. Não consegui pensar em nenhuma outra solução adequada. Então essas três hipóteses deveriam ser analisadas e confrontadas umas contra as outras. A alternativa do crime não resistiu à análise. Não havia relatos de nenhum crime sem solução neste distrito. Eu estava certo disso. Se fosse algum crime ainda não descoberto, então claramente seria do interesse da família se livrar do delinquente e mandá-lo para o exterior, em vez de mantê-lo escondido em casa. Eu não via explicação para tal linha de conduta. A insanidade era mais plausível. A presença de uma segunda pessoa na casa de hóspedes sugeria um guardião. O fato de ele ter trancado a porta ao sair fortaleceu a suposição e deu a ideia de encarceramento. Por outro lado, esta restrição não poderia ser tão severa, senão o jovem não poderia ter saído e descido para dar uma olhada em seu amigo. O senhor se lembrará das várias perguntas que fiz, senhor Dodd, como, por exemplo, sobre o jornal que o senhor Kent estava lendo. Se fosse o *Lancet* ou o *British Medical Journal,* isso teria me ajudado. Não é ilegal, no entanto, manter um lunático em instalações privadas, desde que haja uma pessoa qualificada para isso e que as autoridades tenham sido devidamente notificadas. Por que, então, todo esse desejo desesperado de sigilo? Mais uma vez, não consegui fazer com que a teoria se encaixasse nos fatos.

"Restava a terceira possibilidade, na qual, rara e improvável como era, tudo parecia encaixar. A hanseníase não é rara na África do Sul. Por algum acaso extraordinário, esse jovem poderia tê-la contraído. Sua família estava em uma posição terrível, pois desejava salvá-lo da segregação. Seria necessário um grande sigilo para evitar rumores e interferências subsequentes por parte das autoridades. Um médico dedicado, se suficientemente pago, seria facilmente encontrado para tomar conta do doente. Não haveria razão para que não fosse permitida a liberdade a este último, após o anoitecer. O clareamento da pele é um resultado comum da doença. O caso era notável, tão notável que decidi agir como se já estivesse esclarecido. Quando notei que Ralph, que serve as refeições, usava luvas impregnadas com desinfetante, minhas últimas dúvidas foram dirimidas. Uma única palavra mostrou ao senhor que seu segredo havia sido descoberto; e, se escrevi em vez de dizer, foi para provar que podia confiar em minha discrição."

Eu terminava essa pequena análise do caso quando a porta se abriu e entrou a figura austera do grande dermatologista. Mas, dessa vez, suas feições enigmáticas de esfinge estavam relaxadas, e havia uma humanidade calorosa nos olhos dele. Ele se aproximou do coronel Emsworth e apertou-lhe a mão.

– Na maioria das vezes, tenho o dever de transmitir más notícias, e raramente boas – disse ele. – Mas esta é uma ocasião mais que bem-vinda. Não é hanseníase.

– O quê?

– É um caso típico de falsa lepra ou ictiose, uma afecção da pele em forma de escama. É antiestética, agressiva, mas possivelmente curável; e com certeza não é contagiosa. Sim, senhor Holmes, a coincidência é notável.

O ARQUIVO SECRETO DE SHERLOCK HOLMES

Mas será realmente uma coincidência? Não haveria forças sutis em ação, sobre as quais pouco sabemos? Talvez a terrível apreensão que esse jovem sofreu, desde sua exposição ao contágio, tenha produzido um efeito físico que simulava o que ele mais temia. De qualquer forma, empenho minha reputação profissional... Oh, a senhora desmaiou! Creio que o doutor Kent possa cuidar dela, até que ela se recupere desse susto feliz.

Capítulo 3

• O ROUBO DA PEDRA MAZARIN •

Foi muito agradável para o doutor Watson encontrar-se mais uma vez na sala desarrumada do primeiro andar da Baker Street, que havia sido o ponto de partida de tantas aventuras notáveis. Ele olhou à sua volta: os certificados na parede, a bancada de produtos químicos manchada de ácido, a caixa de violino encostada em um canto, o balde de carvão, que continha os velhos cachimbos e o tabaco. Finalmente, seus olhos se voltaram para o rosto fresco e sorridente de Billy, o jovem pajem, muito prático e discreto, que ajudara a preencher a lacuna de solidão e isolamento que rodeava a figura taciturna do grande detetive.

– Tudo parece igual, Billy. Você também não mudou nada. Espero que possamos dizer o mesmo sobre ele…

Billy dirigiu um olhar apreensivo em direção à porta fechada do quarto.

– Acho que ele está dormindo – disse.

Eram sete horas da noite de um lindo dia de verão, mas o doutor Watson não ficou surpreso; ele era bem familiarizado com as horas irregulares de sono de seu velho amigo.

O arquivo secreto de Sherlock Holmes

– Isso significa que temos um caso?

– Sim, senhor, e ele está muito empenhado em solucioná-lo. Temo por sua saúde. Ele está ficando cada vez mais pálido e mais magro e não come nada. "Quando o senhor terá o prazer de jantar, senhor Holmes?", perguntou a senhora Hudson. "Às sete e meia, depois de amanhã", ele respondeu. O senhor sabe como ele fica quando está interessado em um caso.

– Sim, Billy, eu sei.

– Ele está seguindo alguém. Ontem ele se disfarçou de operário à procura de emprego. Hoje, ele era uma mulher idosa. Conseguiu enganar até a mim, que já estou acostumado aos seus disfarces – disse Billy, sorrindo e apontando para um guarda-sol encostado ao sofá. – Aquilo fazia parte do traje da mulher idosa – disse ele.

– Afinal, do que se trata, Billy?

Billy baixou a voz, como alguém que discute grandes segredos de Estado:

– Não estou proibido de contar, senhor; mas isso não pode sair daqui. É o caso do diamante da Coroa.

– O quê? O roubo de cem mil libras?

– Sim, senhor. Estão desesperados para recuperá-lo. Imagine que o primeiro-ministro e o ministro do Interior estiveram ambos sentados naquele mesmo sofá! O senhor Holmes foi muito gentil com eles. Ele logo os tranquilizou, prometendo que faria tudo o que pudesse. Depois veio o lorde Cantlemere.

– Oh!

– Sim, doutor! E o senhor sabe o que isso significa. Ele é um homem muito arrogante, senhor, se me permite dizê-lo. Eu simpatizo com o primeiro-ministro e não tenho nada contra o ministro do Interior, que me pareceu um homem educado e solícito, mas não suporto aquele lorde. Nem o senhor Holmes, senhor. Ele não acredita no senhor Holmes e foi contrário à ideia de contratá-lo. Ele torce pelo seu fracasso.

– E o senhor Holmes sabe disso?

– O senhor Holmes sempre sabe tudo que é preciso saber.

– Bem, vamos esperar que ele não falhe e que o lorde Cantlemere fique com vergonha. Mas, diga-me, Billy, para que serve aquela cortina ali do outro lado?

– O senhor Holmes mandou instalar faz três dias. Ela esconde algo muito interessante.

Billy avançou e correu o pano, que fazia separação entre a sala e o terraço.

O doutor Watson não conseguiu conter um grito de espanto. Havia ali uma réplica exata de seu velho amigo, usando roupão e tudo o mais, com o rosto virado uns três quartos em direção à janela e para baixo, como se estivesse lendo um livro invisível. O corpo estava afundado em uma poltrona. Billy desprendeu a cabeça e segurou-a no ar.

– Nós a colocamos em ângulos diferentes, para que fique mais realista. Eu não ousaria tocá-la se a janela não estivesse fechada. Mas, quando está aberta, isto pode ser visto do outro lado da rua.

– Já fizemos algo parecido antes.

– Antes do meu tempo... – disse Billy.

Ele abriu as persianas da janela e olhou em direção à rua.

– Senhor, estamos sendo observados de longe. Posso ver um sujeito agora na janela. Dê uma olhada por si mesmo.

Watson havia dado um passo à frente, quando a porta do quarto se abriu e emergiu a forma longa e esguia de Holmes. Seu rosto estava pálido, com a barba por fazer, mas seu passo e sua postura estavam firmes como sempre. Com um único salto, ele já estava ao lado da janela e tinha fechado a persiana novamente.

– Já chega, Billy – disse ele. – Você estava em perigo de vida, meu rapaz, e eu não ainda não posso ficar sem você. Olá, Watson, é bom vê-lo novamente em seus antigos aposentos. Você chegou em um momento crítico.

– Acabo de saber disso.

– Pode ir agora, Billy. Ah, esse rapaz é um problema, Watson. Até quando poderei permitir que ele se exponha ao perigo?

– Perigo de quê, Holmes?

O ARQUIVO SECRETO DE SHERLOCK HOLMES

– De morte súbita. Estou aguardando por algo que vai acontecer nesta noite.

– Aguardando o quê?

– O meu assassinato, Watson.

– Que brincadeira sem graça, Holmes!

– Mesmo o meu limitado senso de humor poderia desenvolver uma piada melhor do que essa. Mas podemos ficar à vontade nesse meio-tempo, não podemos? O álcool é permitido? O gasogênio e os charutos estão no lugar de sempre. Deixe-me vê-lo mais uma vez em sua poltrona, Watson. Espero que não tenha aprendido a desprezar meu cachimbo e meu lamentável tabaco. É o que tem me sustentado nos últimos dias, no lugar da comida.

– Mas por que não tem comido?

– Porque as minhas faculdades se tornam refinadas quando estou com fome. Como médico, meu caro Watson, você deve admitir que todo o fornecimento de sangue direcionado para a digestão é retirado do cérebro. E sou um cérebro, Watson. O resto de mim é um mero apêndice. Portanto, é somente o meu cérebro que importa.

– Mas e esse perigo, Holmes?

– Ah, sim. Se isso realmente acontecer, guarde na memória o nome e o endereço do assassino. Você pode dá-lo à Scotland Yard, com lembranças minhas e uma bênção de despedida. O nome dele é Sylvius. Conde Negretto Sylvius. Escreva, homem, escreva! Moorside Gardens, 136 Oeste. Copiou?

O rosto calmo de Watson tremia de ansiedade. Ele conhecia muito bem os imensos riscos assumidos por Holmes e pressentiu que aquilo não era um exagero. Watson era sempre um homem de ação e, naquela ocasião, não fez por menos.

– Conte comigo, Holmes. Não tenho compromissos nos próximos dois dias.

– Você não mudou nada, Watson. Ou melhor, agora você acrescentou a mentira aos seus outros vícios. Sei que você é um médico muito ocupado, com atendimentos de hora em hora.

– Não são pacientes tão importantes. Mas você não pode mandar prender esse sujeito?

– Sim, Watson, eu poderia. Isso é o que o preocupa tanto.

– Mas por que você não faz isso?

– Porque ainda não sei onde está o diamante.

– Ah! Billy me disse… a joia desaparecida da Coroa!

– Sim, a grande gema amarela, conhecida como pedra Mazarin. Lancei a rede e apanhei os meus peixes. Mas ainda não tenho a pedra. De que adiantou a pesca? Podemos fazer do mundo um lugar melhor, mandando-os para a cadeia. Mas não é isso que quero. O que quero é a pedra.

– E o conde Sylvius é um de seus peixes?

– Sim, ele é um tubarão. E ele morde. O outro é Sam Merton, o boxeador. Não é um mau sujeito, mas foi corrompido pelo conde. Sam não é um tubarão. Ele é uma grande tainha idiota, com cabeça de touro. Mas está se debatendo na minha rede, da mesma forma.

– E onde está o conde Sylvius?

– Estive a manhã toda de braços dados com ele. Você precisava ter visto o meu disfarce de velhinha, Watson. Nunca fui tão convincente. Ele chegou a segurar meu guarda-sol para mim. "Com sua licença, madame", disse ele, com aquele sotaque meio italiano, sabe? Ele tem as maneiras graciosas dos homens do sul, mas, quando está de mau humor, é a própria encarnação do demônio. A vida é cheia de surpresas, Watson.

– Poderia ter sido uma tragédia…

– Bem, talvez sim. Eu o segui até a oficina do velho Straubenzee, no bairro dos Minories. Straubenzee inventou uma pistola de ar comprimido, um trabalho muito bonito, segundo ouvi dizer; e creio que uma delas esteja apontada para mim, ali na janela da frente. Você já viu o boneco? Sim, Billy já deve ter mostrado para você. Bem, ele vai levar um tiro naquela bela cabeça a qualquer momento. Pois não, Billy, o que foi?

O rapaz tinha entrado na sala, trazendo um cartão sobre uma bandeja. Holmes olhou para ele com as sobrancelhas levantadas e um sorriso divertido.

O arquivo secreto de Sherlock Holmes

– Falamos no diabo e aparece o rabo! Eu já esperava por isso. Coragem, Watson! Coragem. Você já deve ter ouvido falar da reputação dele como atirador esportivo. Seria de fato um excelente recorde esportivo se ele me adicionasse à sua sala de troféus. Esta é uma prova de que ele já sente o meu pé em seu calcanhar.

– Ligue para a polícia.

– Sim, creio que deveria. Mas não, por enquanto. Você pode olhar com cuidado pela janela, Watson, e ver se há alguém rondando a nossa casa?

Watson olhou cautelosamente pelo canto da cortina.

– Sim, há um sujeito grandalhão lá fora.

– Deve ser o Sam, o leal e imbecil Sam Merton. E onde está o cavalheiro, Billy?

– Na sala de espera, senhor.

– Quando eu tocar, mande-o entrar.

– Sim, senhor.

– Se eu não estiver na sala, mande-o entrar do mesmo jeito.

– Sim, senhor.

Watson esperou até que a porta fosse fechada e se voltou, muito sério, para o amigo.

– Escute aqui, Holmes. Isso é perigoso demais. Ele é um criminoso sem escrúpulos e pode ter vindo para assassiná-lo.

– Que novidade.

– Eu insisto em ficar com você.

– Você ficaria no caminho.

– No caminho de quem?

– No meu caminho, caro amigo… no meu caminho.

– Não, não posso deixá-lo.

– Sim, você pode, Watson. E você vai, pois nunca falhou comigo. Aquele homem veio cumprir seus próprios propósitos, mas acabará servindo aos meus.

Holmes pegou seu caderno de anotações e rabiscou algumas linhas.

– Pegue um táxi até a Scotland Yard e entregue isto ao Youghal, do departamento de investigação. Volte com a polícia. E então poderemos prender o sujeito.

– Com todo o prazer.

– Até que você volte, talvez eu tenha tempo suficiente para descobrir onde está a pedra – disse ele, tocando a campainha. – Vamos sair pelo quarto. Esta saída de emergência é extremamente útil. Prefiro ver o meu tubarão sem que ele me veja; e, como você sabe, tenho algumas armas secretas.

Portanto, foi em uma sala vazia que Billy introduziu o conde Sylvius, um minuto depois. O famoso caçador esportivo e arauto das boas maneiras era um homem alto e moreno; tinha um formidável bigode preto que escondia uma boca fina e cruel, coroado por um nariz longo e curvo como o bico de uma águia. Ele estava bem-vestido, mas sua gravata brilhante, seu alfinete cintilante e seus anéis reluzentes davam a ele um ar cômico de novo-rico. Quando a porta se fechou, ele olhou à sua volta com olhos ferozes e assustados, como quem suspeita de uma armadilha. De repente, ele teve um sobressalto ao ver a cabeça imóvel e a gola do roupão que se projetavam acima da poltrona, perto da janela.

No início, sua expressão foi de puro espanto. Em seguida, a luz de uma terrível esperança brilhou em seus olhos negros e assassinos. Ele deu mais uma olhada em redor, para se assegurar de que não havia testemunhas; e então, na ponta dos pés, com sua grossa bengala em riste, ele se aproximou da figura silenciosa. Ele já tomava impulso para desferir o seu golpe final quando uma voz fria e zombeteira o saudou, vinda da porta aberta do quarto:

– Cuidado para não o quebrar, conde! Não o quebre!

O assassino recuou, com o rosto convulsionado pelo assombro. Por um instante, ele tentou erguer mais uma vez sua pesada bengala, como se quisesse transferir sua violência da réplica para o original; mas havia algo naqueles olhos cinzentos e calmos, algo naquele sorriso zombeteiro que fez sua mão fraquejar.

O arquivo secreto de Sherlock Holmes

– Não é uma perfeição? – disse Holmes, avançando em direção ao bone-co. – Foi o Tavernier, o grande escultor francês. Desta vez, ele conseguiu. Ele é mestre em trabalhos de cera, assim como seu amigo Straubenzee com as pistolas de ar comprimido.

– Pistolas de ar, senhor! O que quer dizer com isso?

– Por favor, ponha seu chapéu e sua bengala sobre a mesa. Obrigado! Por favor, sente-se. O senhor também faria a gentileza de colocar o revól-ver sobre a mesa? Oh, sim, tudo bem se preferir sentar-se em cima dele. Esta visita é realmente muito oportuna, pois eu queria muito ter alguns minutos de conversa com o senhor.

O conde franziu a testa, assim como as sobrancelhas grossas e aparen-temente ameaçadoras.

– Eu também tenho algumas palavras para você, Holmes. É por isso que estou aqui. Não nego que pretendia agredi-lo agora há pouco.

Holmes balançava a perna, pendente da borda da mesa.

– Percebi que o senhor tinha em mente alguma coisa do gênero – disse ele. – Mas por que toda essa atenção com a minha pessoa?

– Porque você se esforçou ao máximo para me irritar. Você colocou seus capangas no meu encalço.

– Meus capangas? Garanto que não.

– Bobagem! Eu mandei segui-los. São pelo menos dois nesse jogo, Holmes.

– Apenas um detalhe, conde Sylvius. Talvez o senhor pudesse fazer a gentileza de me tratar pelo meu título, quando se dirigir a mim. O senhor compreende que, com minha rotina de trabalho, tenho o costume de con-versar em termos educados com a maioria dos patifes, e o senhor há de concordar que as exceções são desonrosas.

– Pois bem... senhor Holmes, então.

– Excelente! Mas, em primeiro lugar, asseguro que o senhor está equi-vocado sobre meus supostos agentes.

O conde Sylvius riu desdenhosamente.

– Outras pessoas sabem observar tão bem quanto o senhor. Ontem foi um velho desempregado. Hoje, foi uma mulher idosa. Eles não me perderam de vista o dia todo.

– Realmente, cavalheiro, sinto-me lisonjeado. Na noite em que foi enforcado, o velho barão Dowson disse que, no meu caso, o palco tinha perdido um grande talento. E agora o senhor honra as minhas pequenas atuações com seus gentis elogios!

– Então era o senhor... o senhor mesmo?

Holmes encolheu os ombros.

– Veja ali o guarda-sol que o senhor tão educadamente me entregou em Minories, antes de começar a suspeitar de mim.

– Se eu tivesse percebido, o senhor nunca teria...

– Nunca teria retornado à minha humilde residência. Eu estava bastante ciente disso. Todos nós temos oportunidades perdidas a lamentar. Acontece que o senhor não percebeu, e aqui estamos nós!

As sobrancelhas do conde se franziram ainda mais sobre os seus olhos ameaçadores.

– O que o senhor diz só piora a situação! Não eram seus agentes, mas seus próprios personagens intrometidos! O senhor admite que me perseguiu. Por quê?

– Ora, senhor conde. O senhor costumava matar leões na Argélia.

– E daí?

– Por que fazia isso?

– Por quê? Pelo esporte! Pela excitação! Pelo perigo!

– E, sem dúvida, para libertar a região de uma praga invasora?

– Exatamente!

– Essas são minhas razões, em poucas palavras!

O conde se levantou em um sobressalto, levando instintivamente a mão ao coldre vazio.

– Sente-se, senhor, sente-se! Há outra razão, muito mais prática. Eu quero aquele diamante amarelo!

O arquivo secreto de Sherlock Holmes

O conde Sylvius deixou-se cair na cadeira, com um sorriso maligno.

– Não sei do que está falando. Palavra de honra! – disse ele.

– O senhor sabia que era por essa razão. E a verdadeira razão pela qual está aqui nesta noite é para descobrir o quanto sei sobre o assunto e até que ponto minha morte é absolutamente essencial. Bem, eu deveria dizer que, do seu ponto de vista, é absolutamente essencial, pois sei tudo sobre isso, exceto por uma coisa, que o senhor está prestes a me dizer.

– Oh, não me diga! Por favor, o que deseja saber?

– Onde está o diamante da Coroa?

O conde olhou atentamente para o seu rival.

– Oh, o senhor quer mesmo saber? Como, diabos, eu poderia dizer onde ele está?

– O senhor pode e o senhor vai.

– Não sei mesmo!

Fixos em Sylvius, os olhos de Holmes faiscaram e se contraíram, até parecerem duas ameaçadoras lâminas de aço.

– Não tente me enganar, conde Sylvius. Para mim, o senhor é transparente como um cristal. Eu posso ver o fundo de sua mente.

– Então, também consegue ver onde está o diamante!

Holmes bateu palmas e, em seguida, apontou um dedo acusador:

– Então o senhor sabe. Acabou de admitir!

– Eu não admito nada!

– Meu caro conde… Se o senhor for razoável, poderemos fazer negócios. Caso contrário, o senhor só terá a perder.

O conde Sylvius voltou os olhos para o teto.

– Você está blefando! – disse ele.

Holmes olhou para ele pensativamente, como um mestre jogador de xadrez que planeja seu movimento final. Então ele abriu a gaveta da mesa e pegou um caderninho de anotações.

– Sabe o que eu guardo neste livro?

– Não, senhor, não sei!

– O senhor!

– Eu?

– Sim, o senhor! Está tudo registrado aqui... cada ação de sua vil e perigosa existência.

– Maldição, Holmes! – gritou o conde, com olhos em chamas. – Minha paciência tem limites!

– Está tudo aqui, conde. Toda a verdade sobre a morte da velha senhora Harold... Aquela que deixou para o senhor a propriedade Blymer... Aquela mesma, que o senhor perdeu no jogo.

– O senhor está louco!

– Também tenho a história completa da vida da senhorita Minnie Warrender.

– Ora essa! O senhor não pode provar nada disso!

– Ainda há muito mais, conde! Temos o roubo no trem de luxo da Riviera, em 13 de fevereiro de 1892... E o cheque falsificado do banco Crédit Lyonnais, no mesmo ano.

– Não! Eu não tive nada a ver com isso!

– Ah, então tinha a ver com os outros, não é? Ora, conde, o senhor é um jogador de cartas. Quando o outro jogador tem todos os trunfos, deve-se poupar tempo e desistir.

– O que tem toda essa conversa a ver com a joia da Coroa?

– Calma, senhor conde. Contenha essa mente ávida! Vou logo chegar ao ponto que quero, mas deixe-me concluir o meu raciocínio. Tenho tudo isso contra o senhor; mas, acima de tudo, tenho uma séria acusação contra o senhor e seu lutador grandalhão: o caso da joia da Coroa.

– Não me diga!

– Eu tenho o cocheiro que levou o senhor para Whitehall e o outro cocheiro que o levou para mais longe. Eu tenho o mensageiro que viu o senhor com o estojo. Tenho o Ikey Sanders, que se recusou a abri-lo para o senhor. Ikey fez a denúncia, e tudo está acabado.

As veias se destacaram na testa do conde. Suas mãos escuras e peludas estavam trêmulas, em uma convulsão de emoção contida. Ele tentou falar, mas as palavras não saíam.

O arquivo secreto de Sherlock Holmes

– Está vendo como eu jogo? – indagou Holmes. – Gosto de colocar todas as cartas sobre a mesa. Mas ainda falta uma carta: o rei de ouros. Pois eu não sei onde está a joia.

– E nunca vai saber.

– Não? Ora, seja razoável, conde. Considere a situação. O senhor vai ficar preso por vinte anos. Sam Merton, também. De que adiantará ter a pedra? Absolutamente nada. Mas, se o senhor a devolver, poderemos entrar em um acordo. Nós não queremos o senhor nem queremos o Sam. Nós queremos a pedra. Desista dela e, no que depender de mim, poderá sair livre, desde que se comporte no futuro. Se cometer outro deslize... bem, será o último. Mas, desta vez, minha missão é apanhar a joia, não o senhor.

– E se eu recusar?

– Se recusar... então terá de ser o senhor, e não a pedra.

Billy entrou na sala, em resposta a um chamado da campainha.

– Senhor conde, creio que seria conveniente ter seu amigo Sam nesta conferência. Afinal de contas, os interesses dele também devem ser representados. Billy, há um cavalheiro enorme e feio lá fora, na porta da frente. Por gentileza, peça a ele que suba.

– E se ele não quiser, senhor?

– Sem violência, Billy. Não seja grosseiro com ele. Se disser a ele que o conde Sylvius o chama, ele certamente virá.

– O que você vai fazer agora? – perguntou o conde, enquanto Billy se retirava.

– Meu amigo Watson estava comigo agora há pouco. Eu disse a ele que eu tinha um tubarão e uma tainha na minha rede; agora estou puxando a rede e apanhando os dois juntos.

O conde havia se levantado de sua cadeira, com as mãos para trás. Holmes também segurava alguma coisa protuberante no bolso de seu roupão.

– Você não vai morrer tranquilamente em sua cama, Holmes.

– Já pensei nisso muitas vezes. Será que isso importa? Afinal de contas, conde, é mais provável que a sua própria morte seja mais perpendicular do que horizontal. Mas estas antecipações do futuro são muito mórbidas. Por que não nos entregarmos ao prazer irrestrito do momento presente?

Uma súbita fagulha de ódio brilhou novamente nos olhos negros e ameaçadores do criminoso. A sombra de Holmes parecia crescer, à medida que ele se tornava mais ameaçador.

– Não vale a pena dedilhar seu revólver, meu amigo – disse Holmes, em voz baixa. – O senhor sabe perfeitamente que não vai atirar, mesmo que eu tenha dado tempo ao senhor para pegá-lo. Ah, os revólveres! Como são desagradáveis e barulhentos, não são, senhor conde? É melhor ficarmos com as pistolas de ar. Ah! Acho que estou ouvindo os delicados passos do seu estimado parceiro. Boa noite, senhor Merton! Está um dia monótono lá fora, não é mesmo?

O premiado boxeador, um jovem corpulento e de rosto estúpido, obstinado e truculento, estava parado à porta, todo atrapalhado, olhando para eles com uma expressão confusa. O tom debochado de Holmes era algo inesperado; e, embora Merton sentisse vagamente que estava diante de um adversário, não sabia como o enfrentar. Então ele recorreu ao seu cúmplice, que era muito mais astuto.

– Qual é o problema, conde? O que este sujeito quer? O que está acontecendo? – sua voz era profunda e rouca.

O conde encolheu os ombros, e foi Holmes quem respondeu.

– Se me permite resumir, senhor Merton, eu diria que já está resolvido.

O boxeador continuou a se dirigir ao seu cúmplice.

– Esse imbecil está tentando ser engraçado? Não estou achando a menor graça.

– Acredito que não – disse Holmes. – E posso até garantir que, quanto mais longa for a noite, menos graça o senhor achará. Agora ouça, conde Sylvius! Eu sou um homem muito ocupado e não tenho tempo a perder. Estou indo para o meu quarto. Sintam-se em casa durante a minha ausência. O senhor poderá explicar a situação a seu amigo, sem se sentir constrangido pela minha presença. Vou tocar a *Barcarole* de Hoffmann no meu violino.

O ARQUIVO SECRETO DE SHERLOCK HOLMES

Em cinco minutos, retornarei para ouvir sua resposta final. O senhor entende a escolha, não é mesmo? Ou o senhor, ou a pedra.

Holmes se retirou, levando seu violino com ele. Poucos momentos depois, as primeiras notas da mais assombrosa de todas as canções irromperam do outro lado da porta fechada.

– O que está acontecendo? – perguntou Merton ansiosamente. – Será que ele sabe sobre a pedra?

– Ele sabe demais sobre a pedra. Será que ele já não sabe de tudo?

– Oh, meu Deus!

O rosto sombrio do boxeador ficou pálido.

– Ikey Sanders nos denunciou.

– Ah, ele nos denunciou? Eu juro, vou quebrar a cara dele!

– O que não nos ajudaria muito. Precisamos decidir o que fazer agora.

– Só um momento – disse o boxeador, olhando com desconfiança para a porta do quarto. – Ele é um homem cheio de truques. Será que ele não nos ouve?

– Como ele poderia nos ouvir enquanto toca violino?

– Isso é verdade. Talvez haja alguém atrás de uma cortina. Há muitas cortinas nesta sala.

Olhando em redor, Merton viu pela primeira vez o manequim junto à janela; ele parou subitamente, desnorteado demais para dizer uma palavra.

– Não é ele! É uma estátua de cera – explicou o conde.

– Uma estátua? Oh, sim, é verdade! Nem o Madame Tussaud tem estátuas assim! É fantástica! É perfeita! Mas e estas cortinas, conde?

– Ora, abra as cortinas! Estamos perdendo nosso tempo e já não temos muito! Ele pode nos enviar para o xadrez, Sam, com aquela pedra.

– Claro que ele pode! Se Ikey nos denunciou!

– Mas ele nos deixará em paz se dissermos a ele onde está.

– O quê? E desistir da pedra? Desistir de cem mil libras?

– É uma coisa ou outra.

Merton coçou a cabeça.

– Ele está sozinho aqui. Tudo o que temos de fazer é entrar. Assim que nos livrarmos dele, não teremos mais nada a temer.

O conde balançou a cabeça negativamente.

– Ele está armado. Ele está preparado. E, mesmo se conseguirmos matá-lo, como podemos sair de um lugar como este? Além disso, a polícia já dever estar ciente das evidências que ele reuniu. Opa? O que é isso?

Um ruído vago pareceu ter vindo da janela. Os dois homens escutaram, mas em seguida tudo ficou quieto. Além do manequim sentado em sua cadeira, não havia mais ninguém na sala.

– Foi alguma coisa na rua – disse Merton. – Agora é a sua vez, chefe! É o senhor que é o cérebro. Vai ter de encontrar uma maneira de sairmos dessa enrascada. Se não adianta matar, então o senhor decide.

– Já enganei caras mais inteligentes do que ele – disse o conde. – A pedra está no meu bolso. Eu não queria me separar dela. Ela vai sair da Inglaterra nesta noite e será cortada em quatro pedaços em Amsterdã, antes do domingo. Ele ainda não sabe sobre Van Seddar.

– Pensei que Van Seddar partiria somente na semana que vem.

– Sim, ele só deveria partir na próxima semana. Mas agora ele terá de partir no próximo barco. Um de nós deve correr com a pedra até a Lime Street e avisá-lo.

– Mas o fundo falso ainda não está pronto!

– Bem, ele vai ter que dar um jeito nisso. Não temos mais tempo a perder...

Mais uma vez, com aquele pressentimento do perigo que se torna um verdadeiro instinto no caçador, ele parou e olhou em direção à janela. Sim, certamente aquele barulho de antes tinha vindo da rua, ele pensou.

– Quanto a Holmes – continuou ele –, podemos enganá-lo facilmente. O tolo não vai nos prender se conseguir recuperar a pedra. Bem, vamos dar um local para ele ir buscar a pedra. Nós o colocaremos no caminho errado. E, antes que ele perceba, a pedra já estará na Holanda, e nós estaremos fora do país!

– Nada mau! – exclamou Sam Merton.

– Você vai e diz ao holandês para se apressar. Eu falo com aquele otário e mantenho-o ocupado com uma falsa confissão. Vou dizer a ele que a pedra está em Liverpool. Oh, para o inferno com essa música! Isso me irrita. Quando ele descobrir que não está em Liverpool, ela já estará em Amsterdã, e nós, na água azul. Depois volte para cá. Aqui está a pedra.

– Como o senhor se atreve a carregá-la?

– Onde estaria segura? Assim como pudemos roubá-la de Whitehall, alguém poderia muito bem roubá-la da minha casa.

– Deixe-me dar uma olhada…

O conde Sylvius deu a seu cúmplice um olhar pouco lisonjeiro, com um pouco de nojo da mão suja que ele estendia.

– O quê? O senhor acha que quero roubá-la para mim? Ora, senhor, já estou ficando cansado de seus modos!

– Ora, Sam, não queria ofendê-lo! Não podemos nos dar ao luxo de brigar neste momento. Fique ao lado da janela, se quiser dar uma boa olhada na joia. É só erguê-la em direção à luz. Pronto!

– Obrigado, senhor!

Com um salto, Holmes saltou da cadeira do manequim e apreendeu a preciosa joia. Ele a segurou com uma mão e com a outra apontou um revólver para a cabeça do conde. Os dois bandidos recuaram, espantados. Antes que eles pudessem se recuperar, Holmes tocou a campainha.

– Sem violência, senhores! Sem violência, por favor! Respeitem minha mobília! A situação dos senhores é delicada. A polícia está esperando lá embaixo.

O espanto do conde superou seu medo e sua raiva.

– Mas como… como… – ele gaguejava.

– Sua surpresa não me causa espanto. O senhor não sabia que há uma segunda porta para o meu quarto, atrás daquela cortina. Temi que o senhor tivesse me ouvido quando troquei de lugar com o boneco. Mas tive sorte. Isto me deu a oportunidade de ouvir sua distinta conversa, que teria sido perturbada se o senhor tivesse suspeitado da minha presença.

O conde fez um gesto de rendição.

– Você venceu, Holmes. Você é o diabo em pessoa.

– Se eu não for o próprio, sou pelo menos um de seus parentes mais próximos – respondeu Holmes, com um sorriso educado.

A mente lenta de Sam Merton estava começando a perceber a situação. Quando se ouviram passos pesados nas escadas, ele finalmente quebrou o silêncio.

– A polícia está vindo! – disse ele. – Mas não entendo: e essa música? Ainda posso ouvi-la.

– Você tem toda a razão – respondeu Holmes. – O violino ainda está tocando. Esses gramofones modernos são uma invenção notável!

A polícia entrou em cena, as algemas estalaram nos pulsos dos criminosos, e eles foram levados para a carruagem, que esperava lá embaixo. Watson ficou com Holmes e o elogiou pelo novo louro que acabara de acrescentar à sua coroa. Mas a conversa deles foi interrompida pelo imperturbável Billy, que entrou com outro cartão de visita em uma bandeja.

– O lorde Cantlemere, senhor.

– Mande-o subir, Billy. Eis um eminente exemplar da nobreza, que representa os mais altos interesses – disse Holmes. – Ele tem um caráter excelente e muito leal, mas é um pouco antiquado. Conseguiremos amolecê-lo um pouco? Será que podemos nos atrever a tomar algumas liberdades com ele? Ele certamente não sabe o que acabou de acontecer.

A porta se abriu para um homem magro, de cara comprida, adornada com enormes costeletas negras, meio vitorianas, que não combinavam com seus ombros caídos e sua cintura delgada. Holmes se adiantou afavelmente e apertou uma mão débil.

– Como vai, lorde Cantlemere? Está frio para esta época do ano, mas aqui dentro a temperatura está bastante amena. Não gostaria de tirar seu casaco?

– Não, obrigado. Prefiro ficar com ele.

Holmes colocou uma mão insistente sobre a manga.

O ARQUIVO SECRETO DE SHERLOCK HOLMES

– Permita-me, por favor! Meu amigo doutor Watson diria ao senhor que essas mudanças de temperatura são traiçoeiras.

Sua Senhoria se libertou de Holmes com certa impaciência.

– Estou muito bem, senhor. Eu não vou ficar por muito tempo. Vim apenas verificar se suas investigações particulares estão progredindo.

– Está difícil. Muito difícil.

– Imaginei que seria difícil... – o escárnio podia ser percebido nas entrelinhas e na atitude do velho cortesão. – Todos temos nossos limites, senhor Holmes. Mas ao menos essa descoberta cura uma fraqueza humana: a autossatisfação.

– Sim, senhor, estou deveras muito envergonhado.

– Não tenho dúvida sobre isso.

– Especialmente em um aspecto. Talvez o senhor concordaria em me ajudar?

– Hoje o senhor está me pedindo muitos conselhos... Eu pensava que seus métodos eram suficientes para tudo. No entanto, estou disposto a ajudá-lo.

– Bem, lorde Cantlemere, sem dúvida podemos constituir uma acusação contra os ladrões.

– Quando eles forem capturados.

– Exatamente. Mas a questão é: como proceder contra o receptor?

– Isso não é um pouco prematuro?

– É melhor já estarmos preparados. Que provas o senhor considera que poderiam ser definitivas contra o receptor?

– Que provas? Bem, que ele esteja em posse da pedra.

– Isso seria suficiente para prendê-lo?

– Claro que sim!

Holmes raramente ria, mas dessa vez ele realmente chegou perto de uma grande risada.

– Nesse caso, meu caro senhor, sinto-me sob a dolorosa necessidade de mandar prendê-lo.

Lorde Cantlemere ficou possesso de raiva. Suas faces ocas ficaram coloridas com velhas chamas, que se pensava estarem extintas para sempre.

– O senhor está tomando grandes liberdades, senhor Holmes! Em cinquenta anos de vida oficial, não me lembro de uma audácia semelhante. Estou muito ocupado, senhor, envolvido em negócios importantes, e não tenho nem gosto nem tempo para brincadeiras bobas. Quero lhe dizer, senhor, que nunca acreditei em suas faculdades e sempre considerei que o caso deveria ser conduzido pela polícia oficial. Seu comportamento confirma todas as minhas conclusões. Tenho a honra, senhor, de lhe desejar boa-noite.

Holmes havia se movido com rapidez e já estava entre o lorde e a porta.

– Um momento, senhor! – advertiu ele. – Partir para sempre com a pedra Mazarin seria um crime muito maior do que ser encontrado em sua posse temporária.

– Senhor, isto é intolerável! Deixe-me passar!

– Mergulhe a mão no bolso direito do seu casaco.

– O que o senhor quer dizer?

– Vamos logo! Faça o que digo.

No instante seguinte, o lorde ficou petrificado, piscando e gaguejando, com a grande pedra amarela na palma de sua mão trêmula.

– O quê? Oh! senhor Holmes!

– É muito forte, lorde Cantlemere, muito assustador, não é? Meu velho amigo Watson diz que as brincadeiras são um hábito profano para mim. E também diz que nunca resisto ao prazer de criar uma situação dramática. Tomei a liberdade (uma liberdade muito grande, admito!) de colocar a pedra no seu bolso, logo no início de nossa conversa.

O velho lorde olhou para o rosto sorridente de Holmes.

– Senhor, estou espantado. Sim, é a pedra Mazarin! Estou em grande dívida com o senhor, senhor Holmes. Como o senhor disse, seu senso de humor pode estar um pouco deslocado, e suas manifestações podem ser notavelmente irrelevantes; ao menos retiro tudo o que disse sobre suas incríveis qualidades profissionais. Mas como conseguiu?

O arquivo secreto de Sherlock Holmes

– Os detalhes podem esperar. Sem dúvida, lorde Cantlemere, o grande prazer que terá em contar o feliz resultado deste incidente, nos círculos superiores que frequenta, será uma expiação por minha piada infeliz. Billy, queira acompanhar Sua Senhoria até a porta e diga à senhora Hudson que eu ficaria feliz se ela enviasse um jantar para dois o mais rapidamente possível.

Capítulo 4

• A CASA THREE GABLES •

reio que nenhuma de minhas aventuras com o senhor Sherlock Holmes tenha começado de forma tão abrupta, ou tão dramática, como o caso da residência Three Gables.

Eu não via Holmes havia alguns dias e não tinha ideia dos rumos que suas investigações estavam tomando. No entanto, ele estava de mau humor naquela manhã; eu tinha acabado de me acomodar na poltrona baixa de um lado da lareira, enquanto ele se aconchegava no assento oposto, com seu cachimbo na boca, quando nosso visitante chegou. Se eu tivesse dito que um touro furioso entrou pela sala, isso daria uma impressão mais clara do que ocorreu.

A porta se abriu de repente, e um homem negro colossal invadiu os aposentos. A aparição teria sido cômica se não fosse aterrorizante. O homem vestia um terno de *tweed* cinza e uma gravata cor de salmão. O rosto era enorme, e o nariz, bastante achatado. Os olhos escuros, nos quais brilhava certa malícia, repousaram alternadamente sobre Holmes e sobre mim.

– Qual dos cavalheiros é o mestre Holmes? – perguntou ele.

Holmes levantou seu cachimbo com um sorriso lânguido.

– Ah, é o senhor, não é? – Nosso visitante se adiantou furtivamente, dando a volta à mesa. – Ouça, mestre Holmes, fique longe dos negócios

O arquivo secreto de Sherlock Holmes

dos outros. Deixe as pessoas resolverem seus próprios problemas como bem entenderem. Entendido, mestre Holmes?

– Continue – disse Holmes. – É um grande prazer ouvi-lo.

– Oh, é um prazer, não é? – rosnou o selvagem. – Talvez não fique tão satisfeito quando eu o agarrar pelos cabelos. Já lidei com alguns de sua espécie antes de você, e eles não pareciam gostar quando eu lidava com eles. Olhe bem para isto aqui, mestre Holmes!

Ele balançou um punho enorme debaixo do nariz do meu amigo. Holmes o examinou de perto, com um ar muito interessado.

– O senhor nasceu assim? Ou foram os exercícios?

Talvez tenha sido a frieza gelada de meu amigo ou o leve barulho que fiz quando peguei o atiçador. Em todo caso, nosso visitante baixou a voz.

– Bem, é isso! Está devidamente avisado – disse ele. – Tenho um amigo que tem negócios em Harrow. Você sabe o que quero dizer. E não quer mais que você se intrometa no caminho dele! Está me entendendo? Você não é a lei. Eu também não sou a lei. Se você interferir, eu vou interferir. Não se esqueça disso!

– Já faz algum tempo que eu desejava conhecê-lo – disse Holmes. – Não vou convidá-lo a se sentar, porque não gosto do cheiro dele. Mas o senhor não é Steve Dixie, o lutador?

– Esse é o meu nome, mestre Holmes. E o enfiarei pela sua garganta abaixo se continuar no meu caminho!

– É certamente a última coisa que o senhor precisaria fazer – respondeu Holmes, olhando para os enormes membros inferiores de nosso visitante. – Mas eu estava pensando no assassinato do jovem Perkins, em frente ao bar Holborn… Mas como! O senhor já está indo embora?

O homem tinha saltado e recuado, o rosto transtornado tinha ficado cinza.

– Eu não sou obrigado a ouvir isso! O que tenho a ver com esse tal Perkins, mestre Holmes? Eu estava treinando no Bull Ring, em Birmingham, quando aquele garoto se meteu em apuros.

– Diga isso ao juiz, senhor Steve! Você está na palma da minha mão, assim como Barney Stockdale.

– Oh, mestre Holmes!

– Já chega! Saia daqui. Saiba que posso prendê-lo quando eu quiser.

– Adeus, mestre Holmes. Espero que não guarde ressentimentos a respeito desta visita.

– Isso depende de você. Basta dizer quem o enviou.

– Oh, não é segredo nenhum, mestre Holmes. Foi o mesmo cavalheiro que acabou de mencionar.

– E quem ordenou que ele o enviasse até mim?

– Eu juro, mestre Holmes, não sei de mais nada! Ele apenas me disse: "Steve, vá ver o senhor Holmes e diga que ele estará em perigo se andar por Harrow". Essa é toda a verdade!

Sem esperar por mais perguntas, nosso visitante saiu apressado da sala, tão abruptamente como havia entrado. Holmes sacudiu as cinzas de seu cachimbo, com uma risada silenciosa.

– Ainda bem que você não precisou rachar aquela cabeça de algodão, Watson. Eu observei suas manobras com o atiçador. Mas ele é realmente um sujeito inofensivo, um verdadeiro bebezão. Musculoso, tolo, ingênuo e fácil de dominar, como você pôde ver. É membro da gangue do Spencer John e tem desempenhado seu papel em alguns negócios sujos, com os quais vou lidar quando tiver tempo. Seu chefe imediato, Barney, é mais inteligente. Eles são uma gangue especializada em assaltos, intimidação e coisas do tipo. O que quero saber é: quem está por trás deles nesta ocasião em particular?

– Mas por que iriam querer intimidá-lo?

– É o caso de Harrow Weald. Agora eu me decidi a investigar o assunto; pois, se vale a pena alguém se dar a tanto trabalho, deve haver algo interessante em jogo.

– Nunca ouvi nada sobre esse caso, Holmes.

– Eu ia contar a você sobre isso, quando tivemos esse interlúdio cômico. Aqui está a carta da senhora Maberley. Gostaria de ir até lá comigo? Partiremos imediatamente.

O arquivo secreto de Sherlock Holmes

Eu li a carta:

Prezado senhor Holmes,

Houve uma série de incidentes estranhos relacionados a esta casa, e gostaria muito de ouvir seus conselhos. O senhor pode me encontrar amanhã, a qualquer hora. A casa fica a uma curta distância da estação Weald. Creio que meu falecido marido, Mortimer Maberley, foi um de seus primeiros clientes.

Atenciosamente,
Mary Maberley.

O endereço era: "Three Gables, Harrow Weald".

– Isso é tudo – disse Holmes. – E agora, se puder me dispensar um pouco do seu tempo, Watson, vamos até lá.

Após uma curta viagem de trem e uma baldeação, chegamos à casa. Era construída em madeira e tijolos, sobre um terreno ainda selvagem. Três pequenas empenas acima das janelas superiores tentavam justificar o nome "Three Gables". Atrás da casa, um melancólico bosque de pinheiros reunia alguns troncos atrofiados. Todo o aspecto do lugar era pobre e deprimente. No entanto, a casa em que entramos era bem mobiliada, e a senhora que nos recebeu era muito simpática, de uma certa idade, mas visivelmente culta e refinada.

– Eu me lembro bem de seu marido, minha senhora – disse Holmes –, embora já tenham se passado muitos anos desde que precisou de meus serviços pela última vez.

– Talvez o nome de meu filho Douglas seja mais familiar para o senhor.

Holmes olhou para ela com grande interesse.

– Meu Deus! A senhora é a mãe de Douglas Maberley? Sei muito bem quem ele é. É claro, toda Londres o conhece. Uma pessoa magnífica! Como ele está?

– Está morto, senhor Holmes. Morto! Foi nomeado adido em Roma e lá morreu de pneumonia no mês passado.

– Sinto muito, senhora. É impossível associar a morte a um homem como ele. Nunca conheci ninguém mais apaixonado pela vida! Ele vivia intensamente... com cada fibra do seu ser.

– Intensamente até demais, senhor Holmes. Foi isso que o arruinou. O senhor se lembra... como ele era generoso, como era esplêndido! Mas o senhor não viu como se tornou mal-humorado, sombrio e depressivo. Estava com o coração partido. No espaço de apenas um mês, tornou-se um homem decadente, um cínico.

– Um caso de amor? Uma mulher?

– Ou talvez um demônio! De qualquer forma, não foi para falar sobre meu pobre filho que solicitei uma visita, senhor Holmes.

– Doutor Watson e eu estamos à sua disposição.

– Têm ocorrido alguns incidentes muito estranhos. Vivo nesta casa há mais de um ano e, como desejava levar uma vida isolada, conheço pouco os meus vizinhos. Há três dias, recebi a visita de um corretor de imóveis. Ele me disse que esta casa serviria perfeitamente a um de seus clientes e que, se eu quisesse chegar a um acordo com ele, dinheiro não seria problema. Achei essa abordagem muito estranha, pois há muitas casas vazias para venda ou aluguel na área; mas naturalmente fiquei interessada na proposta. Indiquei um preço, quinhentas libras a mais do que eu havia pagado. Ele concordou imediatamente com a oferta, mas acrescentou que seu cliente também desejava adquirir os móveis e pediu-me para fixar meu preço. Alguns dos meus móveis são herança de família, como o senhor pode ver, estão em bom estado, por isso pedi um valor bem alto. Também concordou imediatamente. Sempre gostei muito de viajar, e o negócio parecia tão bom que eu poderia viver confortavelmente pelo resto da minha vida. Ontem, o corretor retornou com o documento de venda. Levei-o ao meu advogado, o senhor Sutro, que mora em Harrow. Ele me disse:

"'É um documento muito estranho. A senhora entende que, se assinar, não poderá retirar legalmente nada da casa, nem mesmo seus pertences pessoais?'

"Quando o agente retornou, à noite, assinalei isso e disse que pretendia vender apenas os móveis.

"'Não, de forma alguma', respondeu ele. 'O preço de compra inclui tudo.'

"'Mas minhas roupas... minhas joias...'

"'Bem, podemos conceder uma cláusula de isenção para seus objetos pessoais. Mas nada deve ser retirado da casa sem antes ser verificado. Meu cliente é um homem muito liberal, mas ele tem seus modismos e sua maneira de fazer as coisas. Com ele, é tudo ou nada.'

"'Então, não há de ser nada', respondi.

"O assunto estava nesse pé, mas tudo parecia tão extraordinário que pensei..."

Nesse momento, houve uma interrupção incomum. Holmes levantou a mão, pedindo silêncio. Em seguida, atravessou a sala, abriu a porta de repente e puxou uma mulher grande e desajeitada, que ele havia agarrado pelo ombro. Ela entrou, lutando e esperneando como uma enorme galinha sendo arrancada do galinheiro.

– Solte-me! O que você está fazendo? – gemeu ela.

– O que você está fazendo, Susan? O que significa isso?

– Madame, eu vinha para perguntar se os visitantes ficariam para almoçar, quando este homem me atacou.

– Eu já tinha percebido a presença dela há mais de cinco minutos, mas não quis interromper sua história interessante, senhora. Você está um pouco asmática, não é, Susan? Você respira pesado demais para esse tipo de trabalho.

Susan voltou um rosto amuado, mas espantado, em direção a Holmes.

– Quem é você? E que direito você tem de me atacar dessa maneira?

– Era apenas para fazer uma pergunta em sua presença. Senhora Maberley, a senhora contou para alguém que pretendia me escrever e me consultar?

– Não, senhor Holmes, não contei a ninguém.

– Quem enviou sua carta?

– Foi Susan.

– Exatamente. Agora, Susan, para quem você contou?

– É mentira! Eu não contei para ninguém!

– Escute, Susan: os asmáticos não vivem muito tempo. É um grande pecado falar mentiras. Para quem você contou?

– Susan! – gritou sua patroa. – Você é uma mulher má, você me traiu. Lembro-me agora de que a vi conversando com alguém, por cima da cerca.

– Eram assuntos meus – disse Susan, contrariada.

– Talvez você estivesse conversando com Barney Stockdale? – disse Holmes.

– Ora, se você já sabe, por que está me perguntando?

– Eu não tinha certeza, mas agora tenho. Ouça-me agora, Susan: dou dez libras se você me disser quem está por trás do Barney.

– É alguém que pode me oferecer mil libras para cada vez que você me oferecer dez.

– Então, é um homem rico? Não? Você sorriu… Uma mulher rica, então? Agora que chegamos tão longe, você pode me dar o nome e ganhar suas dez libras.

– Vejo vocês no inferno primeiro!

– Oh, Susan! Que linguajar é esse?

– Vou embora! Estou farta de todos vocês! Vou mandar buscar minha mala amanhã – disse ela, correndo até a porta.

– Adeus, Susan! Tome elixir paregórico, é um santo remédio! Cuide-se! Agora, senhora Maberley – continuou Holmes, passando subitamente de alegre para sério, depois que a mulher zangada bateu a porta –, essa quadrilha trabalha muito rápido. Veja como eles são espertos: sua carta para mim tinha o carimbo de dez horas da noite. Susan passa a dica para Barney. Barney tem tempo para ir ao seu chefe e receber instruções. Ele ou ela, acho que é uma mulher, pelo sorriso de Susan imaginando que eu estava errado, traçam um plano. O negro Steve é convocado, e recebo um aviso às onze horas da manhã seguinte. Isso é um trabalho rápido.

– Mas o que eles querem?

– Sim, essa é a questão. Quem era o proprietário anterior da casa?

– Um oficial naval aposentado chamado Ferguson.

– Alguma coisa notável sobre ele?

– Não que eu já tenha ouvido falar.

– Talvez tenha enterrado algo aqui. É claro, quando as pessoas enterram tesouros hoje em dia, elas preferem trancá-lo em um cofre bancário. Mas ainda existem muitos lunáticos por aí. Sem eles, o mundo seria um lugar tedioso e sem graça. No início, pensei em um valioso tesouro enterrado. Mas por que, nesse caso, eles precisariam de seus móveis? Por acaso a senhora não possui um Rafael, ou uma primeira edição de Shakespeare?

– Não, acho que não possuo nada mais valioso do que um conjunto de chá Crown Derby.

– O que dificilmente justificaria todo esse mistério. Por outro lado, por que não dizem abertamente o que querem? Se quisessem seu conjunto de chá, eles poderiam simplesmente oferecer um preço por ele, sem impedir que a senhora levasse algo mais. Não… quanto mais penso nisso, mais tenho certeza de que a senhora possui, sem saber, alguma coisa que não venderia por preço algum.

– Eu também acho – respondi.

– Veja, o doutor Watson concorda comigo, e isso resolve o problema.

– Mas, senhor Holmes, o que poderia ser?

– Vamos ver se conseguimos avançar, fazendo uma análise puramente mental. A senhora mora aqui há um ano.

– Quase dois anos.

– Muito bem. Durante esse longo período, nunca foi procurada por ninguém. Agora, de repente, em três ou quatro dias, passou a ser pressionada com propostas urgentes. O que a senhora pensa sobre isso?

– Isso só pode significar – ponderei – que o objeto que interessa ao comprador chegou à casa recentemente.

– Mais uma vez concordamos, Watson – disse Holmes. – Senhora Maberley, a senhora adquiriu algum objeto novo?

– Não, não comprei nada novo neste ano.

– Sério? Extraordinário! Bem, acho melhor deixarmos as coisas se desenvolverem um pouco, para que possamos ter uma imagem mais clara do caso. O advogado que a senhora consultou é competente?

– O doutor Sutro é muito competente!

– A senhora tem outra empregada? Ou a adorável Susan, que acabou de bater sua porta, era a única que trabalhava aqui?

– Tenho uma jovem empregada.

– Tente conseguir com que Sutro passe uma ou duas noites em sua casa. A senhora pode precisar de proteção.

– Contra quem?

– Quem sabe? O caso é realmente obscuro! Se eu não conseguir descobrir o que estão procurando, terei de investigar o outro lado e tentar chegar à principal pessoa envolvida. Esse corretor de imóveis deixou algum endereço?

– Apenas o nome e ocupação: Haines Johnson, corretor de imóveis e avalista.

– Acho que não podemos encontrá-lo no escritório. Os empresários honestos não escondem seu local de trabalho. Bem, me informe sobre quaisquer novos acontecimentos. Eu aceito o caso; e, até que o enigma seja esclarecido, confie em mim.

Ao passarmos pelo salão, os olhos atentos de Holmes notaram várias caixas e malas amontoadas em um canto. Ainda estavam etiquetadas.

– Milão, Lucerna... Esta bagagem é da Itália.

– São as coisas do meu pobre Douglas.

– A senhora ainda não as desempacotou? Há quanto tempo estão aqui?

– Elas chegaram na semana passada.

– Mas a senhora disse... Bem, certamente é esse o elo que falta! Como sabemos que elas não contêm algo valioso?

– É muito improvável, senhor Holmes. Meu pobre Douglas tinha apenas seu salário e uma pequena comissão. Que tesouro ele poderia ter comprado?

Holmes estava perdido em pensamentos.

– Não espere mais, senhora Maberley! Leve essa bagagem até o seu quarto. Examine-a o mais rápido possível e faça um inventário de tudo. Eu voltarei amanhã, e a senhora poderá me informar.

O ARQUIVO SECRETO DE SHERLOCK HOLMES

Logo ficou óbvio que a Three Gables estava sendo vigiada: quando contornamos a cerca alta no final do caminho, o boxeador negro estava escondido nas sombras. Nós o encontramos de repente: naquele local isolado, ele parecia mais sombrio e ameaçador. Holmes meteu a mão no bolso.

– Procurando por sua arma, mestre Holmes?

– Não, Steve. Estou procurando o meu frasco de sais.

– O senhor é mesmo um brincalhão, não é, mestre Holmes?

– Juro que não vai rir, Steve, se eu começar a me interessar por você. Eu o avisei nesta manhã.

– Bem, mestre Holmes, estive pensando no que o senhor disse, e não quero mais falar sobre esse assunto do senhor Perkins. Se eu puder ajudá-lo, senhor Holmes, eu o ajudarei.

– Então me diga quem está por trás de todo esse caso.

– Juro por Deus, mestre Holmes! Eu disse a verdade antes. Não sei mesmo. Meu chefe Barney me dá ordens, e é isso.

– Bem, então tenha em mente, Steve, que a senhora naquela casa e tudo que está sob aquele teto estão sob minha proteção. Não se esqueça disso!

– Muito bem, mestre Holmes. Não vou me esquecer.

– Acho que o assustei até a morte – observou Holmes, enquanto retomávamos nossa caminhada. – Ele denunciaria o chefe se soubesse quem era. Foi uma sorte saber o que o bando do Spencer John está tramando e que Steve faz parte disso! Basicamente, Watson, este é um caso para Langdale Pike, e vou vê-lo agora mesmo. Quando eu voltar, talvez meu caso já esteja resolvido.

Não tornei a ver Holmes naquele dia, mas posso imaginar como gastou o tempo; pois Langdale Pike era uma enciclopédia humana sobre todos os assuntos escandalosos da sociedade. Esse estranho e boêmio personagem passava suas horas de vigília na janela de um clube na St. James Street, e era a estação de recepção e transmissão de todos os mexericos da metrópole. Dizia-se que tinha uma renda de quatro dígitos com as notícias que dava aos tabloides toda semana. Sempre que ocorria alguma estranha agitação nas profundezas obscuras da capital, ela era automaticamente publicada na superfície com exatidão por essa máquina de notícias. Holmes ajudava Langdale com discrição, e este, por sua vez, ocasionalmente lhe fazia alguns favores.

Quando encontrei meu amigo na manhã seguinte, achei que estivesse tudo bem; mas uma surpresa desagradável nos aguardava, na forma do seguinte telegrama:

Por favor, venham com urgência. A casa da cliente foi invadida na noite passada. A polícia já está no local. Doutor Sutro.

Holmes assobiou.

– A crise aconteceu mais rápido do que eu esperava. Há um peixe grande por trás desse caso, Watson. A crise não me surpreende, depois do que ouvi. Esse Sutro, é claro, é apenas um advogado. Receio ter cometido um erro ao não lhe pedir para passar a noite em guarda. Esse indivíduo provou claramente ser um inútil. Bem, só nos resta fazer outra viagem até Harrow Weald.

Naquela manhã, a Three Gables não se parecia em nada com a casa burguesa do dia anterior. Um pequeno grupo de espectadores se reunia perto do portão, enquanto dois oficiais examinavam as janelas e os canteiros de gerânio. Ao entrar, fomos saudados por um velho cavalheiro de cabelos grisalhos que se apresentou como o advogado da senhora Maberley e por um animado detetive, muito corado, que saudou Holmes como um velho amigo.

– Bem, senhor Holmes, temo que não haja nada para você neste caso. Apenas um assalto comum, muito comum, dentro das capacidades da velha e pobre polícia. Não precisaremos da ajuda de um especialista.

– Tenho certeza de que o caso está em muito boas mãos – respondeu Holmes. – Foi apenas um assalto comum, você disse?

– Sim, foi. Sabemos quem fez isso e sabemos onde os encontrar: foi o bando do Barney Stockdale, junto com o grande homem negro... Eles foram vistos por aí.

O arquivo secreto de Sherlock Holmes

– Excelente! E o que levaram?

– Bem, parece que não levaram muita coisa. A senhora Maberley foi desmaiada com clorofórmio, e a casa... Ah, aqui está a própria dama.

Nossa amiga do dia anterior tinha entrado na sala, muito pálida e abatida, amparada por uma moça de aparência bastante frágil.

– O senhor me deu bons conselhos, senhor Holmes – disse ela, sorrindo tristemente. – Infelizmente, não os segui! Eu não queria incomodar o senhor Sutro e por isso fiquei desprotegida.

– Só fiquei sabendo do ocorrido agora de manhã! – explicou o advogado.

– O senhor Holmes havia me aconselhado a ter algum amigo em casa. Eu não o escutei. E paguei por esse descaso.

– A senhora parece muito cansada – disse Holmes. – Mas talvez possa me contar o que aconteceu.

– Está tudo registrado aqui – disse o inspetor, mostrando um enorme caderno.

– Mesmo assim, se a senhora Maberley não estiver muito indisposta...

– Há realmente tão pouco para contar! Tenho certeza de que a megera da Susan ajudou a planejar tudo. Eles conheciam cada centímetro da casa. Fiquei consciente por um momento, depois que taparam a minha boca com um pano com clorofórmio. Mas não tenho ideia de quanto tempo fiquei inconsciente. Quando acordei, havia um homem ao lado da minha cama, e outro se levantava com um pacote da bagagem do meu filho. Toda a bagagem estava desfeita e espalhada pelo chão. Antes que ele pudesse escapar, pulei e o agarrei.

– A senhora correu um grande risco – sussurrou o inspetor.

– Agarrei-me a ele, mas ele se soltou, e o outro deve ter me golpeado, pois não me lembro de mais nada. Mary, minha jovem empregada, ouviu o barulho e começou a gritar pela janela. A polícia chegou, mas os assaltantes já tinham escapado.

– O que eles levaram?

– Acho que não falta nada de valor. Tenho certeza de que não falta nada nos baús do meu filho.

– Os ladrões deixaram alguma pista?

– Há um pedaço de papel, que talvez eu tenha arrancado do homem que agarrei. Estava todo amassado no chão. O texto está na caligrafia do meu filho.

– Em outras palavras, esse documento não nos será de grande utilidade – comentou o inspetor. – No entanto, se estivesse com a caligrafia do ladrão...

– Exatamente – disse Holmes. – Que bom senso! Mesmo assim, estou curioso em vê-lo.

O inspetor tirou um papel dobrado de seu caderno de anotações.

– Eu nunca deixo passar um detalhe, por menor que seja – disse, pomposamente. – Este é o meu conselho para você, senhor Holmes. Em vinte e cinco anos de serviço, aprendi a lição. Sempre se pode encontrar uma impressão digital ou alguma coisa do tipo.

Holmes examinou a folha de papel.

– O que você acha, inspetor?

– Parece a última página de um romance.

– É certamente o fim de um conto bizarro – observou Holmes. – Você notou o número no topo da página: 245. Onde estão as outras duzentas e quarenta e quatro páginas?

– Bem, suponho que os assaltantes levaram. Que façam bom proveito!

– Arrombar e revirar uma casa para levar papéis como este? Isso não é estranho, inspetor?

– Sim, senhor, é verdade. Mas acho que, na pressa, os malandros apenas agarraram o que puderam. Desejo-lhes muita alegria com o que conseguiram!

– Por que eles estão interessados nas coisas do meu filho? – questionou a senhora Maberley.

– Porque não encontraram nada de valor lá embaixo e tentaram a sorte no primeiro andar. É isso que acho. Qual é a sua opinião, senhor Holmes?

– Devo pensar um pouco mais, inspetor. Venha aqui para a janela, Watson.

O arquivo secreto de Sherlock Holmes

Lado a lado, lemos este pedaço de papel. O texto começava no meio de uma frase, e era como se segue:

... seu rosto sangrava consideravelmente com os cortes e golpes, mas isso não era nada comparado ao sangramento de seu coração, ao ver aquele rosto maravilhoso – o rosto pelo qual ele de bom grado sacrificaria sua própria vida, testemunhando sua agonia e humilhação. Ela estava sorrindo. Sim, pelo céu, ela estava sorrindo, como o demônio sem coração que ela era, enquanto olhava para ele. Foi nesse momento que o amor morreu e nasceu o ódio. O homem deve viver para alguma coisa. Se não for por seus beijos, milady, certamente será por sua aniquilação e por minha completa vingança.

– Que sintaxe mais estranha – disse Holmes, sorrindo e entregando o papel de volta ao inspetor. – Você notou como o "seu" mudou repentinamente para "meu"? O autor ficou tão cativado por sua própria história que se imaginou como o herói no momento supremo.

– Parecia uma história bem ruim – murmurou o inspetor, colocando o manuscrito de volta em seu caderno de anotações. – O senhor já vai embora, senhor Holmes?

– O caso parece estar em boas mãos, e não vejo por que ficar. A propósito, senhora Maberley, a senhora não me disse que gostaria de viajar?

– Sempre foi o meu sonho, senhor Holmes.

– Aonde a senhora gostaria de ir? Cairo, Madeira, a Riviera?

– Oh, se eu tivesse dinheiro suficiente, daria a volta ao mundo.

– Esta é uma boa ideia. Uma volta ao mundo. Bem, adeus. Posso enviar-lhe uma nota à noite.

Quando passamos pela janela, vi o inspetor sorrindo e balançando a cabeça. "Esses espertos sempre têm algo de errado com eles!", foi o que li nos lábios do inspetor.

– Bem, Watson, vamos para a última etapa de nossa pequena viagem – disse Holmes, quando já estávamos no centro de Londres. – Acho que o caso deve ser esclarecido imediatamente e prefiro que você me acompanhe, pois é melhor ter uma testemunha quando se lida com uma mulher como Isadora Klein.

Tínhamos tomado um táxi e seguíamos em direção à Praça Grosvenor. Holmes, que seguia pensativo, de repente ficou agitado.

– A propósito, Watson, tudo já está claro em sua mente?

– Não posso dizer com certeza. Estamos indo ao encontro da senhora que está por trás de tudo isso?

– Sim, de fato, estamos! Mas o nome Isadora Klein não significa nada para você? Ela foi uma famosa beldade: nunca houve mulher como Isadora. Ela é cem por cento espanhola, tem o sangue dos conquistadores nas veias. e sua família governa Pernambuco há gerações. Ela se casou com Klein, o velho rei do açúcar alemão, e logo se tornou a mais bela e rica de todas as viúvas do mundo. Seguiu-se um intervalo de aventuras, durante o qual ela realizou todas as suas fantasias. Teve vários amantes, e Douglas Maberley, um dos homens mais notáveis de Londres, estava entre os escolhidos. Diz-se que ela viveu com ele muito mais do que uma aventura. Ele não era um alpinista social; era um homem forte e orgulhoso, que dava tudo e exigia tudo em troca. Mas ela é a "bela dama sem coração" do romance. Uma vez satisfeitos os seus caprichos, ela rompe a ligação. E, se o parceiro tem dificuldade em entender, ela sabe como abrir os olhos dele.

– Então aquela era a própria história de Douglas Maberley?

– Ah! Agora você está juntando as peças. Soube que ela está prestes a se casar com o jovem duque de Lomond, que tem idade para ser filho dela. A mãe de Sua Graça parece ignorar a diferença de idade, não há nenhum grande escândalo em perspectiva. Por isso, era imperativo… Ah! Aqui estamos nós!

Era uma das melhores casas do West End. Um criado de libré pegou nossos cartões como um robô e depois voltou com a notícia de que a senhora não estava em casa.

– Ótimo – disse Holmes, alegremente. – Nesse caso, vamos esperar que ela esteja.

O robô teve um curto-circuito.

– Isso significa que ela não está em casa para *vocês!* – respondeu.

– Melhor ainda – respondeu Holmes. – Isso significa que não teremos de esperar. Você faria a gentileza de levar esta nota à sua senhora?

Rabiscou três ou quatro palavras em uma folha de caderno, dobrou-a e entregou-a ao criado.

– O que você escreveu, Holmes?

– Simplesmente isto: "Será que não é a polícia?" Creio que agora ela virá nos receber.

Um minuto depois, com uma celeridade surpreendente, fomos conduzidos a um cenário das *Mil e Uma Noites*, uma sala vasta e maravilhosa, banhada por uma meia-luz em tons de rosa. A senhora tinha chegado, penso eu, àquela idade da vida em que a mais orgulhosa beleza se acentua com uma iluminação suave. Quando entramos, ela se levantou de um divã. Ela era alta, tinha um porte de rainha e um corpo perfeito; seu rosto era adoravelmente artificial, e seus lindos olhos espanhóis nos fitavam com um brilho assassino.

– O que é essa intrusão? E o que significa essa mensagem ultrajante? – perguntou ela, segurando o papel.

– Não preciso explicar, madame. Tenho muito respeito por sua inteligência... Embora eu tenha de confessar, surpreso, que essa inteligência tem lhe faltado ultimamente!

– Como assim, senhor?

– A senhora supôs que os valentões que contratou pudessem me impedir, por medo de fazer meu trabalho. Um homem nunca abraçaria a minha profissão se não fosse atraído pelo perigo. Então foi a senhora quem me forçou a investigar o caso do jovem Maberley.

– Não tenho a menor ideia do que você está falando. O que tenho a ver com algum valentão contratado?

Holmes se afastou, cansado.

– Eu certamente superestimei sua inteligência! Passar bem, minha senhora. Boa tarde!

– Pare! Aonde está indo?

– Para a Scotland Yard.

Estávamos apenas a meio caminho da porta quando ela nos alcançou e pegou Holmes pelo braço. Ela havia se transformado de aço para veludo.

– Ora, senhores, sentem-se! Vamos conversar um pouco mais. Sinto que posso ser franca com o senhor, senhor Holmes. O senhor tem os sentimentos de um cavalheiro. O instinto feminino é rápido para pressenti-lo. Quero tratá-lo como um amigo.

– Não posso prometer que serei recíproco, madame. Eu não sou a lei, mas represento a justiça, dentro dos meus modestos limites. Estou pronto para ouvi-la; depois direi como vou agir.

– Sem dúvida, foi insensato da minha parte ameaçar um homem corajoso como o senhor.

– O que foi especialmente insensato, madame, foi ter-se colocado nas mãos de um bando de patifes que poderiam chantageá-la ou denunciá-la.

– Não, não sou tão ingênua! Como prometi ser sincera, posso dizer que nenhum deles, exceto Barney Stockdale e Susan, esposa dele, faz a menor ideia de quem seja seu empregador. Quanto a esses dois, bem, não é a primeira vez…

Ela sorriu e acenou com a cabeça de uma forma encantadora.

– Compreendo. A senhora já os colocou à prova?

– São bons cães de caça que correm em silêncio.

– Mais cedo ou mais tarde, os cães tentam morder a mão que os alimenta. Eles serão presos por esse roubo. A polícia já está atrás deles.

– Problema deles. É para isso que são pagos. Eu não estarei envolvida no caso.

– A menos que eu faça a senhora estar envolvida.

– Não, o senhor não faria isso. O senhor é um cavalheiro. É o segredo de uma mulher que está em jogo.

– Em primeiro lugar, a senhora deve me entregar esse manuscrito.

Ela riu, indo até a lareira. Havia uma massa carbonizada, que ela espalhou com o atiçador.

O ARQUIVO SECRETO DE SHERLOCK HOLMES

– Devo devolver isto? – perguntou ela.

Diante de nós, com um sorriso desafiador, ela parecia tão astuta e requintada que imaginei que, dentre todos os criminosos com quem Holmes já havia lidado, ela seria o inimigo mais difícil de enfrentar. No entanto, eu sabia que ele era imune aos sentimentos.

– Isso sela o seu destino – disse ele friamente. – A senhora agiu muito rápido, madame, mas desta vez foi longe demais.

Ela jogou o atiçador no chão, com um estrondo.

– Como você é difícil! – choramingou ela. – Posso contar a história toda?

– É exatamente isso que vim lhe pedir.

– Mas o senhor deve vê-la com meus olhos, senhor Holmes! Deve compreendê-la do ponto de vista de uma mulher que vê toda a ambição de sua vida prestes a ser arruinada no último momento. Essa mulher é culpada se ela protege a si mesma?

– O pecado original foi seu.

– Sim, admito! Douglas era um rapaz encantador, mas infelizmente não se encaixava nos meus planos. Ele queria se casar comigo. Casar comigo, senhor Holmes! Um plebeu sem um tostão! Não queria nada menos. Estava obstinado. Porque eu tinha me entregado a ele uma vez, ele parecia pensar que eu deveria me entregar sempre, e somente a ele. Era insuportável. Finalmente, tive de fazê-lo entender.

– Contratando os valentões que o espancaram debaixo de sua própria janela.

– De fato, o senhor parece saber tudo! Sim, é verdade. Barney e aqueles homens o perseguiram e, admito, foram um pouco duros. Mas e então, o que ele fez? Alguma vez já imaginou que um cavalheiro pudesse fazer uma coisa dessas? Ele escreveu um livro no qual descreveu a própria história. Eu, é claro, era a loba; e ele era o cordeiro. Estava tudo lá, sob nomes diferentes, é claro; Mas quem em Londres não nos teria reconhecido? O que o senhor diz sobre isso, senhor Holmes?

– Bem, ele agiu dentro dos próprios direitos.

– Era como se o ar da Itália tivesse entrado em seu sangue e inspirado nele a velha crueldade italiana. Ele me escreveu e enviou uma cópia do livro para que eu pudesse ter a tortura da antecipação. Disse que havia dois exemplares: um para mim, outro para a editora.

– Como a senhora sabe que a editora ainda não recebeu?

– Porque conheço a editora. Este não é o primeiro romance de Douglas, o senhor sabe. Soube que a editora não tinha recebido nada, e também não vieram mais notícias da Itália. Depois, veio a morte repentina de Douglas. Enquanto aquele outro manuscrito estivesse por aí, eu não poderia me sentir segura. Estava certamente entre os pertences dele, que deveriam ser devolvidos à mãe. Coloquei a gangue para trabalhar. Susan entrou na casa da senhora Maberley como empregada doméstica. Eu queria agir com honestidade. De verdade, de verdade! Eu estava pronta para comprar a casa e tudo o que havia nela. Aceitei o preço que ela pediu. E só tentei seguir por outro caminho quando o primeiro falhou. Agora, senhor Holmes, supondo que eu tenha sido muito dura com Douglas e Deus sabe que me arrependo, o que mais eu poderia fazer, com todo o meu futuro em jogo?

Sherlock Holmes deu de ombros.

– Bem, suponho que terei de fazer um acordo com o crime, como de costume. Quanto custa uma viagem de volta ao mundo na primeira classe?

A mulher olhava para ele, perplexa.

– Não mais do que cinco mil libras, creio eu.

– Não, acho que não…

– Muito bem. Pode me passar um cheque, e farei com que ele chegue à senhora Maberley. A senhora deve a ela uma pequena mudança de ares. Enquanto isso, madame – continuou, erguendo um dedo de alerta –, tenha cuidado! Não fique brincando com objetos afiados para sempre. Um dia poderá ferir suas delicadas mãos.

Capítulo 5

• A VAMPIRA DE SUSSEX •

Holmes lia cuidadosamente uma carta, trazida pelo último mensageiro. Depois, com aquele riso seco que, em se tratando dele, era o que mais se aproximava de uma gargalhada, ele a entregou para mim.

– Para uma mistura do moderno e do medieval, do prático e do extravagante, acho que esta é a gota de água! O que você acha, Watson?

Eu li o seguinte:

> *Old Jewry, 46.*
> *19 de novembro.*
>
> *Ref.: Vampiros.*

Prezado senhor:

Nosso cliente, Robert Ferguson, da Ferguson & Muirhead, empresa comerciante de chá em Mincing Lane, nos fez algumas perguntas sobre vampiros. Como nossa empresa é inteiramente especializada na avaliação de máquinas, o assunto está claramente fora de nossa alçada. Por isso, recomendamos ao senhor Ferguson que entrasse em contato com o senhor e o colocasse a par do caso. Não nos esquecemos de seu sucesso no caso Matilda Briggs.

Com os melhores cumprimentos,
Atenciosamente,
Morrison, Morrison & Dodd.

– *Matilda Briggs* não é o nome de uma mulher bonita, Watson – disse Holmes. – Era um navio associado com o caso do rato gigante de Sumatra, uma história para a qual o mundo ainda não está preparado. Mas o que sabemos sobre vampiros? Será que também estão dentro do nosso campo de atuação? Qualquer coisa é melhor do que fazer nada, mas parece que fomos parar em um conto de fadas dos Irmãos Grimm. Estenda o braço, Watson, e vamos ver o que você tem a nos dizer.

Inclinei-me para trás e peguei o grande volume ao qual ele se referia. Holmes equilibrou-o em seu colo, e seus olhos se moveram lenta e carinhosamente sobre os registros de casos antigos, misturados com as informações acumuladas ao longo de uma vida inteira.

– Viagem do *Gloria Scott* – leu. – Esse foi um mau negócio. Lembro-me vagamente de que você contou essa história, Watson, embora eu não tenha tido tempo de parabenizá-lo pelo resultado. Victor Lynch, o falsificador. Veneno de lagarto. Sim, o monstro-de-gila! Esse foi um caso notável! Vittoria, a bela italiana do circo. Vanderbilt e Yeggman. Víboras. Vigor, a maravilha de Hammersmith. Formidável! O bom e velho índice. Ah, ouça isto, Watson. Vampirismo na Hungria. E novamente: Vampiros na Transilvânia.

Ele virava as páginas com avidez, mas, depois de uma breve leitura, jogou o grande livro abaixo, com uma exclamação de desapontamento.

– Lixo, Watson, tudo lixo! O que temos a ver com cadáveres ambulantes, que só podem ser mantidos na sepultura espetando estacas em seus corações? Isso é loucura.

– Mas, certamente – disse eu –, o vampiro não é necessariamente uma pessoa morta. Uma pessoa viva pode ter esse hábito. Eu li, por exemplo, sobre velhos que sugam o sangue de crianças a fim de reter a juventude delas.

O arquivo secreto de Sherlock Holmes

– Tem razão, Watson. Essa lenda é mencionada em meu índice. Mas será que devemos levar esse absurdo a sério? Nossa agência tem os pés no chão e ali devem permanecer. O mundo é grande o suficiente para nós. Não precisamos de fantasmas. Receio que não possamos levar o senhor Robert Ferguson muito a sério. Mas esta outra carta pode lançar alguma luz sobre o problema.

Então, pegou uma segunda carta que eu não havia notado sobre a mesa, tão absorto eu ficara com a primeira, começou a lê-la com um sorriso divertido, que gradualmente desapareceu e foi substituído por uma expressão de intenso interesse e concentração mental. Quando terminou de ler, permaneceu em silêncio por alguns minutos. A carta pendia entre seus dedos. Finalmente, com um movimento repentino, emergiu de seu devaneio.

– Cheeseman's, Lamberley. Onde fica Lamberley, Watson?

– Em Sussex, ao sul de Horsham.

– Não fica muito longe, não é? E Cheeseman's?

– Eu conheço essa região, Holmes. É cheia de casas antigas, que receberam o nome dos fazendeiros que as construíram séculos atrás. Odley, Harvey, Carriton... são homens esquecidos, mas seus nomes continuam vivos nas residências.

– Exatamente – disse Holmes, distraído.

Uma das características de sua natureza orgulhosa e independente era que, embora registrasse novas informações em seu cérebro de forma muito rápida e precisa, raramente mostrava gratidão à pessoa que as fornecia.

Holmes prosseguiu, alguns instantes depois:

– Tenho a sensação de que, nas próximas horas, conheceremos melhor a região de Cheeseman's, em Lamberley. Como eu esperava, esta carta é do próprio Robert Ferguson. A propósito, ele o conhece.

– Ele me conhece?

– É melhor você ler.

Ele me passou a carta. Tinha como cabeçalho o endereço mencionado acima.

Prezado senhor Holmes,

Meus advogados me aconselharam a procurá-lo, mas o assunto é tão extraordinariamente delicado que é muito difícil de explicar. Trata-se de um amigo meu, cujos interesses represento. Este cavalheiro, há cinco anos, casou-se com uma jovem peruana, filha de um comerciante peruano que conhecera em uma viagem para importação de nitratos. A moça é muito bonita, mas o fato de ser estrangeira e católica logo levou a diferenças sentimentais entre marido e mulher. O amor do marido esfriou, e logo começou a se perguntar se a união deles havia sido um erro. Ele sentiu que havia certos aspectos no caráter dela que ele nunca seria capaz de explorar e compreender. O mais doloroso é que ela o adora – é a esposa mais amorosa que um homem poderia ter.

Passemos agora ao assunto que explicarei melhor quando nos encontrarmos. Esta carta destina-se apenas a dar uma ideia geral da situação e para verificar se o senhor se interessa pelo assunto. A esposa de meu amigo começou a mostrar alguns traços curiosos, distantes de sua extraordinária gentileza e bondade natural. Este é o segundo casamento de meu amigo, e ele tem um filho da primeira esposa. Esse rapaz, que agora tem quinze anos de idade, é totalmente encantador e afetuoso, embora infelizmente tenha sido vítima de um acidente em sua juventude. Em duas ocasiões, a esposa de meu amigo foi flagrada agredindo o pobre menino, que não a provocava de forma alguma. Em uma dessas ocasiões, ela o golpeou com um bastão e quebrou o braço dele.

Isso foi uma coisa pequena, porém, em comparação ao seu comportamento em relação a seu próprio filho, que ainda não tem um ano de idade. Há um mês, a babá havia deixado a criança sozinha por alguns minutos. Um choro do bebê, um verdadeiro choro de dor, fez a babá correr em desespero. Quando ela entrou no quarto, viu sua patroa, a mãe do bebê, debruçada sobre a criança, aparentemente mordendo seu pescoço. Era visível uma pequena ferida no pescoço,

O ARQUIVO SECRETO DE SHERLOCK HOLMES

de onde jorrava muito sangue. Horrorizada, a babá quis chamar o marido; mas a mãe implorou que ela não fizesse nada e ofereceu-lhe cinco libras para ficar quieta. Ela não deu nenhuma explicação para sua ação, e o assunto foi abafado.

Isso deixou uma impressão terrível na mente da babá. A partir daquele momento, ela vigiava de perto sua patroa e o bebê, que ela amava muito. Parecia-lhe que, enquanto ela vigiava a mãe, também era vigiada pela mãe; e que, sempre que ela tinha de deixar o bebê, a mãe esperava esse momento para se aproximar dele. Dia e noite a enfermeira vigiava o bebê; dia e noite, a mãe parecia estar de vigia, como um lobo que vigia o cordeiro. Para o senhor, isso deve parecer absurdo; no entanto, peço-lhe que leve esta história a sério, pois a vida de uma criança e a sanidade de um homem estão em jogo.

Finalmente, chegou o dia terrível em que os fatos não podiam mais ser ocultados. Os nervos da babá não podiam mais resistir. Incapaz de suportar a tensão, ela contou tudo ao pai. Assim como o senhor deve estar reagindo agora, ele reagiu como se tivesse ouvido um conto macabro. Sabia que a esposa o amava e que, apesar de suas agressões ao enteado, ela era uma mãe amorosa. Por que, então, ela machucaria seu próprio bebezinho? Ele disse à babá que ela estava imaginando coisas, que suas suspeitas eram dignas de uma histeria e que não toleraria mais essas calúnias sobre sua esposa. Mas, enquanto conversavam, ouviram um grito de dor. A babá e o patrão correram até o quarto do bebê. Imagine os sentimentos de meu amigo, senhor Holmes, ao ver sua esposa ajoelhada ao lado do berço e o sangue escorrendo do pescoço exposto da criança, empapando o lençol. Ele soltou uma exclamação de horror e atraiu o rosto de sua esposa para a luz: havia sangue ao redor de seus lábios. Sem a menor dúvida, ela bebeu o sangue do pobre bebezinho.

Assim como eu, ele não sabe muito sobre vampirismo, além do nome. Pensávamos que eram histórias selvagens, de terras distantes. Mas aconteceu bem aqui, no coração de Sussex, na Inglaterra...

Bem, poderemos discutir o caso juntos, amanhã de manhã. O senhor poderia me receber? O senhor usaria suas grandes habilidades para ajudar um homem desesperado? Se o senhor concordar, por favor, telegrafe para: Ferguson, Cheeseman's, Lamberley, e estarei em sua casa amanhã às dez horas.

Atenciosamente,
Robert Ferguson.

P.S.: Acredito que seu amigo Watson jogava rúgbi pela equipe de Blackheath, quando eu jogava como atacante pela equipe de Richmond. Esta é a única apresentação pessoal que posso fazer.

– Claro que me lembro dele – disse eu, ao devolver a carta. – Big Bob Ferguson, o melhor jogador que Richmond já teve. Sempre foi um rapaz bem-humorado. É bem do feitio dele estar tão preocupado com o problema de um amigo.

Holmes olhou para mim pensativamente e balançou a cabeça.

– Nunca conhecerei seus limites, Watson! Você é cheio de possibilidades inexploradas. Bem, envie este telegrama, como o bom amigo que você é: "Teremos prazer em investigar seu caso".

– *Seu* caso?

– Não vamos deixá-lo com a impressão de que esta agência é um lar para pessoas de mente fraca. É claro que o problema é com a esposa dele. Envie a ele esse telegrama e deixe o assunto descansar até amanhã de manhã.

Ferguson chegou às dez em ponto. Eu me lembrava dele como um homem atlético, de musculatura bem definida, com uma leveza e tamanha velocidade que lhe permitiam agarrar facilmente as costas dos adversários. Infelizmente, nada na vida é mais doloroso do que conhecer a decadência de um grande esportista que conhecemos no auge de sua forma física. Sua grande estrutura minguara; seus cabelos louros desapareceram quase completamente, e seus ombros estavam curvados. Temo ter despertado nele emoção semelhante.

O arquivo secreto de Sherlock Holmes

– Olá, amigo Watson! – exclamou, com um tom de voz ainda mais profundo e caloroso. – Você não parece mais o homem que era quando eu o joguei por cima das cordas sobre a multidão, no Old Deer Park. Eu também mudei um pouco. Mas foram os últimos dias que me envelheceram. Vejo por seu telegrama, senhor Holmes, que seria inútil fingir ser o representante de alguém.

– Falar diretamente é muito mais simples – respondeu Holmes.

– Certamente! Mas o senhor pode imaginar como é difícil falar sobre a única mulher que você deve apoiar e proteger. O que mais eu poderia fazer? Como posso ir à polícia com uma história dessas? E, ainda assim, meus filhos têm o direito de ser protegidos! Seria um problema mental, senhor Holmes? Uma doença no sangue? O senhor já se deparou com caso semelhante? Pelo amor de Deus, preciso do seu conselho, pois estou à beira da loucura!

– Naturalmente, senhor Ferguson. Agora sente-se e controle-se, pois preciso de respostas claras. Asseguro-lhe que estou bem longe dos limites da loucura e me encontro bastante confiante de que acharemos uma solução. Primeiro, diga-me que providências o senhor tomou. Sua esposa ainda está com as crianças?

– Tivemos uma cena horrível. Ela é uma mulher muito amorosa, senhor Holmes. Se alguma vez uma mulher amou alguém com todo o seu coração e alma, essa mulher é ela. Ela me ama apaixonadamente. Ficou devastada por eu ter descoberto esse horrível, esse incrível segredo. Ela nem quis falar, não respondeu às minhas reprovações, apenas me olhou com uma espécie de olhar selvagem e desesperado. Depois, correu para o quarto e se trancou lá. Desde então, tem-se recusado a me ver. Ela tem uma criada que já a servia antes de nos casarmos, chamada Dolores: uma amiga, não uma criada. É ela quem leva a comida.

– Então a criança não está em perigo imediato?

– A babá, a senhora Mason, jurou que não a deixará, nem à noite nem durante o dia. E sei que posso confiar nela plenamente. Estou menos seguro em relação ao pobre Jack; pois, como disse em minha carta, foi agredido duas vezes por minha esposa.

– Ela alguma vez o mordeu?

– Não, ela o golpeou brutalmente. É ainda mais terrível, porque ele tem deficiência e é indefeso. – As duras feições de Ferguson se suavizaram enquanto falava do filho. – A triste condição do meu querido filho deveria amolecer qualquer coração: uma queda na infância e uma coluna vertebral comprometida, senhor Holmes! Mas ele tem o mais terno e o mais amoroso coração.

Holmes havia pegado a carta do dia anterior e a lia novamente.

– Quem mais mora em sua casa, senhor Ferguson?

– Dois criados. Estão conosco há muito tempo. Um serviçal, Michael, que dorme em casa. Minha esposa, eu, meu filho Jack, o bebê, Dolores e a senhora Mason. É isso.

– Suponho que, quando o senhor se casou, não conhecia muito bem sua esposa.

– Eu a conhecia havia apenas quatro semanas.

– Há quanto tempo Dolores está com ela?

– Muitos anos.

– Então, quer dizer que Dolores conhece melhor o caráter de sua esposa do que o senhor?

– Sim, pode-se dizer que sim.

Holmes tomou algumas notas.

– Creio que serei mais útil em Lamberley do que aqui. Este é um caso para investigação pessoal. Se a senhora permanece no quarto, nossa presença não vai perturbá-la nem a incomodar. É claro que ficaremos em uma pousada.

Ferguson parecia aliviado.

– Era tudo o que eu esperava, senhor Holmes. Há um trem que sairá às duas horas para Victoria, e seria excelente se o senhor pudesse embarcar.

– Combinado! Estamos em um momento tranquilo. Portanto, posso dedicar toda a minha energia a este caso. Watson, é claro, me acompanhará.

O arquivo secreto de Sherlock Holmes

Mas, antes de ir, gostaria de esclarecer apenas mais alguns pontos. Entendo que sua infeliz senhora foi apanhada em flagrante agressão contra os seus dois filhos, não é isso?

– Sim, é isso mesmo.

– Mas as agressões foram diferentes, não é verdade? Ela espancou seu filho mais velho.

– Uma vez com um bastão e outra muito brutalmente com as mãos.

– Ela não deu nenhuma explicação sobre os ataques?

– Nenhuma, exceto que ela o odiava. Ela repetiu isso várias vezes.

– Bem, isso não é novidade entre as madrastas. Um ciúme póstumo, podemos dizer. Sua senhora tem temperamento ciumento?

– Sim, ela é muito ciumenta. Com todas as forças de seu ardente amor tropical.

– Mas o menino… tem quinze anos e provavelmente tem a mente bem desenvolvida… Ele não deu nenhuma explicação para as agressões?

– Não. Apenas me disse que não tinha feito nada para merecê-las.

– Eram bons amigos em outros momentos?

– Não. Nunca houve ternura entre eles.

– No entanto, o senhor diz que ele é muito afetuoso.

– Nunca haverá um filho tão dedicado neste mundo. Minha vida é a vida dele. Ele absorve tudo o que digo ou faço.

Mais uma vez Holmes tomou nota. Durante algum tempo, permaneceu absorto em pensamentos.

– Sem dúvida, o senhor e seu filho eram muito próximos antes de seu segundo casamento. O luto os uniu, não foi?

– Muito.

– E o menino, tendo uma natureza tão afetuosa, é muito fiel à memória da mãe dele?

– Sim.

– Parece ser um garoto fascinante. Outro ponto sobre essas agressões… Os estranhos ataques contra o bebê e as agressões contra seu filho foram na mesma época?

– Na primeira vez, sim. Foi como se algum frenesi se apoderasse dela e ela estivesse descarregando sua fúria sobre os dois. Na segunda vez, foi apenas Jack quem sofreu. A senhora Mason não fez nenhuma reclamação sobre o bebê.

– Isso certamente complica as coisas.

– Não compreendo muito bem, senhor Holmes.

– Possivelmente, não. Formam-se teorias provisórias, e espera-se por algum tempo ou por novos fatos para comprovar que estão erradas. Um mau hábito, senhor Ferguson, mas a natureza humana é fraca. Temo que seu velho amigo Watson tenha dado uma visão exagerada de meus métodos científicos. Entretanto, direi apenas que, no estágio atual, seu problema não me parece insolúvel; e que o senhor pode contar conosco para o trem das duas horas para Victoria.

Foi na noite de um dia sombrio de novembro que, após termos deixado nossa bagagem na pousada Chequers, em Lamberley, fomos conduzidos através das argilosas estradas de Sussex, por uma via longa e sinuosa, chegando finalmente à velha e isolada fazenda onde Ferguson morava. Era um grande edifício, muito antigo no centro e muito novo nas extremidades, com chaminés Tudor e telhado de lajes de Horsham, muito inclinado e coberto de musgo. Os degraus para a soleira estavam gastos; o velho revestimento do alpendre trazia desenhos de um queijo e um homem – uma referência a Chesseman, o construtor original da casa. No interior, os tetos eram ondulados com vigas pesadas de carvalho e os pisos irregulares flanqueados em curvas acentuadas. Em todos os cantos havia um cheiro de velhice e decadência.

Ferguson nos conduziu a uma sala central muito ampla, onde uma enorme lareira antiga com grades de ferro, datada de 1670, brilhava com um magnífico incêndio de troncos.

Olhei ao redor da sala, uma mistura muito peculiar de épocas e lugares diferentes. As paredes em meia-esquadria provavelmente remontavam ao primeiro proprietário do século XVII. A metade inferior das paredes, no

O arquivo secreto de Sherlock Holmes

entanto, era decorada com uma fileira de aquarelas modernas de muito bom gosto. Acima, onde o gesso amarelo tomava o lugar do carvalho, pendia uma bela coleção de instrumentos e armas sul-americanos, que haviam sido trazidos, sem dúvida, pela senhora peruana. Holmes levantou-se, com aquela curiosidade que brotava de sua mente ávida, e os examinou com algum cuidado. De repente, ele se voltou com os olhos cheios de atenção.

– Opa! – exclamou ele. – Oh, oh!

Um cãozinho *spaniel* tinha saído de uma cesta que estava em um canto. Então se aproximou lentamente de seu mestre, caminhando com dificuldade. As pernas traseiras se movimentavam de forma irregular, e a cauda arrastava no chão. Então, lambeu a mão de Ferguson.

– O que foi, senhor Holmes?

– O cãozinho. O que há de errado com ele?

– O veterinário também está perplexo! É uma espécie de paralisia. Meningite espinhal, ele disse. Mas é passageiro. Logo vai ficar bem novamente, não vai, Carlo?

Os olhos tristes do cão nos questionaram. Ele sabia que estávamos discutindo seu caso.

– Isso aconteceu com ele de repente?

– Da noite para o dia.

– Há quanto tempo?

– Cerca de quatro meses.

– Muito interessante. Muito sugestivo.

– O que o senhor vê nele, senhor Holmes?

– Uma confirmação do meu prognóstico.

– Em nome de Deus, o que está pensando, senhor Holmes? Pode ser um mero quebra-cabeça intelectual para o senhor; mas para mim é vida ou morte! Minha esposa, uma suposta assassina. Meus filhos em perigo constante! Não brinque comigo, senhor Holmes! É muito sério!

O grande jogador de rúgbi tremia por inteiro. Holmes tocou suavemente no braço dele.

ARTHUR CONAN DOYLE

– Temo que o senhor ainda tenha de sofrer, senhor Ferguson, seja qual for a solução! Vou poupá-lo o máximo que puder. Não quero dizer mais nada no momento; mas, antes de sair desta casa, espero ser mais definitivo.

– Queira Deus que sim! Se me dão licença, cavalheiros, vou até o quarto da minha esposa para tentar vê-la.

Ele esteve ausente por alguns minutos, durante os quais Holmes retomou seu exame das curiosidades penduradas na parede. Quando nosso anfitrião retornou, estava claro em seu rosto abatido que não tinha feito nenhum progresso. Havia trazido com ele uma garota alta, magra e com cara de mouro.

– O chá está pronto, Dolores? – perguntou Ferguson. – Veja se a patroa tem tudo de que precisa.

– Ela está muito doente! – exclamou a garota, olhando com os olhos indignados para o patrão. – Ela não quer comer. Ela está doente. Ela precisa de um médico! Tenho medo de ficar sozinha com ela sem um médico.

Ferguson olhou para mim. Pude ler uma pergunta em seus olhos.

– Eu ficaria muito feliz se pudesse ser útil.

– A patroa receberia o doutor Watson?

– Eu o levo até lá. Vou entrar sem pedir licença. Ela precisa de um médico.

– Então irei com a senhorita imediatamente.

Eu segui a garota, que estava trêmula. Subimos pelas escadas e percorremos um longo corredor. No final, havia uma porta de ferro maciço cravejado. Ao olhar para ela, percebi que não estava sendo fácil para Ferguson se aproximar da esposa. A garota tirou uma chave do bolso, e as pesadas tábuas de carvalho rangeram sobre suas velhas dobradiças. Entrei, e ela rapidamente me seguiu, fechando a porta atrás de nós.

Na cama estava deitada uma mulher, claramente com febre alta. Ela estava semiconsciente, mas, quando entrei, ergueu os lindos e assustados olhos e me fitou cheia de apreensão. Ao ver um estranho se aproximando, ela pareceu estar aliviada e afundou de volta no travesseiro com um suspiro. Aproximei-me com algumas palavras tranquilizadoras, e ela ficou

O arquivo secreto de Sherlock Holmes

parada enquanto eu tomava seu pulso e sua temperatura. Ambos estavam muito mais altos do que o normal. Eu senti, no entanto, que sua condição era mais o resultado de uma excitação mental e nervosa do que de qualquer doença física.

– Ela já está assim faz uns dois dias. Acho que ela vai morrer – disse a garota.

A mulher voltou seu belo rosto febril na minha direção.

– Onde está meu marido?

– Está lá embaixo e gostaria de vê-la.

– Não quero vê-lo. Não quero... – Ela parecia estar em delírio. – Um demônio! Um demônio! Oh, o que devo fazer com esse demônio?

– Posso ajudá-la de alguma forma?

– Não. Ninguém pode me ajudar. Está tudo acabado. Tudo destruído. Não importa o que eu faça, tudo se foi.

A mulher parecia estar mergulhada em alguma estranha alucinação. Eu não podia imaginar o honesto Bob Ferguson no caráter de um vilão ou um demônio.

– *Señora*, seu marido a ama muito. Está sofrendo muito com tudo o que aconteceu.

Mais uma vez ela voltou para mim aqueles olhos maravilhosos.

– Sim, ele me ama. Mas será que eu também não o amo? Eu não o amo o suficiente, nem mesmo para me sacrificar, em vez de partir o coração dele? É assim que eu o amo. E mesmo assim ele poderia pensar em mim... poderia falar comigo assim.

– Está cheio de tristeza, mas não consegue entender.

– Não, ele não pode entender. Mas deveria confiar em mim.

– A senhora não quer vê-lo? – sugeri novamente.

– Não posso esquecer aquelas palavras terríveis, aquele olhar no rosto dele. Eu não quero vê-lo. Vá embora agora. Você não pode fazer nada por mim. Diga-lhe apenas uma coisa: quero meu filho. Eu tenho direitos sobre meu filho. Essa é a única mensagem que tenho para ele.

Voltei à sala no andar de baixo. Ferguson e Holmes estavam sentados junto ao fogo. Ferguson ouviu com tristeza o relato da minha entrevista.

– Como posso enviar a criança até ela? Como saberei a que impulso ela obedecerá? Como esquecer que a vi ao lado do berço, com sangue nos lábios? – Essa memória o fez estremecer. – A criança está segura com a senhora Mason e com ela deve permanecer.

Uma empregada amável, a única pessoa civilizada que tínhamos visto naquela casa, trouxera o chá. Enquanto ela o servia, a porta se abriu, e um jovem entrou na sala. Era um rapaz pálido, de cabelos lisos e louros e de olhos azul-claros e vivos que se acenderam em uma chama repentina de emoção e alegria quando repousaram sobre seu pai. Ele correu e jogou os braços ao redor do pescoço do pai, com o abandono de uma garota apaixonada.

– Oh, papai! Eu ainda não sabia que estava de volta. Eu deveria estar aqui para recebê-lo. Oh, estou tão feliz em vê-lo!

Ferguson gentilmente se desvencilhou do abraço, não sem um pouco de constrangimento.

– Meu querido menino! – disse, acariciando a cabeça dele com ternura. – Voltei cedo porque meus amigos, senhor Holmes e doutor Watson, concordaram em vir até aqui e passar uma noite conosco.

– É o senhor Holmes, o detetive?

– É, sim.

O jovem nos encarou de forma penetrante e, como me pareceu, pouco amigável.

– E o seu outro filho, senhor Ferguson? – perguntou Holmes. – Poderíamos conhecer o bebê?

– Peça à senhora Mason para trazer o bebê – disse Ferguson.

O garoto saiu, com uma marcha estranha e desordenada que dizia aos meus olhos cirúrgicos que ele sofria de um mal na coluna. Logo ele voltou, seguido por uma mulher alta e magra, carregando nos braços um lindo bebê de cabelos dourados e olhos negros, uma maravilhosa mistura do saxão

O arquivo secreto de Sherlock Holmes

e do latino. Ferguson era evidentemente louco por ele, pois o tomou nos braços e o acariciou com muita ternura.

– Eu me pergunto como alguém seria capaz de machucá-lo – murmurou ele, fitando a pequena e terrível cicatriz vermelha no pescoço do querubim.

Naquele momento, por acaso, olhei para Holmes. Seu rosto estava rígido como se tivesse sido esculpido em marfim velho, e seus olhos, que se alternavam entre o pai e o bebê, agora olhavam com curiosidade apaixonada para um ponto do outro lado da sala. Seguindo seu olhar, entendi que estava olhando pela janela para o jardim alagado e melancólico. É verdade que uma persiana meio fechada atrás do vidro obstruía a vista, mas era certamente na janela que Holmes estava concentrando toda a sua atenção. Então ele sorriu, e seus olhos se voltaram para o bebê. Em seu pescoço rosado estava aquela pequena cicatriz vermelha. Sem dizer uma palavra, Holmes a examinou cuidadosamente. Finalmente, pegou uma das mãozinhas que balançavam à frente dele.

– Boa noite, meu homenzinho! Você teve um comecinho de vida bem difícil. Senhora Mason, gostaria de trocar algumas palavrinhas em particular.

Ele a levou para um canto e falou seriamente com ela por alguns minutos. Eu ouvi apenas a última frase:

– Senhora, em breve sua angústia chegará ao fim.

A babá, que parecia ser uma pessoa rude e taciturna, retirou-se com o bebê.

– Como é a senhora Mason? – perguntou Holmes.

– Ela pode não ser uma mulher muito agradável, como o senhor viu, mas ela tem um coração de ouro e ama muito a criança.

– E você, Jack? Você gosta da senhora Mason?

Holmes havia se voltado abruptamente para o garoto, cujo rosto ficou sombrio de repente. Jack balançou a cabeça afirmativamente.

– Jacky é um homem de emoções fortes, capaz de odiar assim como de amar – comentou Ferguson, colocando um braço em volta de seu filho. – Felizmente, sou alguém que ele ama.

O menino se acalmou e aninhou a cabeça no ombro do pai. Mais uma vez, Ferguson se desvencilhou gentilmente.

– Pode ir, pequeno Jacky.

Com olhar amoroso, ele seguiu o filho, enquanto o rapaz saía da sala. Depois ele se voltou para Holmes.

– Senhor Holmes, eu o arrastei para um caso insensato. O que mais o senhor pode fazer além de simpatizar comigo? Do seu ponto de vista, o senhor deve achá-lo singularmente delicado e complexo!

– É certamente delicado – respondeu meu amigo com um sorriso. – Mas não acho que seja complexo. Era originalmente uma questão de dedução intelectual, mas, quando essa dedução intelectual original é confirmada, ponto por ponto, por uma série de incidentes fortuitos, então o subjetivo torna-se o objetivo, e podemos declarar com confiança que a meta foi atingida. Na verdade, eu já havia formulado minhas conclusões antes de sairmos de Baker Street, e o restante tem sido observação e confirmação.

Ferguson colocou sua grande mão sobre a testa enrugada.

– Em nome do céu, senhor Holmes! Se o senhor sabe a verdade, não me deixe em suspense! O que devo fazer? Não me importa como o senhor descobriu os fatos, desde que os tenha realmente descoberto.

– Eu lhe devo uma explicação, e o senhor a terá. Mas permitirá que eu resolva o assunto do meu jeito? A senhora Ferguson pode nos ver, Watson?

– Ela está doente, mas está em seu perfeito juízo.

– Muito bem. Somente na presença dela podemos esclarecer tudo. Vamos até ela.

– Ela não quer me ver! – gritou Ferguson.

– Oh, sim, ela o verá! – disse Holmes, rabiscando algumas linhas em uma folha de papel. – Você, Watson, ao menos já tem um passaporte. Teria a bondade de entregar esta nota à senhora Ferguson?

Subi as escadas e entreguei o bilhete a Dolores, que abriu a porta cautelosamente. Um minuto depois, ouvi um grito em que pareciam se mesclar a alegria e a surpresa. Dolores saiu.

– Sim, ela quer vê-lo – disse ela. – E ela vai nos ouvir.

O ARQUIVO SECRETO DE SHERLOCK HOLMES

Chamei por Ferguson e Holmes. Ao entrarmos, Ferguson caminhou na direção de sua esposa, que havia se endireitado na cama; mas ela o repeliu com um aceno de mão. Ele caiu desalentado em uma poltrona, enquanto Holmes sentava-se em uma cadeira depois de fazer uma reverência à senhora Ferguson, que olhava para ele com visível espanto.

– Acho que podemos dispensar a Dolores – disse Holmes. – Oh, perfeitamente, madame. Se a senhora preferir que ela fique, não faço nenhuma objeção. Senhor Ferguson, sou um homem muito ocupado, muito solicitado, por isso vou aplicar um método simples e direto. A cirurgia mais rápida é a menos dolorosa. Deixe-me dizer primeiro o que aliviará a sua mente: sua esposa é uma mulher muito boa, muito amorosa, e o senhor cometeu com ela uma grande injustiça.

Ferguson se endireitou, com um grito de alegria.

– Prove isso para mim, senhor Holmes, e ficarei em débito para sempre!

– Vou provar; mas aviso que, por outro lado, isso lhe causará muito mal.

– Eu não me importo, desde que o senhor ilibe minha esposa de suspeitas. Nada na terra pode se comparar a essa sensação.

– Pois bem, vou relatar o raciocínio que passou pela minha mente em Baker Street. A ideia de um vampiro me pareceu realmente absurda. Essas coisas não acontecem na Inglaterra. E, ainda assim, o senhor fez uma observação precisa: o senhor havia visto sua esposa ao lado do berço de seu bebê, com sangue nos lábios.

– Sim.

– Não ocorreu ao senhor que uma ferida poderia ser sugada para qualquer outro fim que não fosse sugar o sangue? Na história da Inglaterra, não houve uma rainha que sugou uma ferida desse tipo para remover o veneno?

– Veneno!

– Esta casa tem muitas lembranças da América do Sul. Eu havia pressentido a presença daquelas armas na parede, antes que meus olhos as tivessem visto. O veneno poderia ter vindo de alguma outra fonte, mas pensei naquelas armas. Quando vi a pequena aljava vazia ao lado do arco com penas de pássaros, foi exatamente o que eu esperava ver. Se o bebê fosse ferido por uma daquelas flechas, mergulhadas em *curare* ou alguma

115

outra droga ritualística, isso o levaria à morte... – se o veneno não tivesse sido imediatamente sugado para fora. Por fim, o cachorro! Se alguém tivesse a intenção de usar o veneno, não o teria experimentado primeiro, para ter certeza de que não tinha perdido sua eficácia? Eu não tinha pensado no cão, mas, quando o vi meio paralisado, compreendi imediatamente; esta experiência se encaixou perfeitamente no meu raciocínio. O senhor compreende? Sua esposa tinha medo desse tipo de ataque. Ela viu o crime e salvou a vida do bebê; mas ela não quis revelar a verdade, porque sabia que o senhor ama seu filho, e ela tinha medo de partir seu coração.

– Jacky!

– Eu o observei enquanto o senhor embalava a criança, agora há pouco. O rosto dele estava claramente refletido no vidro da janela, onde a persiana formava um fundo escuro. Vi um ciúme e um ódio cruel, como raramente vi em um rosto humano.

– Meu Jacky!

– O senhor terá de enfrentar isso, senhor Ferguson. Será ainda mais doloroso, porque foi um amor distorcido, um amor maníaco e exagerado pelo senhor, e possivelmente pela falecida mãe, que desencadeou as ações de Jacky. A alma dele está consumida pelo ódio por essa linda criança, cuja saúde e beleza contrastam com a própria fraqueza dele.

– Bom Deus! É incrível!

– Eu disse a verdade, *señora*?

A senhora soluçava, com o rosto enterrado no travesseiro. Então ela se voltou para o marido.

– Como eu poderia contar a você, Bob? Eu sabia que seria um golpe para você. Era melhor que eu esperasse e que a verdade viesse de outros lábios que não os meus. Quando esse cavalheiro, que parece ter poderes mágicos, escreveu que sabia de tudo, fiquei muito feliz!

– Minha receita para o mestre Jacky seria um ano no mar! Apenas uma coisa ainda não está clara, minha senhora. Podemos entender perfeitamente seus ataques a Jacky: a paciência de uma mãe tem limites. Mas como conseguiu ficar longe dele nesses últimos dois dias?

O ARQUIVO SECRETO DE SHERLOCK HOLMES

– Eu havia dito à senhora Mason. Ela sabia de tudo.

– Ah, que bom. Exatamente como pensei.

Ferguson estava de pé junto à cama, estendendo suas mãos grandes e trêmulas para a esposa.

– Esta é a nossa deixa, Watson – sussurrou Holmes. – Se você tomar um dos braços da fiel Dolores, tomarei o outro... Penso que podemos deixá-los resolver o caso entre si.

Encontrei uma nota posterior sobre essa aventura. É uma carta escrita por Holmes, em resposta àquela do início da história. Aqui está:

Baker Street, 21 de novembro.

Ref.: Vampiros.

Senhor,

Em resposta a sua carta do dia 19, informo que fiz o inquérito solicitado por seu cliente, o senhor Ferguson, da Ferguson & Muirhead, comerciantes de chá de Mincing Lane, e que o assunto alcançou uma conclusão satisfatória. Com os meus sinceros agradecimentos por sua recomendação,

Com os melhores cumprimentos,
Sherlock Holmes.

Capítulo 6

• Os três Garridebs •

Pode ter sido uma comédia, mas poderia ter sido uma tragédia. Custou a um homem sua razão, custou a mim uma sangria e custou ainda a outro homem as penalidades da lei. No entanto, certamente não faltou comédia. Bem, vocês podem julgar por si mesmos.

Lembro-me muito bem da data, pois Holmes tinha acabado de recusar um título de cavaleiro, por serviços que eu talvez possa relatar algum dia. Apenas aludi brevemente a isso porque minha posição como sócio e confidente me obriga a exercer a máxima discrição. Repito, porém, que posso fixar a data: final de junho de 1902, logo após o fim da guerra na África do Sul. Holmes havia passado vários dias na cama, como fazia de vez em quando; mas naquela manhã ele acordou segurando um longo documento em papel ofício; um brilho de maldade brilhava em seus olhos cinzentos.

– Aqui está uma oportunidade para você ganhar algum dinheiro, amigo Watson! Você já ouviu o sobrenome Garrideb?

Fui obrigado a admitir que não tinha ouvido.

– Bem, se você encontrar um Garrideb, poderá ganhar uma fortuna.

– Por quê?

O arquivo secreto de Sherlock Holmes

– Ah, essa é uma longa história e um pouco estranha, também. Não creio que, em todas as nossas explorações de complexidades humanas, tenhamos encontrado algo tão bizarro. O sujeito estará aqui em breve para um interrogatório. Então não abrirei o assunto até que ele chegue. Mas, enquanto isso, precisamos de um Garrideb.

A lista telefônica estava sobre a mesa ao meu lado, e virei as páginas ao acaso, em uma busca bastante desesperançada. Mas, para meu espanto, havia um estranho nome em seu devido lugar. Dei um grito de triunfo.

– Aqui está, Holmes! Aqui está!

Holmes tirou a lista da minha mão.

– Garrideb, N. – leu. – Little Ryder Street, 136 Oeste. Desculpe desapontá-lo, meu caro Watson, mas este é o próprio cavalheiro que estou esperando. Este é o mesmo endereço da carta. Precisamos de outro Garrideb.

A senhora Hudson entrou com um cartão em uma bandeja. Eu o peguei e dei uma olhada.

– Bem, aqui está! – exclamei. – Mas a inicial é diferente. "John Garrideb, Assessor jurídico. Moorville, Kansas, EUA."

Holmes sorriu ao olhar para o cartão.

– Temo que você deva fazer mais um esforço, Watson – disse ele. – Este cavalheiro também está na trama, embora eu não esperasse vê-lo nesta manhã. No entanto, ele pode nos dar algumas informações úteis.

Um minuto depois, entrava na sala John Garrideb, assessor jurídico. Era um homem mediano e musculoso, de rosto redondo e jovem, com a barba raspada característica de muitos homens de negócios americanos. Tinha um ar um tanto infantil, de modo que dava a impressão de um homem bastante jovem com um largo sorriso no rosto. Seus olhos, no entanto, chamavam a atenção. Raramente vi olhos tão expressivos em um rosto humano: eram brilhantes e vivazes e pareciam em sintonia com os pensamentos de seu proprietário. O homem tinha sotaque americano, mas era cuidadoso para não parecer excêntrico em seu discurso.

– Senhor Holmes? – perguntou, alternando o olhar entre nós dois. – Ah, sim! Suas fotografias são bastante semelhantes, senhor, se me permite dizê-lo. Creio que o senhor recebeu uma carta do meu homônimo, o senhor Nathan Garrideb, não recebeu?

– Sente-se, por favor – disse Sherlock Holmes. – Imagino que teremos uma longa conversa.

Ele pegou as páginas em papel ofício.

– O senhor, é claro, é o senhor John Garrideb mencionado neste documento. Já está na Inglaterra há algum tempo?

– Por que pergunta isso, senhor Holmes? – Uma desconfiança repentina pareceu brilhar em seus olhos expressivos.

– Todo o seu traje é inglês.

O senhor Garrideb forçou uma risada.

– Eu li sobre seus casos, senhor Holmes, mas nunca pensei que eu seria um objeto de suas deduções. Como o senhor sabe?

– O corte de seu casaco no ombro, os *brogues* em seus sapatos... Alguém poderia levantar alguma dúvida sobre isso?

– Bem, eu não tinha a menor ideia de que era tão obviamente inglês. Meus negócios me trouxeram para cá há algum tempo, e na verdade quase todo o meu enxoval, como o senhor imagina, foi comprado em Londres. Entretanto, suponho que seu tempo é valioso, e não nos reunimos para discutir o corte do meu terno. Vamos ao documento que o senhor tem em mãos?

Holmes deve ter ofendido nosso visitante, pois seu rosto redondo mostrava uma expressão pouco amigável.

– Paciência, senhor Garrideb, paciência – sussurrou meu amigo. – O doutor Watson lhe diria que minhas pequenas digressões, por vezes, acabam por ser muito úteis. Mas por que o senhor Nathan não veio com o senhor?

– Mas por que o envolveu nisso? – perguntou nosso visitante, à beira de um ataque de nervos. – O que raios o senhor tem a ver com isso? Uma conversa muito profissional entre dois cavalheiros, e um deles sente a necessidade de chamar um detetive! Eu o vi nesta manhã, e ele me confessou as tolices que havia cometido: é por isso que estou aqui. Não me sinto à vontade com isso.

O ARQUIVO SECRETO DE SHERLOCK HOLMES

– A iniciativa não é dirigida contra o senhor, senhor Garrideb. Foi apenas um esforço da parte dele para alcançar a meta de forma mais rápida. Uma meta que, se bem entendo, é da maior importância para ambos. Soube que tenho certos meios para obter informações, então era natural que recorresse a mim.

Gradualmente, a expressão zangada de nosso visitante foi se amenizando.

– Bem, isso coloca as coisas sob uma perspectiva diferente – disse ele. – Quando fui vê-lo nesta manhã, me disse que havia falado com um detetive. Fiquei muito preocupado, pedi o endereço e vim imediatamente. Não quero que a polícia se envolva em um assunto tão particular. Mas, se o senhor simplesmente nos ajudar a encontrar o terceiro homem, não vejo problema nisso.

– É exatamente isso – respondeu Holmes. – E agora, já que o senhor está aqui, gostaríamos de ouvir a sua parte da história. Meu amigo Watson não sabe de todos os detalhes.

O senhor Garrideb olhou para mim de uma forma não muito amigável.

– Por que ele também precisa saber? – perguntou.

– Porque nós trabalhamos juntos.

– Bem, não há motivos para manter segredo. Vou resumir os fatos da melhor forma possível. Se os senhores fossem do Kansas, eu não precisaria explicar quem foi Alexander Hamilton Garrideb. Ele fez sua fortuna em transações imobiliárias e depois foi comerciante de trigo em Chicago; mas investiu muito dinheiro comprando terras ao longo do rio Arkansas e a oeste de Fort Dodge. Algumas fazendas são tão extensas quanto os condados da Inglaterra. É terra de pastagem, terra de madeira, terra cultivável, terra rica em minérios... enfim, todos os tipos de terra que rendem muitos dólares para o homem que as possui. Ele não tinha mais parentes vivos. Mas tinha uma espécie de orgulho pela imponência de seu sobrenome. Foi isso que nos uniu. Eu estava em Topeka, lidando com assuntos legais. Um dia recebi a visita daquele velhote. Ficou surpreso ao encontrar outra pessoa com o sobrenome dele. Isso se tornou para ele uma obsessão, e então iniciou uma busca incansável por todos os outros Garridebs que existem.

121

ARTHUR CONAN DOYLE

"Encontre os outros para mim!", dizia ele. Eu respondi que era um homem ocupado e que não podia dedicar minha vida a correr o mundo em busca de Garridebs. "No entanto é exatamente isso que você fará, meu amigo, se tudo ocorrer conforme o planejado." Pensei que estivesse brincando, mas logo descobri o significado oculto e extraordinário dessas palavras. De fato, ele faleceu um ano depois, deixando o testamento mais estranho já registrado no estado do Kansas: dividiu seu patrimônio em três partes, e uma delas é para mim – com a condição de que eu encontre outros dois Garridebs para dividir o restante. São cinco milhões de dólares para cada um; mas não receberemos nada a menos que os três compareçam juntos perante o tabelião. A oportunidade era tão extraordinária que abandonei minha prática jurídica para me dedicar à procura dos Garridebs. Vasculhei todos os Estados Unidos com pente-fino e não encontrei nenhum. Então atravessei o Atlântico para procurar no Velho Continente. Finalmente, encontrei um Garrideb na lista telefônica de Londres. Estive com ele anteontem e o coloquei a par da situação. Mas, infelizmente, ele não conhece mais nenhum de nós. É um homem solitário como eu; tem algumas parentes mulheres, mas nenhum homem. E o testamento diz: três homens adultos. Portanto, ainda falta um Garrideb; e, se o senhor nos ajudar a preencher a vaga, será recompensado generosamente.

– Bem, o que acha, Watson? – perguntou Holmes, sorrindo. – Eu disse que não seria um assunto trivial, não disse? Eu teria pensado, senhor, que a maneira mais fácil de encontrar um Garrideb teria sido colocar um anúncio pessoal nos jornais.

– Eu já fiz isso, senhor Holmes. Sem respostas.

– Muito bem! Então temos aqui um pequeno e curioso problema. Tratarei disso em meu tempo livre. A propósito, senhor: é curioso que o senhor tenha vindo de Topeka. Troquei cartas por muito tempo com um velho amigo de lá: o falecido doutor Lysander Starr, que foi prefeito em 1890.

– O bom e velho doutor Starr! – exclamou nosso visitante. – A memória dele ainda é muito honrada. Bem, senhor Holmes, suponho que o melhor que podemos fazer é mantê-lo informado de nossos procedimentos. Espero que nos encontremos novamente em breve.

O arquivo secreto de Sherlock Holmes

Com essa promessa, nosso americano nos saudou e partiu.

Holmes havia acendido seu cachimbo e ficou parado por algum tempo com um curioso sorriso nos lábios.

– E então? – finalmente perguntei.

– Estou falando com os meus botões, Watson. Apenas falo com os meus botões.

– Sobre o quê?

Holmes tirou o cachimbo da boca.

– Eu me pergunto, Watson: que motivos esse homem teria para vir até aqui e nos contar tantas mentiras? Quase perguntei isso a ele, pois há momentos em que um ataque frontal é a melhor tática; mas assim é melhor, pois pensa que está nos enganando. O indivíduo entra aqui vestindo um sobretudo inglês com os cotovelos gastos, sapatos surrados e calças largas na região os joelhos – porque já tem andado com esse traje há mais de um ano. No entanto, de acordo com este documento e com seu próprio relato, é um americano caipira que acaba de desembarcar em Londres. Nenhum anúncio foi publicado na imprensa. Você sabe que acompanho os jornais. Por fim, usei meu truque clássico de jogar verde para colher maduro: nunca conheci nenhum doutor Lysander Starr, da cidade de Topeka. Ou seja: aquele homem é todo falso, da cabeça aos pés... Acredito que seja de fato americano, mas o sotaque dele está menos acentuado porque já vive em Londres há muitos anos. Qual será o jogo dele? Quais os motivos por trás dessa busca absurda por Garridebs? Ele merece toda a nossa atenção, pois é certamente um grande malandro, um homem complexo e engenhoso. Agora, devemos descobrir se nosso outro correspondente também é um impostor. Por favor, ligue para ele, Watson.

No outro extremo da linha, ouvi uma voz fraca e hesitante.

– Sim, aqui é o senhor Nathan Garrideb. O senhor Holmes está aí? Gostaria muito de ter uma palavra com o senhor Holmes.

Meu amigo pegou o telefone, e eu ouvi o diálogo sincopado, como de costume.

– Sim, esteve aqui. Entendo... o senhor não o conhece... Há quanto tempo foi isso?... Dois dias! Sim, claro, as perspectivas são empolgantes.

123

O senhor estará em casa hoje à noite? Suponho que seu homônimo não estará aí... Muito bem, então iremos, pois gostaria de ter uma pequena conversa com o senhor... Sim, sem a presença dele... O doutor Watson me acompanhará... Certo, o senhor não costuma sair... Sim, chegaremos por volta das seis. Não comente nada com o americano. Muito bem... Boa noite, senhor.

Era o crepúsculo de um belo dia de primavera quando chegamos à Little Ryder Street, uma das menores travessas da Edgware Road; e mesmo o sinistro bosque de Tyburn Tree parecia dourado e recém-saído de um conto de fadas, sob os raios oblíquos do sol poente.

A casa para onde seguíamos era um edifício grande e antiquado da era georgiana, com sua típica fachada de tijolos aparentes e duas grandes janelas no andar térreo. Era nesse andar que morava o nosso cliente; de fato, as duas grandes janelas se abriam sobre a grande sala onde ele passava suas horas de vigília. Holmes me mostrou a pequena placa de latão que ostentava o curioso sobrenome.

– Isto aqui tem muitos anos, Watson – disse ele, apontando para a superfície desgastada. – Esse é o verdadeiro nome dele.

A casa tinha uma escada comum para todos os inquilinos; no corredor havia várias placas indicando escritórios privados ou apartamentos. Não era um edifício residencial, mas uma espécie de pensão para rapazes solteiros e boêmios. Nosso cliente abriu a porta e se desculpou, dizendo-nos que a governanta tinha saído às quatro horas.

O senhor Nathan Garrideb parecia ter uns sessenta anos de idade; era um homem muito alto, desengonçado, meio corcunda, magro e careca. Tinha um rosto cadavérico e a pele cinzenta de alguém que nunca sai ao sol. Grandes óculos redondos e um cavanhaque pontiagudo, combinados com sua postura encurvada, davam a ele uma insinuante expressão de curiosidade. Em resumo, parecia amigável, mas excêntrico.

A sala era tão curiosa quanto seu ocupante. Parecia um pequeno museu. Tanto larga quanto profunda, estava repleta de armários e gavetas, que transbordavam com espécimes geológicos e anatômicos. Vitrines com

O ARQUIVO SECRETO DE SHERLOCK HOLMES

borboletas e traças flanqueavam cada lado da entrada. No centro, uma grande mesa estava repleta de todo tipo de detritos, tendo ao centro o grande tubo de um potente microscópio. Fiquei espantado com a variedade de interesses e *hobbies* do senhor Nathan Garrideb. Aqui estava uma vitrine de moedas antigas. Ali, uma gaveta cheia de instrumentos de sílex. Atrás da mesa central, um grande armário cheio de ossos fossilizados. Acima, crânios de gesso com os nomes "Neandertal", "Heidelberg", "Cro-Magnon"... Era certamente um estudante de muitas disciplinas. Diante de nós, segurava um pedaço de camurça na mão direita, polindo uma moeda.

– Uma moeda de Siracusa, e do melhor período! – explicou, segurando-a contra a luz. – Elas desvalorizaram muito no final do império. As moedas do apogeu são as melhores, na minha opinião, embora alguns prefiram as de Alexandria. Por favor, há uma cadeira aqui, senhor Holmes. Permita-me retirar estes ossos. E o senhor... ah, sim, doutor Watson! Se o senhor puder, por gentileza, afastar um pouquinho esse vaso japonês... Como os senhores veem, tenho ao meu redor todas as coisas que me interessam nesta vida. Meu médico me repreende por nunca sair de casa; mas por que eu deveria sair, se tudo o que prende a minha atenção está aqui? Posso assegurar aos senhores que a catalogação adequada de apenas um desses armários, por exemplo, me mantém ocupado por pelo menos três meses.

Holmes inspecionava o local com muita curiosidade.

– Mas o senhor *nunca* sai? – perguntou ele.

– De vez em quando vou pesquisar antiguidades na Sotheby's ou na Christie's. Do contrário, raramente saio do meu quarto. Não tenho a saúde muito boa, e minhas pesquisas exigem muito do meu tempo. Mas o senhor pode imaginar, senhor Holmes, que grande choque terrível (agradável, mas terrível) foi para mim a notícia dessa fortuna sem igual. A única coisa que falta é mais um Garrideb para encerrar o assunto, e tenho certeza de que vamos encontrá-lo. Eu tive um irmão, mas já está morto; e as parentes femininas, ao que parece, não contam. Mas certamente deve haver outros Garridebs no mundo. Ouvi dizer que o senhor já resolveu muitos casos incomuns, e por isso o procurei. É claro que o cavalheiro americano tem toda a razão, e eu deveria ter falado primeiro com ele; mas somente tentei fazer a coisa certa.

– O senhor agiu muito bem – disse Holmes. – Mas o senhor realmente gostaria de possuir terras na América?

– Absolutamente não, senhor! Nada poderia me separar das minhas coleções. Mas o cavalheiro garantiu que comprará a minha parte, assim que nossos direitos forem reconhecidos. Ele me falou algo sobre cinco milhões de doláres. Há uma dúzia de espécimes no mercado neste momento que preencheriam algumas lacunas em minha coleção e que não posso comprar porque me faltam algumas centenas de libras. Pensem no que eu poderia fazer com cinco milhões de dólares! Ora, eu já tenho o embrião de uma coleção nacional. Eu seria rei o Hans Sloane do meu tempo.

Os olhos do senhor Nathan Garrideb brilhavam por trás de seus grandes óculos. Ficou muito claro que não pouparia despesas para encontrar um homônimo.

– Eu simplesmente vim conhecê-lo, e não há razão para interromper seus estudos – disse Holmes. – Sempre prefiro estabelecer um contato pessoal com meus clientes. Gostaria de fazer apenas mais algumas perguntas, pois tenho sua narrativa muito clara em meu bolso e preenchi algumas lacunas quando o cavalheiro americano me procurou. Acredito que até esta semana o senhor não tinha conhecimento da existência dele.

– Isso mesmo. Eu o conheci na terça-feira.

– Ele contou ao senhor sobre nossa entrevista de hoje?

– Sim, ele veio diretamente para cá. Tinha ficado muito irritado.

– Por que ele deveria ficar irritado?

– Era algum tipo de afronta à honra dele. Mas ele parecia já estar mais calmo quando saiu.

– Ele sugeriu ao senhor algum curso de ação?

– Não, senhor, não sugeriu nada.

– Ele já pediu ou recebeu algum dinheiro do senhor?

– Não, senhor, nunca!

O ARQUIVO SECRETO DE SHERLOCK HOLMES

– E o senhor suspeita de algum outro objetivo que ele tenha em vista?

– Nenhum, exceto aquele que ele menciona.

– O senhor contou sobre nossa consulta telefônica?

– Sim, senhor, contei.

Holmes refletiu. Eu pude perceber que ele estava intrigado.

– O senhor possui algum artigo valioso em sua coleção?

– Não, senhor. Eu não sou um homem rico. É uma boa coleção, mas não é muito valiosa.

– E não tem medo de assaltantes?

– De forma alguma.

– Há quanto tempo o senhor mora aqui?

– Quase cinco anos.

O interrogatório de Holmes foi interrompido por uma batida imperativa à porta. Assim que nosso cliente a destrancou, o assessor jurídico americano entrou na sala com entusiasmo.

– Ah, você está aqui! – ele gritava, sacudindo um jornal acima da cabeça. – Achei que não conseguiria chegar a tempo. Senhor Nathan Garrideb, meus parabéns! O senhor é um homem rico. Finalmente nosso caso está terminado, e tudo vai ficar bem. Oh, senhor Holmes, só temos a dizer que lamentamos pelo desnecessário incômodo.

Ele entregou o papel ao nosso cliente, que encontrou um anúncio marcado com uma cruz. Holmes e eu nos inclinamos para ler por cima de seus ombros.

HOWARD GARRIDEB.

Fornecedor de Maquinários Agrícolas.
Ceifadeiras, colheitadeiras, arados manuais e a vapor, furadeiras, semeadeiras, grades, carretas para trabalhos rurais e equipamentos agrícolas em geral.
Fazemos orçamento para Poços Artesianos.

Contato: Grosvenor Buildings, Aston.

– Glorioso! – gaguejou nosso anfitrião. – Eis o nosso terceiro homem.

– Fiz algumas buscas em Birmingham – disse o americano –, e meu agente encontrou este anúncio em um jornal local. Devemos nos apressar e resolver o assunto. Escrevi para ele, dizendo que o senhor o encontrará em seu escritório amanhã, às quatro horas.

– Eu? O senhor quer que *eu* o veja?

– O que o senhor acha, senhor Holmes? O senhor não acha que seria mais sensato? Aqui estou eu, John Garrideb, um americano errante e aventureiro, com um conto de fadas. Por que ele acreditaria em minha palavra? Mas o senhor Nathan Garrideb é um britânico idôneo, com sólidas referências. Eu também gostaria de ir, mas terei um dia muito ocupado amanhã. Poderei ir ao seu encontro caso alguma coisa dê errado.

– Mas não faço uma viagem como essa há anos.

– Está tudo bem, senhor Garrideb. Fiz os preparativos para sua viagem. O senhor embarca ao meio-dia e deve chegar logo após as duas horas. Assim, poderá estar de volta na mesma noite. Tudo o que tem de fazer é ver esse homem, explicar-lhe do que se trata e obter uma prova de vida, uma certidão de sua existência. Pelo senhor! – acrescentou. – Quando lembro que vim do centro da América, uma viagem de cento e cinquenta milhas para pôr um fim nesse assunto não é nada.

– Certamente – disse Holmes. – Acho que o que este cavalheiro diz é muito verdadeiro.

O senhor Nathan Garrideb encolheu os ombros, com um ar desconsolado.

– Bem, se o senhor insiste que eu vá... – disse ele. – Seria ingrato da minha parte recusar-lhe qualquer coisa, já que o senhor trouxe tanta esperança à minha velhice.

– Então está combinado – disse Holmes –, e sem dúvida o senhor me manterá informado.

– Vou cuidar disso – disse o americano, olhando para o relógio. – Bem, eu preciso ir. Virei amanhã, senhor Nathan, e o colocarei no trem para Birmingham. Precisa de uma carona, senhor Holmes? Bem, então, adeus. Teremos boas notícias para o senhor amanhã à noite.

O arquivo secreto de Sherlock Holmes

Notei que o rosto de meu amigo brilhou quando o americano deixou a sala, e o olhar de perplexidade havia desaparecido.

– Gostaria de examinar sua coleção, senhor Garrideb – disse ele. – Em minha profissão não existe conhecimento inútil, e sua casa é um verdadeiro museu.

Nosso cliente ficou exultante, e seus olhos brilhavam por trás dos grandes óculos.

– Sempre ouvi dizer que o senhor é um homem muito inteligente – disse ele. – Se o senhor desejar, posso mostrar o local agora mesmo.

– Infelizmente, hoje não posso. Mas os seus espécimes são tão bem rotulados e classificados que dificilmente precisariam de uma explicação pessoal. Se o senhor permitir, eu poderia vir amanhã e ficaria feliz em poder examiná-los.

– Sem problemas. O senhor é muito bem-vindo. O apartamento estará fechado, mas a senhora Saunders fica no subsolo até as quatro horas. Vou deixar a chave com ela.

– Por acaso, amanhã à tarde estou livre. Agradeço se o senhor puder prevenir a senhora Saunders. A propósito, quem é seu locador?

Nosso cliente pareceu surpreso com a pergunta repentina.

– Holloway & Steele, na Edgware Road. Por quê?

– Também sou um pouco arqueólogo quando se trata de casas – disse Holmes, rindo. – Eu estava me perguntando se esta casa é estilo rainha Ana ou se é do período georgiano.

– Georgiano, sem dúvida.

– Realmente. Eu deveria ter pensado um pouco mais cedo. É muito óbvio. Bem, adeus, senhor Garrideb, e que o senhor tenha sucesso em sua viagem a Birmingham.

O escritório do locador ficava próximo, mas já estava fechado naquele dia; então voltamos para a Baker Street. Após o jantar, Holmes retomou o assunto.

– Nosso pequeno problema está resolvido. Sem dúvida, você também já sabe qual é a solução.

– Ainda estou perdido, Holmes. Para mim, o caso ainda não tem pé nem cabeça.

– A cabeça já está descoberta o suficiente o pé veremos amanhã. Você não notou nada estranho naquele anúncio?

– Os poços artesianos...

– Você também notou, não é, meu caro Watson? Você está ficando melhor a cada dia. Não há muitos poços artesianos na Inglaterra, mas eles estão muito em evidência nos Estados Unidos. Depois, as carretas. Isso também é americano. Era um anúncio tipicamente americano, com a intenção de parecer uma empresa inglesa. O que você acha disso?

– Acho que foi o próprio americano que publicou o anúncio no jornal. Mas com que propósito, isso é o que não entendo.

– Há várias explicações possíveis. De qualquer forma, a intenção dele é levar aquele bom e velho fóssil até Birmingham. Isso está bem claro. Eu poderia ter avisado que ele está sendo enganado como um gambá; mas, pensando bem, achei melhor desobstruir o palco e limpar a cena. Amanhã, Watson... bem, amanhã você saberá toda a verdade!

Holmes se levantou e saiu cedo. Quando voltou na hora do almoço, notei que seu rosto estava muito sério.

– O assunto é muito mais sério do que eu pensava, Watson – disse ele. – É justo que eu o avise, embora eu saiba que será apenas uma razão adicional para você colocar sua cabeça em perigo. Eu conheço o meu Watson. Mas existe um perigo real, e você deve estar ciente dele.

– Bem, não é o primeiro que compartilhamos, Holmes. E espero que não seja o último. Qual é o perigo desta vez?

– Estamos enfrentando um caso muito difícil. Identifiquei o senhor John Garrideb, assessor jurídico. Ele é ninguém menos que Killer Evans, um assassino de reputação sinistra.

– Receio dizer que estou na mesma.

– Bem, não faz parte de sua profissão carregar um índice de criminosos na cabeça. Estive na Scotland Yard com o nosso amigo Lestrade. É claro que pode haver uma falta de intuição imaginativa, mas, no que diz respeito ao

O ARQUIVO SECRETO DE SHERLOCK HOLMES

método e ao trabalho minucioso, a Scotland Yard lidera o mundo! Tive a ideia de que poderíamos encontrar algum vestígio do nosso amigo americano em seus arquivos. Na mosca! Encontrei seu rosto rechonchudo sorrindo para mim, na galeria de retratos dos trapaceiros. Veja esta legenda: James Winter, vulgo Morecroft, também conhecido como Killer Evans...

Holmes tirou um envelope do bolso.

– Eu copiei alguns pontos do dossiê. Quarenta e quatro anos de idade. Nascido em Chicago. Procurado por triplo assassinato nos Estados Unidos. Escapou da prisão por influência política. Chegou a Londres em 1893. Atirou em um homem durante um jogo de cartas, em um clube na Waterloo Road. Janeiro de 1895. O homem morreu, mas foi provado que ele era o agressor. Homem morto identificado como Rodger Prescott, célebre falsário de Chicago. Killer Evans é solto em 1901. Sob supervisão policial. Tem levado uma vida honesta. Indivíduo muito perigoso. Sempre armado e pronto para atirar... Esse é nosso homem, Watson. Um belo currículo, vamos admitir.

– Mas o que ele quer?

– Bem, tudo começa a ficar mais claro. Já estive com o locador. Nosso cliente, como ele nos disse, está lá há cinco anos. Antes disso, o local esteve desabitado por um ano. O inquilino anterior era um cavalheiro chamado Waldron. Ele desapareceu de repente, e desde então não se teve mais notícia dele. Era um homem alto, barbudo e moreno. E Prescott, o homem baleado por Killer Evans, também era um homem alto, moreno e com barba, segundo a Scotland Yard. Como ponto de partida, podemos assumir que Prescott, o criminoso americano, viveu no mesmo apartamento que nosso inocente amigo transformou em um museu. Então, finalmente temos um dos elos da corrente.

– E o próximo elo?

– Vamos procurar por ele agora mesmo.

Pegou um revólver da gaveta e o entregou a mim.

– Tenho comigo o meu revólver favorito. Se nosso amigo do Velho Oeste tentar fazer jus ao seu apelido de Killer Evans, deveremos estar prontos para

131

ele. Vamos tirar uma hora de soneca, Watson; e depois partiremos para nossa aventura na Ryder Street.

Eram quatro horas quando chegamos ao curioso apartamento de Nathan Garrideb. A senhora Saunders, a zeladora, estava prestes a sair, mas não hesitou em nos deixar entrar. Pouco depois, a porta externa se fechou, vimos sua touca ao passar pela janela e assim sabíamos que estávamos sozinhos no andar térreo da casa.

Holmes fez um rápido exame no local. Havia um armário em um canto escuro que não estava bem preso à parede. Foi atrás dele que nos escondemos, enquanto Holmes explicava o seu plano.

– Ele queria tirar nosso simpático amigo desta sala. Como o colecionador nunca sai de casa, foi preciso algum planejamento para fazê-lo sair. Toda essa invenção sobre os Garridebs não tem outro propósito. Devo dizer, Watson, que há certo engenho diabólico nesse plano, mesmo que o estranho sobrenome do inquilino lhe tenha dado um pretexto que talvez não tivesse previsto. Ele teceu sua trama com notável astúcia.

– Mas o que ele quer?

– Bem, isso é o que vamos descobrir! À primeira vista, o plano dele não tem nada a ver com nosso cliente. É algo relacionado ao homem que assassinou, um homem que pode ter sido cúmplice dele no crime. Há algum segredo de culpa na sala. É assim que leio a situação. No início, pensei que nosso amigo, sem saber, poderia ter algo muito valioso em sua coleção, algo que teria merecido a atenção de um grande criminoso. Mas o fato de o infame Rodger Prescott ter habitado esta casa aponta para alguma razão mais profunda. Bem, Watson, vamos aguardar com paciência e ver o que o futuro nos trará.

O futuro não demorou a chegar. Logo ouvimos a porta abrir e fechar e nos agachamos nas sombras. Depois ouviu-se o som agudo e metálico de uma chave, e o americano entrou na sala. Fechou a porta gentilmente atrás de si, inspecionou o local com um olhar aguçado, tirou o casaco e caminhou em direção à mesa do centro, com o passo determinado de quem sabe exatamente o que deve fazer e como fazer. Empurrou a mesa para o

O ARQUIVO SECRETO DE SHERLOCK HOLMES

lado, rasgou um quadrado no tapete, enrolou-o e depois, tirando um pé de cabra de seu bolso interno, ajoelhou-se e começou a trabalhar vigorosamente sobre o assoalho. Logo ouvimos o som de tábuas deslizantes; no momento seguinte, apareceu um buraco quadrado. Killer Evans acendeu um fósforo, iluminou um coto de vela e desapareceu.

Claramente, nosso momento tinha chegado. Holmes tocou meu braço, e seguimos juntos, pé ante pé, em direção à borda do alçapão. No entanto, embora nos movêssemos suavemente, o velho piso rangeu sob nossos pés, e a cabeça do americano emergiu do buraco. Olhou para nós com uma fúria selvagem, que foi gradualmente diminuindo quando viu dois revólveres apontados para ele.

– Ora, ora! – disse friamente, ao voltar à superfície. – Acho que o subestimei, senhor Holmes. Você já sabia de tudo desde o início, mas estava me fazendo de trouxa. Pois bem, eu me rendo. Você venceu...

Em um décimo de segundo, Evans sacou um revólver e atirou duas vezes. Senti uma cauterização de ferro quente na minha perna. Então a pistola de Holmes desceu sobre a cabeça do homem. Tive uma bela visão de Killer Evans espalhado pelo chão, seu sangue pingando do rosto, enquanto Holmes procurava por outras armas. Por fim, os braços de meu amigo me ampararam e me levaram a uma cadeira.

– Você está ferido, Watson? Pelo amor de Deus, diga que você não está ferido!

Valia a pena sofrer uma ferida – valia muitas feridas! – para finalmente conhecer a profundidade do afeto e da lealdade que estavam por trás daquela máscara impassível. Os olhos claros de Holmes ficaram ofuscados por um momento, e seus lábios firmes tremeram. Pela primeira e única vez, tive o vislumbre de um grande coração, mais que o brilhantismo de um grande cérebro. Todos os meus anos de serviço humilde, porém leal, culminaram naquele momento de revelação.

– Não é nada, Holmes. Foi somente um arranhão.

Ele tinha rasgado minhas calças com seu canivete.

– Você está certo! – exclamou ele, com um enorme suspiro de alívio.
– Foi bem superficial...

Seu rosto ficou novamente duro como pedra ao olhar para nosso atordoado prisioneiro, que ainda tentava se levantar.

– Tanto melhor para você! Se você tivesse matado Watson, não teria saído vivo desta sala. Agora, senhor, o que tem a dizer em sua defesa?

O homem não tinha muito a dizer em sua defesa. Ele apenas olhava. Eu me apoiei no braço de Holmes, e juntos olhamos para o pequeno porão que havia sido revelado pela porta secreta. O buraco ainda estava iluminado pela vela que Evans havia levado com ele. Nossos olhos caíram sobre uma grande máquina enferrujada, grandes rolos de papel, uma infinidade de garrafas e, enfileirados sobre uma pequena mesa, uma série de pacotes pequenos e bem embrulhados.

– Uma tipografia clandestina... com toda a parafernália de um falsificador – disse Holmes.

– Sim, senhor! – disse nosso prisioneiro, tentando se levantar e caindo novamente na cadeira. – O maior falsificador que Londres já viu. Essa é a máquina de Prescott, e foi ele quem fez aqueles pacotes sobre a mesa... duas mil notas de cem libras. Sirvam-se, cavalheiros! Vamos fazer um acordo, e deixem-me sair daqui.

Holmes riu.

– Não é assim que funciona, senhor Evans. Não há como se esconder neste país. Você atirou no Prescott, não atirou?

– Sim, senhor, e paguei cinco anos por isso, embora tenha sido em legítima defesa. Cinco anos! Quando eu deveria ter recebido uma medalha do tamanho de um prato de sopa. Nenhum homem vivo pode distinguir entre as notas de Prescott e as notas do Banco da Inglaterra. Se eu não tivesse atirado nele, ele teria inundado Londres com notas falsas. Eu era o único no mundo que sabia onde as fabricava. Vocês imaginam como eu queria chegar até o lugar? E vocês podem imaginar o que senti quando encontrei aqui esse maluco, esse caçador de insetos de nome esquisito, que nunca saía do apartamento? Talvez eu tivesse sido mais sábio se tivesse atirado nele. Teria sido bem mais fácil, mas sou um cara de coração mole. Nunca começo a atirar, a menos que o outro homem também tenha uma arma.

O arquivo secreto de Sherlock Holmes

Mas, diga, senhor Holmes, o que fiz de errado, afinal? Eu não usei esta máquina, não machuquei o velho maluco, o que você tem contra mim?

– Nada além de tentativa de assassinato, até onde posso ver – disse Holmes. – Mas essa não é a nossa função. Eles assumem a partir daqui. O que nós queríamos no momento era apenas sua preciosa pessoa. Por favor, ligue para a Scotland Yard, Watson. Presumo que isso não será uma surpresa para nossos amigos.

Assim, esses foram os fatos sobre Killer Evans e sua notável invenção dos três Garridebs. Ouvimos mais tarde que nosso pobre amigo Nathan Garrideb nunca se recuperou do choque de ver seus sonhos destruídos. Quando seu castelo no ar desmoronou, ele ficou enterrado sob as ruínas. Na última vez que tive notícias, estava em um asilo em Brixton.

Foi um dia feliz para a Scotland Yard quando aquele equipamento de Prescott foi descoberto, vários anos depois de sua morte. De fato, Evans tinha prestado um grande serviço, fazendo com que vários investigadores pudessem dormir mais tranquilos. Eles apoiariam de bom grado a concessão daquela medalha tão grande quanto um prato de sopa, da qual o criminoso havia falado; mas o tribunal de justiça teve uma opinião menos favorável, e Killer Evans mergulhou novamente nas sombras, das quais havia acabado de emergir.

Capítulo 7

• O enigma da Ponte de Thor •

Em algum dos cofres do Cox & Co. Bank, em Charing Cross, há um baú de lata muito surrado e muito viajado, com meu nome na tampa: "doutor John H. Watson, Médico do Exército Indiano". Está cheio de papéis, anotações e arquivos relacionados aos vários casos investigados pelo senhor Sherlock Holmes. Alguns, e não menos interessantes, terminaram em fracasso; portanto, não merecem ser contados, pois permanecem até hoje sem solução. Um problema sem solução pode interessar a um amador, mas aborreceria o leitor casual.

Entre essas histórias inacabadas está a do senhor James Philimore, que voltou para casa para pegar seu guarda-chuva e nunca mais foi visto. Não menos notável é a do navio *Alicia*, que, em uma manhã de primavera, afundou em um nevoeiro do qual nunca saiu. Uma terceira história que vale a pena mencionar é a de Isadora Persano, a conhecida jornalista e colunista que numa manhã foi encontrada completamente louca diante de uma caixa de fósforos que continha um verme misterioso e desconhecido pela ciência. Além desses enigmas impenetráveis, alguns problemas relacionados a segredos de família. Estes, se revelados, semeariam medo e consternação na alta sociedade; não preciso dizer

O arquivo secreto de Sherlock Holmes

que tal indiscrição é impensável e que esses registros serão separados e destruídos, agora que meu amigo tem tempo para dedicar suas energias à classificação de seus arquivos. Ainda há uma quantidade considerável de casos de maior ou menor interesse que eu já teria publicado se não tivesse medo de saturar o público e, assim, afetar a reputação de um homem que venero acima de todos os outros. Estive envolvido em alguns deles e posso falar como testemunha ocular; enquanto em outros estive ausente ou desempenhei um papel tão pequeno que só podia ser narrado por uma terceira pessoa.

A narrativa a seguir é extraída de minha própria experiência. Era uma manhã triste de outubro; e, enquanto me vestia, observei as últimas folhas secas que caíam do solitário plátano, atrás da nossa casa. Desci para o café da manhã preparado para encontrar meu companheiro em estado de depressão; pois, como todos os grandes artistas, era facilmente impressionável pelo ambiente. Eu estava enganado: ele já terminava sua refeição, e seu humor estava particularmente brilhante e alegre, com aquela alegria um tanto sinistra que era característica de seus melhores momentos.

– Você tem um caso, Holmes? – comentei.

– A faculdade de dedução é realmente contagiosa, Watson – respondeu. – Ela permitiu que você descobrisse o meu segredo. Sim, eu tenho um caso. Após um mês de trivialidades e estagnação, a roda começa a girar novamente.

– Posso saber do que se trata?

– Há pouca coisa para compartilhar. Mas discutiremos o caso depois que você tiver comido esses maravilhosos ovos que nossa nova cozinheira preparou para nós. Eles estão mais firmes do que moles. O estado de cozimento deles pode ter algo a ver com a cópia do *Family Herald* que encontrei ontem na minha mesa de cabeceira. Mesmo um assunto tão comum como o cozimento de um ovo exige uma atenção concentrada sobre a passagem do tempo. Portanto, o romance amoroso é incompatível com aquele excelente periódico.

Um quarto de hora depois, a mesa estava limpa, e estávamos frente a frente. Ele havia tirado uma carta do bolso.

– Você já ouviu falar sobre Neil Gibson, o Rei do Ouro? – perguntou ele.

– Aquele americano que foi senador?

– Bem, ele já foi senador de algum país do ocidente, mas é mais conhecido como o maior magnata das minas de ouro que existe.

– Sim, já ouvi falar. Já vive na Inglaterra há algum tempo.

– Sim, comprou uma propriedade considerável em Hampshire, há uns cinco anos. Você soube do trágico fim da esposa dele?

– É claro. Eu me lembro. É por isso que o nome me soou familiar. Mas realmente não sei nada sobre os detalhes.

Holmes acenou com a mão em direção a alguns papéis em uma cadeira.

– Eu não fazia ideia de que um dia teria de lidar com esse caso; senão eu teria guardado alguns recortes das notícias para me ajudar – disse ele. – O problema, embora muito sensacionalista, não parecia apresentar grandes dificuldades. A personalidade interessante do acusado não obscurece a clareza das provas. Esta foi a opinião do juiz, do médico legista e da investigação policial. Agora o caso foi para o tribunal do júri popular, em Winchester. Receio que seja um caso perdido. Eu posso descobrir os fatos, Watson, mas não posso mudá-los. A menos que alguns fatos inteiramente novos e inesperados venham à tona, não vejo esperança alguma para o meu cliente.

– Seu cliente?

– Ah, eu esqueci que você ainda não sabe. Estou adquirindo seus maus hábitos, Watson. Começo a contar a história pelo final. Leia isto primeiro.

A carta que ele me entregou, escrita com uma caligrafia ousada e magistral, era a seguinte:

Claridge's Hotel, 3 de outubro.

Prezado senhor Sherlock Holmes:

É impossível testemunhar esta sentença de morte sobre a mulher mais virtuosa que Deus já criou sem tentar fazer o meu melhor para salvá-la. Eu não posso explicar as coisas. Não posso sequer tentar

O ARQUIVO SECRETO DE SHERLOCK HOLMES

explicá-las. Mas sei, sem sombra de dúvida, que a senhorita Dunbar é inocente. O senhor conhece os fatos. Quem não os conhece? Não se fala outra coisa no país inteiro. E nem uma só voz foi levantada a favor dela! É uma injustiça que está me deixando louco. Aquela mulher tem um coração tão bom que não seria capaz de fazer mal a uma mosca. Portanto, irei à sua casa amanhã às onze horas, para ver se o senhor consegue lançar alguma luz sobre esta escuridão. Talvez eu tenha alguma pista sem saber. De qualquer forma, se o senhor puder salvá-la, coloco à sua disposição tudo o que sei, tudo o que possuo e tudo o que sou. Como jamais em sua vida o senhor se valeu de seus poderes, concentre-os todos agora, neste caso.

Atenciosamente,
J. Neil Gibson.

– Aí está – disse Sherlock Holmes, derrubando as cinzas de seu primeiro cachimbo do dia e reabastecendo-o lentamente. – Este é o cavalheiro que estamos esperando. Quanto à história, você mal terá tempo para digerir todos estes papéis; por isso vou resumi-la em algumas frases, para que você tenha um interesse pelo caso. Gibson é a maior potência financeira do mundo; ele tem um caráter, creio eu, tão violento quanto formidável. Casou-se com uma mulher, a vítima dessa tragédia, sobre a qual nada sei, exceto que ela não estava mais em sua primeira juventude; o que me parece mais lamentável, porque uma governanta muito atraente cuidava da educação de duas crianças pequenas. Essas são as três pessoas envolvidas; e o teatro é uma grande casa senhorial, um patrimônio histórico da Inglaterra. Vamos à tragédia. A esposa foi encontrada no parque, a cerca de oitocentos metros da casa, tarde da noite, usando um vestido de festa e um xale sobre seus ombros, com um buraco de bala na cabeça. Nenhuma arma perto dela. Nenhuma pista do assassino no local do crime. Nenhuma arma perto dela, Watson! Anote isso! O crime parece ter sido cometido no final da noite; o corpo foi descoberto por um guarda de caça por volta das onze horas; foi examinado pela polícia e pelo médico antes de ser levado até a casa. Estou indo muito rápido, ou você consegue me acompanhar?

– Tudo está muito claro. Mas por que suspeitam da governanta?

– Bem, em primeiro lugar, há algumas provas diretas contra ela. Um revólver com uma bala faltando e de calibre correspondente foi encontrada dentro do guarda-roupa dela. – Ele repetiu, enfatizando as sílabas: – Dentro do guarda-roupa!

Depois afundou no silêncio, e eu sabia que seu raciocínio estava em movimento. Eu não seria insensato a ponto de interrompê-lo. De repente ele estremeceu, como se voltasse à vida real.

– Sim, Watson, a arma foi encontrada. Um terrível desfecho, não é? A lei considerou o fato bastante incriminatório. Além disso, a vítima carregava um bilhete pedindo para ir até ali, assinado pela governanta. O que você acha? Finalmente, aqui está o motivo do crime: o senador Gibson ainda é um homem atraente; se sua esposa morrer, quem seria melhor para substituí-la do que essa jovem que já está, por todos os relatos, banhada com as atenções prementes de seu empregador? Amor, fortuna, poder: tudo dependia de uma única existência, já a meio caminho do declínio... isso é feio, Watson! Muito feio!

– Sim, de fato, Holmes.

– E ela também não conseguiu provar um álibi. Pelo contrário, ela teve de admitir que tinha estado perto da Ponte de Thor (o local da tragédia) mais ou menos no mesmo horário. Ela não podia negar, porque um aldeão de passagem a tinha visto.

– Isso parece realmente definitivo.

– E ainda não acabou, Watson... ainda não acabou! Aquela ponte (um único arco de pedra com parapeitos) passa sobre a parte mais estreita de um canal longo e profundo. É a chamada lagoa de Thor. O cadáver jazia na entrada da ponte. Esses são os fatos essenciais. Ora, se não me engano, nosso cliente já chegou. Ele está bem adiantado!

Billy tinha aberto a porta, mas o nome que anunciou não era o que esperávamos. Era o senhor Marlow Bates, um completo desconhecido para

O ARQUIVO SECRETO DE SHERLOCK HOLMES

nós dois. Era um homem pequeno, magro, elétrico, com olhos assustados e maneiras hesitantes. Um olhar profissional me indicou que ele estava à beira de um colapso nervoso.

– Parece agitado, senhor Bates! Sente-se, por favor. Receio não poder dedicar muito tempo ao senhor, pois tenho um compromisso às onze horas.

– Eu sei disso! – gaguejou nosso visitante, disparando frases curtas como se tivesse perdido o fôlego. – O senhor Gibson está chegando. O senhor Gibson é meu chefe. Eu sou o curador da herança dele. Senhor Holmes, ele é um canalha! Um vilão infernal!

– Está usando palavras muito duras, senhor Bates.

– Tenho de ser enfático, senhor Holmes, porque meu tempo é limitado. Eu não gostaria que ele me encontrasse aqui. Ele estará aqui a qualquer minuto. Mas não pude vir mais cedo. O secretário, o senhor Ferguson, só me disse nesta manhã que o senador tinha esse compromisso.

– E o senhor administra as propriedades dele?

– Eu pedi demissão. Em duas semanas estarei livre dessa maldita escravidão. Ele é um homem duro, senhor Holmes, um homem duro com todos os que o cercam. Essas instituições públicas de caridade são uma fachada para encobrir as iniquidades privadas dele. A esposa foi a principal vítima. Era brutal com ela, sim, senhor, brutal! Não sei como ela morreu, mas estou certo de que ele fazia da vida dela um inferno. Ela era uma nativa dos trópicos, uma brasileira de nascimento, como sem dúvida o senhor já sabia.

– Não, eu não sabia disso.

– Tropical de nascimento e tropical no temperamento. Uma filha do sol e da paixão. Ela o amava, como somente as mulheres assim são capazes de amar; mas, quando seus próprios encantos se desvaneceram (dizia-se que eram extraordinários), não havia mais nada que o prendesse a ela. Todos nós gostávamos dela e o odiávamos pela maneira como ele a tratava. Isso é tudo o que tenho a dizer para vocês. Não o julguem pelo seu exterior. Ele é um grande mascarado! Agora preciso ir. Não, não, não me detenham! Ele está chegando!

Olhando assustado para o relógio, nosso estranho visitante literalmente correu até a porta e desapareceu.

– Bem! – disse Holmes, após um breve silêncio. – O senhor Gibson parece ter funcionários excepcionalmente leais! Mas esse aviso não é inútil; temos apenas de esperar pelo próprio homem.

Na hora marcada, ouvimos passos pesados nas escadas, e o famoso milionário foi anunciado. Ao vê-lo, entendi não apenas os medos e a aversão de seu funcionário, mas também as pragas e as maldições que tantos rivais de negócios dele haviam amontoado sobre sua cabeça. Se eu fosse um escultor e quisesse simbolizar o homem de negócios bem-sucedido, seus nervos de aço e sua consciência à prova de tudo, escolheria o senhor Neil Gibson como meu modelo. Sua figura alta, magra e ossuda sugeria fome e ganância. Um Abraham Lincoln dedicado a sentimentos mesquinhos, e não aos altos ideais: eis uma boa ideia sobre o homem. Seu rosto parecia esculpido em granito, tão duro, tão marcado, tão impiedoso. As rugas profundas evocavam suas muitas crises. Seus olhos cinzentos gelados, cheios de sagacidade, se alternavam entre mim e Holmes. Ele fez uma reverência cortês quando Holmes me apresentou; depois, com um ar inconfundível de posse, puxou uma cadeira em direção ao meu companheiro e sentou-se ao seu lado, quase o tocando com seus joelhos ossudos.

– Quero dizer desde já, senhor Holmes – começou –, que dinheiro não é problema para mim. Se for preciso, o senhor pode queimá-lo para chegar à verdade. A jovem é inocente, e o senhor pode provar. Diga-me o seu preço!

– Meus honorários profissionais seguem uma tabela fixa – respondeu Holmes, friamente. – Não os altero, exceto para clientes de baixa renda, quando renuncio totalmente ao pagamento.

– Bem, como o senhor não se importa com dólares, pense ao menos em sua reputação. Se o senhor ajudar essa jovem, será exaltado por todos os jornais da América e da Inglaterra. O senhor será famoso em ambos os continentes.

– Obrigado, senhor Gibson. Acho que não preciso ser exaltado por ninguém. Talvez se surpreenda ao saber que prefiro trabalhar anonimamente e que somente o caso me interessa. Mas estamos perdendo tempo. Vamos aos fatos.

– Acho que o senhor encontrará os principais fatos nas reportagens da imprensa. Não há muita coisa a acrescentar. Mas, se o senhor precisar de algo mais, estou aqui para ajudá-lo.

– Bem, há apenas um ponto.

– Qual ponto?

– Qual é exatamente a natureza de seu relacionamento com a senhorita Dunbar?

O autoproclamado Rei do Ouro estremeceu e se levantou da cadeira. Logo em seguida recuperou sua total compostura.

– Suponho que esteja dentro de seus direitos e sinta-se até mesmo no dever de me fazer tal pergunta, senhor Holmes.

– Vamos supor que sim – respondeu Holmes.

– Então posso assegurar que nosso relacionamento sempre foi estritamente profissional. A relação entre um empregador e uma jovem senhora, com quem ele nunca falou e que nunca viu, exceto quando ela estava com as crianças.

Holmes também se levantou.

– Eu sou um homem muito ocupado, senhor Gibson! Não tenho tempo a perder com conversas inúteis. Tenha um bom dia.

– O que o senhor quer dizer com isso, senhor Holmes? Está rejeitando o meu caso?

– Não, senhor Gibson, estou rejeitando o senhor. Minhas palavras foram bem claras.

– Foram claras o suficiente, mas o que há por trás delas? Um aumento no preço, ou o medo do caso, ou o quê? Eu tenho direito a uma resposta clara.

– Bem, talvez o senhor tenha – disse Holmes. – E eu lhe darei uma resposta. Este caso já está complicado o suficiente sem a dificuldade adicional de informações falsas.

– Isso significa que estou mentindo?

– Bem, eu tentava me expressar da forma mais delicada possível; mas, se o senhor insiste em utilizar esse termo, não vou contradizê-lo.

Eu me levantei rapidamente, pois o rosto do milionário assumiu uma expressão intensa e diabólica, e ele erguia seu grande punho ossudo. Holmes sorriu languidamente e estendeu a mão para pegar o cachimbo.

– Cuidado com os gases, senhor Gibson! Considero que, após o café da manhã, a menor discussão pode causar distúrbios fisiológicos. Penso que uma caminhada ao ar livre pela manhã, assim como um pouco de descanso, faria o senhor se sentir muito melhor.

Com um esforço, o Rei de Ouro dominou sua fúria. Não pude deixar de admirá-lo; em uma suprema demonstração de autocontrole, ele mudou rapidamente de uma raiva flamejante para uma gélida e desprezível indiferença.

– Bem, o senhor é quem sabe. Suponho que saiba como conduzir seus próprios negócios. Não posso forçá-lo, contra sua vontade, a assumir este caso. O senhor se enganou nesta manhã, senhor Holmes, pois já dobrei homens mais fortes do que o senhor. Ninguém nunca se meteu no meu caminho, nunca!

– Já fui ameaçado muitas vezes – disse Holmes, sorrindo. – E, no entanto, ainda estou vivo. Adeus, senhor Gibson. O senhor ainda tem muito a aprender.

Nosso visitante fez uma saída barulhenta, mas Holmes continuou fumando em um silêncio imperturbável, com os olhos sonhadores fixados no teto.

– Alguma opinião, Watson? – ele finalmente perguntou.

– Bem, Holmes, devo confessar que estamos lidando com um homem que tem o hábito de remover todos os obstáculos de seu caminho. E, quando lembro que a esposa dele pode ter-se tornado um obstáculo e um objeto de repulsa, como nos explicou aquele Bates, parece-me…

– Exatamente. Eu penso como você.

– Mas qual era a relação que ele mantinha com a governanta? E como você a descobriu?

– Eu estava blefando, Watson! Quando considerei o tom apaixonado, totalmente fora do convencional e pouco comercial de sua carta, em contraste com sua atitude e aparente autocontrole agora há pouco, ficou claro para mim que havia alguma emoção profunda que estava mais concentrada na mulher acusada do que na vítima. Para chegarmos à verdade, é essencial que saibamos a natureza exata da relação entre os atores. Você viu o ataque frontal que desencadeei e como ele o recebeu friamente. Então o enganei, dando a impressão de que eu tinha absoluta certeza, quando na realidade eu tinha apenas suspeitas.

– Será que ele vai voltar?

– Ele vai voltar, com certeza. Ele *tem* de voltar. Ele não pode deixar as coisas como estão. Ah! A campainha da porta não tocou? Sim, reconheço os passos dele. Bem, senhor Gibson, eu acabava de dizer ao doutor Watson que aguardava pelo seu retorno.

O Rei do Ouro fez uma entrada muito menos triunfal que a anterior. O orgulho ferido havia deixado marcas em seus olhos, mas seu bom senso havia mostrado que, se quisesse alcançar seu fim, ele teria de ceder.

– Estive pensando, senhor Holmes, e sinto que fui um pouco precipitado na interpretação de suas observações. O senhor está certo em querer saber todos os fatos, sejam quais forem; e isso fez com que o senhor subisse em meu conceito. Posso assegurar, no entanto, que as relações entre mim e a senhorita Dunbar não têm nada a ver com o caso.

– Creio que essa decisão seja minha.

– Sim, suponho que sim. O senhor é como um médico que precisa conhecer todos os sintomas antes de fazer um diagnóstico.

– Exatamente. A comparação é bem adequada. E o paciente que guarda alguns de seus sintomas para si mesmo está apenas tentando enganar seu médico.

– Talvez sim. Mas o senhor concordará, senhor Holmes, que a maioria dos homens se intimida quando questionados sobre a natureza de suas relações com uma mulher… especialmente se houver algum sentimento sério envolvido. Eu acho que a maioria dos homens tem um pouco de reserva em algum canto de sua alma, onde não gostam de aceitar intrusos. Mas seu propósito é nobre, uma vez que o senhor agirá para tentar salvá-la.

ARTHUR CONAN DOYLE

Em resumo, vou colocar todas as cartas na mesa. O campo está aberto, o senhor pode explorá-lo como quiser. O que deseja saber?

– A verdade.

O Rei do Ouro ficou em silêncio por um momento, como se estivesse ordenando seus pensamentos. Seu rosto sombrio se tornou ainda mais sério.

– Direi tudo em poucas palavras, senhor Holmes. Algumas coisas são bastante difíceis de expressar, portanto não irei mais fundo do que o necessário. Conheci minha esposa quando eu era garimpeiro de ouro no Brasil. Maria Pinto era filha de um funcionário público de Manaus; ela era muito bonita. Naquela época eu era jovem e ardente, mas ainda hoje, quando olho para o passado com a mente mais fria e crítica, reconheço que a beleza dela era extraordinariamente radiante, de natureza rica, profunda, apaixonada, intensa, tropical, desequilibrada, muito diferente das mulheres americanas que eu tinha conhecido. Em resumo, eu a amava e me casei com ela. Foi somente quando o romance havia passado (e isso se prolongou por muitos anos) que percebi que não tínhamos nada, absolutamente nada em comum. Meu amor se desvaneceu. Se o amor dela também tivesse esfriado, as coisas teriam sido mais simples. Mas o senhor conhece as mulheres! Eu fazia de tudo, mas ela não se afastava de mim. Mesmo quando eu era duro com ela e até mesmo brutal, como alguns disseram, era porque eu desejava matar o amor dela ou que ele se transformasse em ódio; e então tudo se tornaria mais fácil para nós dois. Mas nada pôde mudá-la. Ela me adorava naqueles bosques ingleses, como havia me adorado vinte anos antes, nas margens da Amazônia. Não importava o que eu fizesse, ela permanecia tão apaixonada por mim como no primeiro dia. Então apareceu a senhorita Grace Dunbar. Ela respondeu ao nosso anúncio e se tornou governanta de nossos dois filhos. Talvez o senhor tenha visto o retrato dela nos jornais. O mundo inteiro proclamou que ela também era uma mulher muito bonita. Não pretendo ser mais moralista que os meus vizinhos e admito que não poderia viver sob o mesmo teto com tal mulher e em contato diário com ela sem sentir uma terrível paixão. O senhor me censura, senhor Holmes?

O ARQUIVO SECRETO DE SHERLOCK HOLMES

– Não o culpo por ter sentido isso. Eu o culparia se o senhor tivesse chagado às vias de fato, pois essa jovem estava, de certa forma, sob sua proteção.

– Bem, talvez sim – disse o milionário, que estremeceu sob a reprovação. – Eu não estou fingindo ser melhor do que sou. Acho que, por toda a minha vida, sempre me bastou estender a mão para conseguir tudo o que desejava, e nunca desejei nada mais ardentemente do que o amor e a posse daquela mulher. Foi o que eu disse a ela.

– Oh, então o senhor se declarou? – Holmes parecia cada vez mais interessado no assunto.

– Eu disse que queria pedi-la em casamento, mas infelizmente isso estava fora do meu alcance. Eu também disse a ela que dinheiro não era problema e que faria todo o possível para deixá-la feliz e confortável.

– Muito generoso de sua parte – disse Holmes, com um sorriso.

– Escute aqui, senhor Holmes! Eu vim até o senhor para pedir ajuda, não para ouvir sermões sobre moralidade. Não estou pedindo suas críticas.

– É somente pelo bem da moça que estou interessado no caso – respondeu Holmes. – Não sei o que é pior: o crime do qual ela é acusada ou o que o senhor acaba de admitir. Ou seja: o senhor tentou seduzir uma garota indefesa que estava sob seu teto. Alguns homens ricos como o senhor precisam aprender que o dinheiro não pode comprar tudo.

Para minha surpresa, o Rei do Ouro aceitou a repreensão sem protestar.

– É assim que vejo as coisas hoje – disse ele. – Agradeço a Deus por meus planos não terem se concretizado como eu esperava. Ela não aceitou nada disso e queria ir embora.

– E por que ela não foi?

– Em primeiro lugar, porque os pais dela dependiam do salário, e a perda do emprego teria sido catastrófica para todos. E, quando eu prometi... quando jurei, com toda a sinceridade do meu coração, que nunca mais iria incomodá-la, ela concordou em ficar. Mas havia outra razão. Ela conhecia a influência que exercia sobre mim, mais poderosa do que qualquer outra no mundo. E decidiu usá-la para o bem.

– Como assim?

– Ela sabia um pouco sobre os meus negócios. Eles são grandes, senhor Holmes; tão grandes que um homem comum não faz a menor ideia. Eu posso fazer e desfazer; e na maioria das vezes eu desfaço, ou seja, eu aniquilo. Não apenas indivíduos: comunidades, cidades, até mesmo nações. Os negócios são um jogo duro; os fracos sucumbem. Eu sempre joguei até as últimas consequências. Eu nunca me lamentei e nunca me importei com as lamentações dos outros. Mas ela viu as coisas por um ângulo diferente, e acho que ela estava certa. Ela acreditava e dizia que qualquer fortuna que fosse maior do que as necessidades de um homem não deveria ser construída sobre a ruína de dez mil homens, privados de seus meios de existência. Era assim que ela via as coisas: ela olhava para além dos dólares, para algo mais duradouro. Ela percebeu que eu a escutava e achou que estava fazendo o bem ao influenciar minhas ações. Então ela ficou... e todo o drama aconteceu.

– O senhor pode lançar alguma luz sobre isso?

O Rei de Ouro fez uma nova pausa para pensar, com a cabeça afundada entre as mãos.

– Todas as evidências apontam contra ela. Não há como negar. Mas as mulheres têm uma vida interior e podem fazer coisas que vão além do julgamento de um homem. No início fiquei tão magoado, tão abatido, que estava inclinado a acreditar que ela tinha sido induzida por algum impulso extraordinário, contra sua natureza habitual. Então uma explicação veio à minha mente. Vou transmiti-la ao senhor, senhor Holmes, pois talvez tenha algum valor. Não há dúvida de que minha esposa estava cheia de ciúme. O ciúme da alma, que pode ser tão frenético quanto qualquer ciúme carnal. E, embora minha esposa não tivesse nenhum motivo para este último (e eu acho que ela entendeu isso), ela sabia que essa jovem inglesa exercia sobre minha mente e meus atos uma influência que ela mesma nunca teve. Foi uma boa influência, mas isso não resolveu o problema. Ela ficou louca de ódio, e o calor da Amazônia ferveu em seu sangue. Ela poderia ter planejado assassinar a senhorita Dunbar, ou apenas ameaçá-la

O ARQUIVO SECRETO DE SHERLOCK HOLMES

com uma arma, e assim afugentá-la de nossa casa. Então pode ter havido uma briga, a arma disparou e atingiu a agressora.

– Eu já havia considerado essa possibilidade – disse Holmes. – É realmente a única possibilidade, além do assassinato deliberado.

– Mas ela o nega absolutamente.

– Bem, isso não é definitivo, é? É compreensível que uma mulher colocada em uma situação tão terrível tenha corrido para casa ainda em pânico, segurando o revólver. Então ela joga a arma no meio de suas roupas, sem saber o que estava fazendo; e, quando a arma é encontrada, tenta mentir e nega tudo, já que qualquer explicação seria impossível. O que há contra tal suposição?

– A própria senhorita Dunbar.

– Bem, talvez. – Holmes olhou para o relógio. – Não tenho dúvida de que podemos obter as licenças necessárias nesta manhã e chegaremos a Winchester no trem da noite. Quando eu tiver visto a jovem, poderei ser mais útil. Mas não posso prometer que minhas conclusões serão necessariamente as que o senhor deseja.

A obtenção das licenças acabou sendo mais demorada do que o previsto. Em vez de desembarcar em Winchester naquele dia, descemos até a propriedade Thor, a residência do senhor Neil Gibson em Hampshire. Ele não nos acompanhou pessoalmente, mas pegamos o endereço com o sargento Coventry, o primeiro policial local a investigar o caso. Era um homem esguio, magro, pálido como uma caveira e estranhamente misterioso, dando a impressão de que sabia ou suspeitava muito mais do que queria dizer. Também tinha o hábito de baixar a voz de repente em um sussurro, como se fosse falar algo de grande importância, quando se tratava apenas de algum detalhe bastante trivial. Mas, por trás dessa atitude misteriosa, ele logo se revelou um policial decente e honesto, não muito orgulhoso para admitir que estava em um buraco sem fundo e precisava de ajuda.

– Em todo caso, eu preferiria ter o senhor aqui em vez da Scotland Yard! Quando eles chegam, a polícia local perde todo o crédito pelo sucesso e recebe toda a culpa pelo fracasso. Mas me disseram que o senhor joga de forma justa.

– Não tenho interesse em aparecer no caso – respondeu Holmes, para evidente alívio de nosso melancólico interlocutor. – Se eu conseguir esclarecer tudo, não quero que meu nome seja mencionado.

– Bem, isso é muita modéstia da sua parte! E sei que também posso confiar em seu amigo, o doutor Watson, não posso? Bem, senhor Holmes, antes de irmos até o local, gostaria de fazer uma pergunta. Eu não perguntaria isso a mais ninguém, além do senhor. – Ele olhou em volta, como se tivesse medo de falar. – O senhor não acha que o culpado é o próprio senhor Neil Gibson?

– Também pensei nessa possibilidade.

– O senhor ainda não conheceu a senhorita Dunbar. É uma mulher maravilhosa, em todos os sentidos. Ele pode muito bem ter desejado que sua esposa saísse do caminho. E esses americanos são mais rápidos com uma arma do que nós. E era a arma *dele*, o senhor sabe.

– Esse fato já foi provado?

– Sim, senhor. Ele tinha duas pistolas. Foi uma delas.

– Duas pistolas? Onde está a outra?

– Bem, esse cavalheiro é proprietário de uma coleção de armas de fogo, de diversas marcas e calibres. Nunca identificamos a outra em particular. Mas o estojo, sem dúvida, foi feito para dois revólveres.

– Se a arma encontrada fazia parte de um par, com certeza o senhor poderia ter identificado a outra.

– Bem, todas elas estão guardadas na casa! Se o senhor estiver interessado em dar uma olhada…

– Mais tarde, talvez. Por ora, vamos ao local da tragédia.

Essa conversa ocorreu na pequena sala principal da humilde cabana do sargento Coventry, que servia como delegacia de polícia local. Uma caminhada de oitocentos metros através daquele pântano castigado pelos ventos, todo dourado com suas avencas desbotadas, nos levou ao pequeno portão lateral da propriedade Thor. Um caminho nos conduziu através do

O ARQUIVO SECRETO DE SHERLOCK HOLMES

viveiro de faisões; e após uma clareira vimos a grande casa senhorial, metade Tudor, metade georgiana, no alto da colina. Ao nosso lado estava o grande lago, estreito ao centro, onde a principal estrada da região passava por uma ponte. Nosso guia parou na entrada da ponte e apontou para o chão.

– O corpo da senhora Gibson foi encontrado bem aqui.

– O senhor chegou antes que o corpo fosse levado para o casarão?

– Sim. Fui convocado imediatamente.

– Por quem?

– Pelo próprio senhor Gibson. Assim que o alarme foi dado, ele correu e insistiu para que não tocassem no corpo até que a polícia chegasse.

– Muito sensato. Eu li na reportagem que o tiro foi disparado à queima-roupa.

– Sim, senhor, isso mesmo.

– Foi na têmpora direita?

– Logo atrás da têmpora direita, senhor.

– Como o corpo estava posicionado?

– Deitado de costas, senhor. Nenhum sinal de luta. Sem impressões digitais. Nenhuma arma. O bilhete da senhorita Dunbar estava preso em sua mão esquerda.

– Preso?

– Sim, senhor, preso. Tivemos uma grande dificuldade para abrir os dedos.

– Esse fato é de grande importância. Descarta a ideia de que alguém pudesse ter colocado o bilhete na mão da senhora Gibson depois de sua morte, a fim de fornecer uma pista falsa. Meu bom Deus! A nota, se bem me lembro, foi muito breve: *"Estarei na Ponte de Thor às nove horas. G. Dunbar"*. Não é isso?

– Sim, senhor.

– A senhorita Dunbar admitiu tê-lo escrito?

– Sim, senhor.

– Que explicações ela deu?

– Ela não deu nenhuma explicação. Está guardando sua defesa para o julgamento.

– Esse é um problema muito interessante. Esta história do bilhete é bastante obscura, não é?

– Bem, senhor – disse o guia –, se me permite a ousadia de dizer, o bilhete me pareceu a única coisa realmente clara em todo o caso.

Holmes balançou a cabeça.

– Admitindo que o bilhete é genuíno e que foi realmente escrito pela acusada, ele certamente foi recebido algum tempo antes, digamos uma hora ou duas. Então, por que a senhora ainda estava segurando-o em sua mão esquerda? Por que ela o protegeu com tanto cuidado? Além disso, a governanta não se referiu diretamente à senhora no bilhete. Isso não parece estranho?

– Da maneira como o senhor coloca, talvez sim!

– Acho que gostaria de sentar-me em silêncio e pensar por alguns minutos – disse Holmes.

Ele se sentou na saliência de pedra da ponte; e vi seus olhos cinzentos brilhantes procurando em todas as direções. De repente, levantou-se e correu até o parapeito oposto, tirou a lupa do bolso e começou a examinar a pedra.

– Muito curioso... – disse ele.

– Sim, senhor. Também vimos o arranhão no parapeito. Talvez tenha sido feito por algum transeunte.

A alvenaria era cinza, mas naquele ponto estava branca. A marca não era maior do que uma pequena moeda de seis pence. Quando examinada de perto, podia-se ver que a pedra tinha sido lascada por um golpe brusco.

– Foi preciso alguma força, até mesmo violência, para danificar esta pedra! – disse Holmes.

Com sua bengala, bateu várias vezes na pedra sem deixar nenhuma marca.

– Sim, foi um golpe muito violento! E em um lugar estranho, também. Não veio de cima, mas de baixo; pois a marca está na borda inferior do parapeito.

– Mas a pelo menos cinco metros do corpo.

O ARQUIVO SECRETO DE SHERLOCK HOLMES

– Sim, a cinco metros do corpo. Talvez não tenha nada a ver com o caso, mas é um detalhe digno de nota. Acho que não conseguiremos mais nada aqui. Sem rastros, o senhor disse?

– O solo estava duro como ferro. Não havia pegadas.

– Então, podemos partir. Iremos até a casa primeiro, para examinar aquelas armas que o senhor mencionou. Depois seguiremos para Winchester, pois eu gostaria de ver a senhorita Dunbar antes de prosseguir com minha investigação.

Neil Gibson ainda não havia retornado da cidade, mas encontramos na casa o neurótico senhor Bates, nosso visitante naquela manhã. Com uma espécie de prazer sombrio, ele nos apresentou a formidável coleção de armas de fogo de todas as formas e tamanhos que seu chefe havia acumulado, no decorrer de sua vida aventureira.

– O senhor Gibson tem alguns inimigos, o que não será surpresa para aqueles que conhecem seus métodos – disse ele. – Ele dorme com uma arma carregada na gaveta, na cabeceira da cama. É um homem violento, senhor, e em algumas ocasiões tivemos medo dele. Tenho certeza de que a pobre senhora foi aterrorizada por ele muitas vezes.

– O senhor foi testemunha ocular de alguma violência física contra ela?

– Não, isso eu não posso afirmar. Mas cheguei a ouvir muitas palavras depreciativas, palavras de desprezo cortante, mesmo diante dos criados.

– Nosso milionário não parece ser muito brilhante em sua vida particular – observou Holmes, enquanto caminhávamos em direção à estação. – Bem, Watson, reunimos muitos fatos, alguns deles bastante novos, mas ainda estou muito longe de minha conclusão. Apesar dos ressentimentos do senhor Bates por seu patrão, depreendi um fato a partir da fala dele: quando o alarme foi dado, o senhor Gibson estava no escritório, sem sombra de dúvida. O jantar tinha sido servido às oito e meia, e tudo estava normal até então. É verdade que o alarme foi dado tarde da noite, mas a tragédia certamente ocorreu no horário mencionado na nota. Não há nenhuma evidência de que o senhor Gibson tenha saído depois de voltar de Londres, às cinco horas. Além disso, a senhorita Dunbar admite que tinha marcado um encontro com a senhora Gibson na ponte. Mas, fora isso, ela não diz mais nada, como seu advogado a aconselhou, e está se poupando para o julgamento. Tenho várias perguntas vitais para fazer a essa jovem e não descansarei até conseguir vê-la. Confesso que o caso é muito desfavorável a ela, exceto em um aspecto.

– Que aspecto, Holmes?

– A descoberta do revólver no guarda-roupa dela.

– Ora essa, Holmes! – exclamei. – Na minha opinião, essa é a prova mais conclusiva de todas!

– Não, Watson. Esse ponto chamou a minha atenção de imediato. Agora que estou examinando o caso mais de perto, a arma é meu único terreno firme de esperança. Nosso dever é encontrar a consistência e a coerência dos fatos. Quando não há nenhuma, então temos o dever de desconfiar.

– Eu não consigo entender.

– Veja bem, Watson. Suponha por um momento que você fosse uma mulher que, de forma fria e premeditada, está disposta a se livrar de uma rival. Você já elaborou um plano. Você escreveu um bilhete. A vítima chegou. Você tem uma arma. O crime é cometido. Depois de realizar um crime com tanta astúcia e precisão, você arruinaria sua reputação criminosa, esquecendo-se de atirar sua arma em um daqueles pequenos canais adjacentes, que a levariam para sempre? Em vez disso, você sentiria a necessidade de levá-la cuidadosamente para casa e colocá-la em seu próprio guarda-roupa, o primeiro lugar que seria revistado? Seus melhores amigos, Watson, dificilmente o chamariam de um homem de projetos deliberados; e ainda assim eu não poderia imaginá-lo fazendo algo tão insensato.

– Talvez, no calor do momento...

– Não, não, Watson, não admito que isso seja possível. Quando um crime é friamente premeditado, os meios para encobri-lo também são friamente premeditados. Espero, portanto, que estejamos na presença de uma grave injustiça.

– Mas há tanto para explicar!

O ARQUIVO SECRETO DE SHERLOCK HOLMES

– Bem, vamos tentar, começando por aí. Quando um ponto de vista é mudado, a mesma prova que condena se torna uma pista para a verdade. Por exemplo, esse revólver. A senhorita Dunbar afirma que nunca o viu antes. De acordo com nossa nova teoria, ela está dizendo a verdade. Portanto, ele foi plantado no guarda-roupa dela. Quem o colocou lá? Alguém que desejava incriminá-la. Essa pessoa é o verdadeiro criminoso. Vê como este novo raciocínio abre novos horizontes?

Fomos obrigados a passar a noite em Winchester, pois as formalidades ainda não haviam sido concluídas. Mas na manhã seguinte, na companhia do senhor Joyce Cummings, um brilhante advogado em ascensão, a quem foi confiada a defesa, fomos autorizados a ver a jovem na cadeia.

Depois de tudo o que tínhamos ouvido, eu esperava ver uma bela mulher; mas nunca me esquecerei do fascínio que a senhorita Dunbar exerceu sobre mim. Não era de se admirar que aquele milionário tivesse encontrado nela um poder superior ao dele – um poder capaz de controlá-lo totalmente. Também se tinha a impressão, olhando para aquele rosto firme, limpo e ao mesmo tempo sensível, que, mesmo que ela fosse capaz de algum ato impetuoso, não obstante uma nobreza de caráter inata a direcionava constantemente para o bem. Ela era morena, alta e esbelta, com uma figura nobre e presença imponente; mas seus olhos escuros traziam a expressão atraente e indefesa do animal desesperado que sente as redes se fecharem ao seu redor e não consegue encontrar nenhuma saída. Quando ela percebeu o significado da presença e da assistência do meu ilustre amigo, suas faces ganharam um pouco de cor, e uma luz de esperança brilhou em seus olhos.

– O senhor Gibson deve ter contado o que aconteceu entre nós – disse ela, com uma voz monótona e trêmula.

– Sim – respondeu Holmes –, mas vamos poupar a senhorita de mais sofrimentos. Depois de vê-lo, estou disposto a aceitar as declarações do senhor Gibson, tanto quanto à influência que exerceu sobre ele, como quanto à inocência de suas relações. Mas por que toda essa situação não foi revelada durante o inquérito?

– Parecia-me incrível que tal acusação pudesse ser feita. Pensei que todo o caso seria esclarecido sem que tivéssemos de entrar nos detalhes dolorosos da vida privada da família. Mas agora entendo que, em vez de melhorar, a situação ficou pior.

– Minha cara senhora! – gritou Holmes, com seriedade. – Peço-lhe que não tenha ilusões a respeito do assunto! O senhor Cummings, que aqui está, diria que todas as cartas estão contra nós e que devemos tentar o impossível. Seria cruel fingirmos que a senhorita não está correndo grande perigo. Preciso de toda a ajuda que estiver ao seu alcance, para que a verdade seja revelada!

– Não vou esconder nada.

– Conte-nos sobre seu verdadeiro relacionamento com a esposa do senhor Gibson.

– Ela me odiava, senhor Holmes. Ela me odiava com todo o fervor de sua paixão tropical. Ela era uma mulher que não fazia nada pela metade. A medida de seu amor pelo marido era a mesma medida de seu ódio por mim. É provável que ela estivesse equivocada sobre a natureza de nossas relações. Eu nunca quis magoá-la. Mas ela amava tão intensamente em um sentido físico que mal podia entender o vínculo intelectual, e eu até diria espiritual, que prendia o marido dela a mim. Ela não conseguia imaginar que eu só desejava exercer uma boa influência sobre ele, e que foi por isso que permaneci sob seu teto. Agora entendo como errei em não ter partido. Nada poderia justificar minha permanência ali, onde eu era uma causa de infelicidade; e certamente os problemas teriam continuado, mesmo se eu tivesse deixado a casa.

– Senhorita Dunbar – disse Holmes –, conte-nos exatamente o que aconteceu naquela noite.

– Posso dizer a verdade até onde sei, senhor Holmes. Não posso provar nada. Mas existem fatos... Fatos essenciais, que não posso explicar e para os quais não posso imaginar qualquer explicação.

– Se a senhorita nos der os fatos, talvez possamos encontrar a explicação.

O arquivo secreto de Sherlock Holmes

– Pois bem. Em relação à minha presença na Ponte de Thor naquela noite, encontrei um bilhete da senhora Gibson pela manhã. Encontrei-o sobre a mesa na sala de estudo e pode ter sido deixado por ela mesma. Ela me implorava para vê-la depois do jantar, pois tinha algo importante para me contar; e pediu que eu deixasse minha resposta no relógio de sol no jardim, pois ela desejava que nossa conversa fosse em segredo. Não entendi os motivos para tal mistério, mas concordei com a reunião. Ela também me pediu que eu destruísse o bilhete; e eu o queimei na lareira da sala de estudo. Ela tinha muito medo do marido, que a tratava com dureza, pela qual eu frequentemente o reprovava. Portanto, pensei que ela agia daquela maneira porque não queria que ele soubesse de nossa conversa.

– No entanto, ela guardou sua resposta com muito cuidado.

– Sim. Fiquei surpresa ao saber que ela segurava meu bilhete quando morreu.

– Mas, afinal, o que aconteceu lá?

– Fui até lá, como havíamos combinado. Quando cheguei à ponte, ela já esperava por mim. Até aquele momento, eu nunca tinha percebido como aquela pobre mulher me odiava. Ela parecia uma mulher louca… Na verdade, acho que realmente *era* uma mulher louca, sutilmente louca, com o profundo poder de hipocrisia que somente as pessoas loucas podem ter. De que outra forma ela conseguia me encarar com indiferença todos os dias e, ainda assim, guardar um ódio tão forte contra mim no coração? Eu não vou repetir o que ela me disse. Ela desabafou toda a fúria, em uma torrente de palavras horríveis. Eu nem sequer respondi, eu não pude. Foi terrível! Coloquei as mãos nos ouvidos e saí correndo. Quando a deixei, ela estava de pé, na entrada da ponte, ainda gritando e praguejando contra mim.

– Onde ela foi encontrada depois?

– A alguns metros de distância.

– E mesmo assim, presumindo que ela tenha sido assassinada logo depois, a senhorita não ouviu nenhum tiro?

– Não, não ouvi nada. Mas, de fato, senhor Holmes, fiquei tão perturbada e horrorizada com aquele terrível surto que tive apenas um pensamento: voltar para a paz do meu próprio quarto. Não ouvi nada sobre o que aconteceu.

– A senhorita diz que voltou para o seu quarto. Chegou a sair, antes da manhã seguinte?

– Sim. Quando foi dado o alarme de que a pobre mulher estava morta, corri com os outros.

– Chegou a ver o senhor Gibson?

– Sim. Ele estava voltando da ponte, pois mandara chamar o médico e a polícia.

– Ele pareceu muito chateado?

– O senhor Gibson é um homem muito forte, senhor de si mesmo. Não creio que ele seja capaz de demonstrar as emoções. Mas, conhecendo-o tão bem, pude ver que ele estava profundamente abalado.

– Agora chegamos ao ponto mais importante. A arma que foi encontrada em seu quarto. A senhorita já a tinha visto antes?

– Nunca. Eu juro.

– Quando foi encontrada?

– Na manhã seguinte, quando a polícia iniciou as buscas.

– Entre suas roupas?

– Sim. No chão do meu guarda-roupa, debaixo dos meus vestidos.

– A senhorita sabe há quanto tempo estava lá?

– Não estava lá na manhã anterior.

– Como sabe disso?

– Porque sempre organizo meu guarda-roupa.

– Isso é definitivo. Então, alguém entrou em seu quarto e plantou a arma para incriminá-la.

– É o que tudo indica.

– E quando?

– Só pode ter sido na hora do almoço, ou durante o tempo em que eu estava na sala de estudo com as crianças.

– O mesmo local onde encontrou o bilhete?

O ARQUIVO SECRETO DE SHERLOCK HOLMES

– Sim. Eu estive lá durante toda a manhã.

– Obrigado, senhorita Dunbar. Há algo mais que possa me ajudar na investigação?

– Não, não consigo me lembrar de mais nada.

– Encontrei uma marca de golpe na alvenaria da ponte. Uma marca recente. Exatamente em frente ao local do corpo. A senhorita poderia sugerir alguma explicação possível para isso?

– Deve ser uma mera coincidência.

– Uma estranha coincidência, senhorita Dunbar, muito estranha. Por que a marca apareceu no exato momento da tragédia e exatamente naquele lugar?

– Mas o que poderia ter causado isso? Somente um choque de extrema violência!

Holmes não respondeu. Seu rosto pálido e ansioso havia subitamente assumido aquela expressão tensa e distante que eu conhecia bem e havia aprendido a associar com seus momentos de genial inspiração. O trabalho em sua mente era tão evidente que ninguém ousou interrompê-lo; e todos nós – advogado, prisioneira e eu – o observávamos em silêncio. De repente ele saltou de sua cadeira, vibrante de energia e movido por uma necessidade de agir.

– Venha, Watson, venha! – gritou ele.

– O que foi, senhor Holmes?

– Não se preocupe, senhorita! E o senhor logo terá notícias minhas, senhor Cummings. Com a ajuda do deus da justiça, lhes darei um caso que fará a Inglaterra tremer. A senhorita também receberá notícias até amanhã. E, até lá, confie em mim: as nuvens estão se dissipando, e tenho todos os motivos para acreditar que a luz da verdade vai brilhar.

A viagem de Winchester a Thor não era longa, mas parecia interminável – tanto para mim quanto para Holmes. Pois, em sua inquietação nervosa, ele não conseguia ficar sentado, mas andava pelo vagão de um lado para o outro, batendo com seus dedos longos e sensíveis sobre as almofadas. Porém, ao nos aproximarmos de nosso destino, ele se sentou de frente para mim (nosso compartimento de primeira classe não continha outros passageiros); e, colocando uma mão em cada um de meus joelhos, olhou-me nos olhos com um olhar peculiarmente divertido, que era característico de seu humor malicioso.

– Watson, tenho uma vaga lembrança de que você sempre anda armado nestas nossas excursões.

Eu fazia isso por ele; pois ele nunca se preocupava com sua própria segurança quando sua mente era absorvida por algum problema. De modo que, mais de uma vez, meu revólver havia provado ser um bom amigo em momentos de necessidade. Não hesitei em lembrá-lo disso.

– Sim, sim! Tenho andado um pouco distraído ultimamente. Mas você tem um revólver com você, não tem?

Tirei a arma do bolso: era uma arma pequena, curta, prática, mas muito útil. Holmes a desmontou, retirou os cartuchos e a examinou com cuidado.

– É pesada! Muito pesada! – disse ele.

– Sim, é um belo brinquedo.

Ele a examinou por mais alguns momentos.

– Sabe de uma coisa, Watson? Acredito que seu revólver terá uma conexão muito próxima com o caso que estamos investigando.

– Meu caro Holmes, você está brincando.

– Não, Watson, estou falando muito sério. Há um teste diante de nós. Se o teste se mostrar correto, tudo ficará claro. Mas o teste vai depender do comportamento desta pequena arma. Um cartucho vai ficar de fora. Agora vamos recolocar os outros cinco e não esqueçamos a trava de segurança. Pronto! Isso aumenta o peso e o torna a reprodução mais perfeita.

Eu não fazia ideia do que ele tinha em mente, e, ele teve o cuidado de não me dizer. Permaneceu pensativo até chegarmos à pequena estação de Hampshire. Conseguimos alugar uma carruagem velha e em um quarto de hora, estávamos na casa de nosso discreto amigo, o sargento Coventry.

– Uma nova pista, senhor Holmes? O que é?

– Tudo depende do comportamento do revólver do doutor Watson – disse meu amigo. – Aqui está ele. Sargento, onde posso conseguir dez metros de barbante?

O ARQUIVO SECRETO DE SHERLOCK HOLMES

A loja do vilarejo nos forneceu a quantidade desejada.

– Acho que isso é tudo de que precisamos – disse Holmes. – Agora, se puderem me acompanhar, vamos prosseguir no que espero ser a última etapa de nossa viagem.

O sol estava se pondo, transformando os pântanos de Hampshire em uma bela paisagem de outono. O sargento caminhava ao nosso lado, com muitos olhares críticos e incrédulos, que demostravam suas profundas dúvidas sobre a sanidade mental de meu amigo. Ao nos aproximarmos do local do crime, pude notar que Holmes, sob toda a sua frieza habitual, estava na verdade profundamente agitado.

– Sim! – disse ele, em resposta à minha observação. – Você já me viu errar antes, Watson. Eu tenho um instinto para tais coisas e, no entanto, às vezes eu erro. Na cela de Winchester, tive a revelação de uma certeza. Mas a mente ágil tem um inconveniente: ela sempre pode conceber novas explicações que colocam em dúvida a primeira certeza. Bem, meu bom Watson, só nos resta tentar.

Enquanto caminhávamos, ele havia amarrado firmemente uma ponta do barbante ao cabo do revólver. Agora nos aproximávamos do local da tragédia. Com muito cuidado, marcou no chão, sob a orientação do policial, o local exato onde o corpo tinha sido encontrado. Em seguida, procurou entre a urze e as avencas até encontrar uma pedra de tamanho considerável. Ele a amarrou na outra extremidade do barbante e a pendurou sobre o parapeito da ponte, para que ela balançasse livremente acima da água. Então ele ficou no ponto fatal, a alguma distância da borda da ponte, com o meu revólver na mão, estando o barbante esticado entre a arma e a pedra pesada.

– Vamos lá! – ele gritou.

Com essas palavras, ergueu o revólver até a cabeça e depois deixou-o cair. Em um segundo, foi arrastado pelo peso da pedra, bateu contra o parapeito e caiu na água. Mal tinha caído da mão de Holmes, este correu para ajoelhar-se ao lado da alvenaria da ponte, e um grito de alegria nos alertou de que ele encontrara o que esperava.

ARTHUR CONAN DOYLE

– Será que alguma vez já houve uma reconstituição mais perfeita? Veja, Watson, sua arma resolveu o problema!

Enquanto falava, apontava para um segundo arranhão: exatamente do mesmo tamanho do primeiro, com o mesmo formato, na borda inferior da balaustrada de pedra.

– Vamos ficar na pousada nesta noite – continuou ele, olhando para o sargento um tanto desorientado. – Sargento, o senhor teria uma rede para recuperar o revólver do meu amigo? O senhor também encontrará a arma, o fio e o peso com o qual a mulher vingativa tentou disfarçar seu suicídio e acusar uma mulher inocente de assassinato. Avise, por favor, ao senhor Gibson que o verei pela manhã, quando poderão ser tomadas as medidas necessárias para a soltura da senhorita Dunbar.

No final daquela noite, enquanto fumávamos pacificamente nossos cachimbos na pousada da vila, Holmes me deu um breve resumo do que havia acontecido.

– Receio, Watson, que o enigma da Ponte de Thor não contribuirá em nada para minha reputação. Não vale a pena acrescentar este caso aos seus registros. Minha mente tem sido preguiçosa, e falta-me aquela mistura de imaginação e realidade que é a base da minha arte. Confesso que o arranhão na ponte foi uma pista suficiente para sugerir a verdadeira solução e que me culpo por não a ter visto mais cedo. Deve-se admitir que o trabalho mental da infeliz mulher foi profundo e sutil, de modo que não foi nada simples desvendar a trama. Não creio que em nossas aventuras já tenhamos encontrado um exemplo mais estranho do que o amor pervertido pode causar. Quer a senhorita Dunbar fosse sua rival no sentido físico, quer fosse no sentido meramente intelectual, ambas as rivalidades pareciam igualmente imperdoáveis. Sem dúvida, ela culpou a inocente senhorita por todos os gestos de indelicadeza e palavras duras com as quais seu marido tentava repelir seu amor. Sua primeira resolução foi: acabar com sua própria vida. E a segunda foi: fazê-lo de forma a envolver sua rival em um destino pior que a morte. Podemos seguir os vários passos muito claramente, e eles mostram uma notável sutileza de espírito. Muito inteligentemente, ela

O arquivo secreto de Sherlock Holmes

forçou a senhorita Dunbar a escrever um bilhete, o que faria parecer que ela havia escolhido a cena do crime. Ela estava ansiosa para que o bilhete fosse encontrado, e apertou-o em sua mão até o fim. Isso deveria ter despertado minhas suspeitas logo no início.

"Então ela pegou um dos revólveres de seu marido e o guardou para seu próprio uso. Escondeu o outro, exatamente igual, no guarda-roupa da senhorita Dunbar, depois de deflagrar um cartucho, o que ela podia fazer na floresta facilmente sem chamar a atenção. Então desceu até a ponte, onde havia inventado esse método extremamente engenhoso para se livrar de sua arma. Quando a senhorita Dunbar apareceu, ela aproveitou seus últimos suspiros para extravasar seu ódio; e depois, quando a jovem não podia mais ouvi-la, cumpriu seu terrível propósito. Cada elo está em seu lugar, e a corrente está completa. Agora os jornais podem questionar por que a lagoa não foi dragada imediatamente, mas sempre é fácil ser mais esperto depois. Além disso, uma lagoa tão grande e tão cheia de canais não é fácil de vasculhar, a menos que se saiba exatamente o que está procurando e onde procurar. Bem, Watson, nós ajudamos uma mulher maravilhosa e um homem formidável! Se eles no futuro unirem suas forças (o que é bem provável), o mercado financeiro poderá notar que o senhor Neil Gibson aprendeu alguma coisa na escola da dor: aquela na qual aprendemos as melhores lições sobre este mundo."

Capítulo 8

• A ESTRANHA AVENTURA DO HOMEM-MACACO •

Sherlock Holmes sempre me encorajou a publicar os fatos extraordinários da aventura do professor Presbury, apenas para esclarecer de uma vez por todas os rumores depreciativos que circulam na universidade há mais de vinte anos e ecoam nas sociedades científicas de Londres. Entretanto, houve certos imprevistos no caminho, e a verdadeira história desse curioso caso permaneceu trancada no meu baú de latão, junto a muitos outros registros das aventuras de meu amigo. Acabamos de obter permissão para publicar este caso, um dos últimos de que Holmes se ocupou antes de sua aposentadoria. Mesmo agora, ainda sou obrigado a observar uma certa discrição, e o leitor me perdoará.

Foi numa noite de domingo, no início de setembro de 1903, que eu recebi uma das famosas mensagens lacônicas de Holmes:

Venha imediatamente, se for possível. Se for impossível, venha mesmo assim.

S. H.

As relações entre nós naquela época eram muito peculiares. Ele era um homem de hábitos estritos e rigorosos, e eu havia me tornado um deles.

O ARQUIVO SECRETO DE SHERLOCK HOLMES

Eu era para ele como o violino, o tabaco forte, o velho cachimbo preto, os livros de referência e outros hábitos menos conhecidos. Quando se tratava de um caso difícil, e quando era necessário ter um camarada, em cuja coragem podia confiar, meu papel era óbvio. Mas, além disso, eu apenas estava fazendo-lhe um favor. Eu era a pedra que afiava a sua mente. Eu o estimulava. Ele gostava de pensar em voz alta em minha presença. Suas observações raramente se dirigiam a mim – muitas delas poderiam ter sido dirigidas ao seu colchão, com a mesma facilidade. Não obstante, ele havia se habituado à minha companhia, e tanto meu silêncio quanto minhas interrupções eram igualmente estimulantes. Se eu o irritava com uma certa lentidão metódica, essa irritação servia apenas para acelerar suas próprias intuições e impressões – como uma chama que brilha mais viva e mais rapidamente, depois de ser alimentada. Eu estava satisfeito com esse modesto papel em nossa associação.

Quando cheguei à Baker Street, encontrei-o aconchegado em sua poltrona, enrolado em um cobertor, com os joelhos encolhidos, o cachimbo na boca e a testa sulcada de rugas. Estava claro que lutava com algum problema incômodo. Com um aceno, indicou minha velha poltrona; e depois ficou indiferente à minha presença por meia hora. Finalmente, despertou de seu devaneio e, com seu habitual sorriso irônico, ele saudou meu retorno ao que um dia havia sido meu lar.

– Perdoe-me pela minha abstração de espírito, meu caro Watson – disse ele. – Alguns fatos curiosos vieram ao meu conhecimento nas últimas vinte e quatro horas e, por sua vez, deram origem a algumas especulações de caráter mais geral. Tenho pensado seriamente em escrever um pequeno artigo sobre a utilidade dos cães no trabalho de detetive.

– Holmes, este assunto certamente já foi explorado. Cães-guia, cães farejadores da polícia, cães de caça... – respondi.

– Não, não, Watson... Obviamente, esse lado da questão não é novidade para ninguém. Mas há outro aspecto que pode ser muito mais sutil. Você deve se lembrar de um caso que, em nome do sensacionalismo, você chamou de "A aventura das faias cor de cobre". Eu deduzi os hábitos criminosos de um pai respeitável e presunçoso, apenas pela observação do caráter de uma criança.

– Sim, me lembro muito bem.

– Minha linha de pensamento sobre os cães é semelhante. O cão é o reflexo da vida familiar. Quem já viu um cão feliz em uma família sombria ou um cão triste em uma família feliz? Pessoas ranzinzas têm cães ranzinzas, pessoas perigosas têm cães perigosos. E seus humores passageiros podem refletir os humores passageiros de seus donos.

– Holmes, receio que você esteja generalizando – murmurei, balançando a cabeça.

Ele enchia seu cachimbo sem dar a mínima atenção ao meu comentário.

– A aplicação prática do que acabo de dizer está ligada ao caso que estou investigando. Estou lidando com uma meada emaranhada e procuro a ponta do fio. E posso encontrá-la respondendo a esta pergunta: por que Roy, o fiel cão de caça do professor Presbury, está tentando mordê-lo?

Eu afundei de volta em minha poltrona, com alguma decepção. Foi para responder a uma pergunta tão trivial como essa que eu tinha sido arrancado do meu consultório?

Holmes me olhou de relance.

– O mesmo Watson de sempre! – exclamou ele. – Você nunca vai entender que as consequências mais graves podem depender de coisas pequenas? Mas não é estranho, à primeira vista, que um cientista idoso e renomado, você já ouviu falar de Presbury, o famoso fisiologista de Camford?, que um homem dessa qualidade, que tem um cão de caça como seu melhor amigo, tenha sido atacado duas vezes pelo seu bicho de estimação? Diga, Watson, o que você acha?

– O cão deve estar doente.

– Talvez! Isso pode ser considerado. Mas ele não ataca mais ninguém. E, aparentemente, ataca seu mestre somente em ocasiões muito especiais. Curioso, Watson, muito curioso! Mas o jovem senhor Bennett está chegando cedo, se isso for a campainha. Eu esperava ter uma conversa mais longa com você antes que ele chegasse.

O arquivo secreto de Sherlock Holmes

Ouvimos passos rápidos na escada, uma batida brusca à porta, e um momento depois o novo cliente se apresentou. Era um jovem alto e bonito, cerca de trinta anos, bem-vestido e elegante, mas havia algo em seu porte que sugeria a timidez de um estudante, e não a vivência de um homem. Ele apertou a mão de Holmes e depois olhou com alguma surpresa para mim.

– Este é um assunto muito delicado, senhor Holmes. Em vista de minhas relações privadas e públicas com o professor Presbury, hesito em falar diante de uma terceira pessoa.

– Não se assuste, senhor Bennett. O doutor Watson é um profissional discreto, e realmente precisarei de um assistente para resolver o assunto.

– Como desejar, senhor Holmes. Creio que o senhor entenderá as minhas razões, pelas quais devo manter o assunto no mais absoluto sigilo.

– Devo informar, Watson, que o senhor Trevor Bennett é o assistente direto do grande cientista. Ele vive sob o teto dele e está noivo de sua única filha. Entendemos, portanto, que o professor confia em sua lealdade e devoção. E a melhor maneira de provar essa lealdade e essa devoção é tomar as medidas necessárias para esclarecer esse estranho enigma.

– Eu também acredito nisso, senhor Holmes. Não tenho outro objetivo. O doutor Watson está ciente da situação?

– Ainda não tive tempo de explicar para ele.

– Nesse caso, talvez seja melhor revermos os fatos conhecidos, antes de explicar os novos.

– Eu mesmo farei o resumo – disse Holmes –, a fim de verificar se temos todos os eventos na devida ordem. Watson, o professor Presbury é um homem de grande reputação na Europa. Sua existência tem sido inteiramente acadêmica. Nunca se envolveu no mais leve sopro de escândalo. É viúvo e tem uma filha, Edith. Pelo que percebi, é um homem de caráter muito enérgico e positivo, quase se poderia dizer combativo. Era assim que as coisas eram há alguns meses. No entanto, o curso da vida do professor teve uma reviravolta. Aos sessenta e um anos de idade, ficou noivo da filha do professor Morphy, seu colega na cadeira de anatomia comparativa. Não foi, como entendo, a corte racional de um homem idoso, mas, sim,

ARTHUR CONAN DOYLE

o frenesi apaixonado de um jovem, pois nenhum amante poderia ter-se mostrado mais dedicado. A senhorita Alice Morphy pode se vangloriar de uma dupla perfeição, tanto física como intelectual; de modo que a paixão do professor foi inevitável. No entanto, ela não obteve a aprovação total de sua própria família.

– Consideramos essa paixão um pouco exagerada – disse o nosso cliente.

– Exatamente. Excessiva e um pouco violenta, para não dizer anormal. O professor Presbury é rico, e o pai da moça não levantou nenhuma objeção. Quanto à moça, vários candidatos já haviam pedido sua mão em casamento; todos eram menos elegíveis do ponto de vista prático e financeiro, mas favorecidos pela idade. Ela parecia gostar do professor, apesar de suas excentricidades, mas a idade era um sério obstáculo. A esta altura, um pequeno mistério perturbou de repente a rotina normal do professor. Ele fez algo que nunca havia feito antes: saiu de casa sem dizer para onde ia e ficou sem dar notícias por duas semanas. Retornou bastante cansado e sem revelar onde esteve, embora geralmente fosse o mais sincero dos homens. Por acaso, o senhor Bennett (o nosso cliente aqui) recebeu uma carta de um colega em Praga, que disse ter ficado muito feliz em ver o professor Presbury, embora não tivesse conseguido falar com ele. Foi assim que sua família soube que ele havia ido a Praga. Chegamos agora ao ponto delicado. Depois da viagem, o professor mudou. Tornou-se calado, furtivo, reticente. Todos ao redor dele tinham a impressão de que não era mais o mesmo homem, mas que vivia sob uma sombra que obscurecia suas mais altas qualidades. Seu intelecto não foi afetado, e suas palestras permaneciam brilhantes como sempre. Mas sempre acontecia algo diferente, algo sinistro e inesperado. Sua filha, muito devotada a ele, tentou repetidamente restaurar sua intimidade anterior e penetrar a máscara que parecia cobrir o rosto de seu pai. O senhor Bennett também tentou, creio eu, mas em vão. Bem, senhor Bennett, conte-nos em suas palavras sobre o incidente das cartas.

– Perfeitamente. O senhor pode compreender, doutor Watson, que o professor não tinha segredos comigo. Nem se eu fosse filho ou irmão

O arquivo secreto de Sherlock Holmes

mais novo dele teria desfrutado de tamanha confiança. Como assistente dele, sempre cuidei de todos os seus documentos, abria e classificava sua correspondência. Mas, logo após seu retorno, tudo mudou. Ele me falou sobre algumas cartas que chegariam de Londres, marcadas com uma cruz sob o selo; e que estas não deveriam ser abertas, a não ser por ele. Posso dizer que várias delas passaram por minhas mãos e que a caligrafia era a de um analfabeto. Não sei se ele respondeu a elas: de qualquer forma, essas respostas nunca passaram por minhas mãos, nem pela caixa postal onde recolho nossa correspondência.

– E a caixa... – disse Holmes.

– Ah, sim, a caixa. O professor trouxe da viagem uma pequena caixa de madeira. Foi a única coisa que sugeriu uma viagem ao continente, pois era uma daquelas coisas esculpidas de forma barroca, à moda alemã. Ele a colocou no armário de instrumentos. Um dia, procurando por uma cânula, peguei sem querer na caixa. Para minha surpresa, ele ficou furioso e me repreendeu por minha curiosidade, em termos quase rudes. Foi a primeira vez que falou assim comigo, e fiquei muito chateado. Tentei explicar que só tinha tocado na caixa por acidente, mas, durante o restante da noite, ele me olhou de forma pouco amistosa, e pude ver que me guardava rancor...

O senhor Bennett tirou um pequeno diário do bolso e acrescentou:

– Isso foi no dia 2 de julho.

– O senhor é realmente uma excelente testemunha! – disse Holmes. – Talvez eu precise de algumas dessas datas que o senhor anotou.

– Entre outras coisas, aprendi o método científico de meu grande e venerado mestre. Desde o momento em que notei as anomalias em seu comportamento, disse a mim mesmo que meu dever me obrigava a estudar o caso. É por isso que posso dizer que foi nesse mesmo dia, 2 de julho, que Roy atacou o professor quando ele saiu do escritório até o corredor. A cena ocorreu novamente em 11 de julho, e notei outro incidente semelhante em 20 de julho. Como resultado desses ataques, fomos forçados a banir Roy para os estábulos. Ele era um animal querido e afetuoso... Oh, temo estar abusando da paciência dos senhores.

O senhor Bennett disse essas últimas palavras em tom de censura, pois Holmes claramente não estava prestando atenção. Seu rosto estava fechado, seu olhar estava perdido em direção ao teto. Com um esforço, ele finalmente se recompôs.

– Singular! Muito singular! – murmurou ele. – Esses detalhes não eram conhecidos para mim, senhor Bennett. Acho que chegamos agora aos novos desenvolvimentos no caso, não é verdade?

O rosto agradável e aberto de nosso visitante contraiu-se com uma lembrança sombria.

– O que estou prestes a relatar ocorreu anteontem. Eram duas da manhã. Eu estava deitado na cama, mas não dormia. Ouvi um baque abafado do corredor. Abri a porta e espiei. Eu deveria ter explicado que o professor dorme no final do corredor.

– A data? – perguntou Holmes.

Nosso visitante ficou obviamente aborrecido com uma interrupção tão irrelevante.

– Eu disse, senhor, que era a noite de anteontem. Portanto, foi no dia 4 de setembro.

Holmes fez uma vênia e sorriu.

– Continue, por favor.

– Ele dorme no final do corredor e, se quiser descer as escadas, tem de passar pela minha porta. Mas o que vi foi realmente terrível, senhor Holmes! Acho que meus nervos são tão fortes quanto os de qualquer um, mas fiquei abalado com o que vi. O corredor é escuro, mas há uma janela que filtra um pouco de luz. Então vi algo seguindo pelo corredor, algo escuro e achatado. De repente, essa coisa apareceu sob a luz: era ele! Ele estava rastejando, senhor Holmes, não estava engatinhando! Estava rastejando, como um macaco! Andava com as mãos e os pés, com a cabeça pendendo entre as mãos. No entanto, parecia se mover sem dificuldade alguma. Fiquei paralisado diante daquele espetáculo, até que ele chegou à minha porta. Somente então dei um passo à frente e perguntei se podia ajudá-lo. A resposta dele foi extraordinária. Ele saltou como um réptil, cuspiu

O arquivo secreto de Sherlock Holmes

uma palavra atroz para mim, ficou ereto e correu escada abaixo. Esperei por mais de uma hora, mas ele não voltou para o quarto até o amanhecer.

– Ora, ora, ora, ora. Doutor Watson, qual é a sua opinião? – perguntou Holmes, com o ar de um patologista apresentando um espécime raro.

– Lumbago, talvez? Sei por minha experiência que um ataque severo de lumbago pode forçar um homem a andar dessa maneira e que não há nada mais irritável para o caráter do paciente.

– Ótimo, Watson! Você sempre nos mantém com os pés no chão. Mas dificilmente podemos admitir lumbago, uma vez que o professor ainda consegue ficar ereto.

– Ele nunca esteve melhor – disse Bennett. – Está mais saudável do que nunca. Mas é estranho, senhor Holmes. Não é um caso de polícia, e, no entanto, não temos ideia do que fazer. Sentimos que estamos caminhando rumo a um desastre. A senhorita Presbury… Edith… ela concorda comigo, que não podemos mais esperar passivamente.

– É certamente um caso muito estranho, muito incomum. O que acha, Watson?

– Do ponto de vista médico – eu disse –, parece ser um caso psicossomático de influência externa. As funções cerebrais do velho cavalheiro foram perturbadas pelo caso amoroso. Ele fez uma viagem ao exterior, na esperança de se curar de sua paixão. Suas cartas secretas e a caixa podem estar relacionadas a uma transação privada: um empréstimo, por exemplo, ou certificados de ações que ele teria trancado na caixa.

– E o cão de caça, sem dúvida, não concordou com a transação em questão. Não, não, Watson! Há algo mais. Por enquanto, só posso sugerir que…

Ninguém jamais saberá o que Sherlock Holmes estava prestes a sugerir, pois a porta se abriu, e uma jovem entrou na sala. O senhor Bennet se levantou com um salto e correu até ela com as mãos estendidas, encontrando as mãos que também se estendiam para ele.

– Edith, minha querida! Nada de importante, espero.

– Perdoe-me por segui-lo até aqui… Oh, Jack, estou tão assustada! É horrível ficar lá sozinha!

– Senhor Holmes, esta é a minha noiva, de quem falei aos senhores.

– Já estávamos quase chegando a essa conclusão, não é, Watson? Suponho, senhorita Presbury, que o caso acabou de tomar um novo rumo e que a senhora deseja nos atualizar.

Nossa visitante, uma mulher loura e bonita do tipo inglês convencional, sorriu de volta para Holmes enquanto se sentava ao lado do senhor Bennett.

– Quando soube que o senhor Bennett não estava no hotel, pensei que provavelmente o encontraria aqui. É claro, ele me avisou que viria consultá-lo! Mas diga, senhor Holmes, o senhor pode fazer alguma coisa pelo meu pobre pai?

– Espero que sim, senhorita Presbury! Mas ainda estou no escuro. Talvez a senhorita possa me trazer alguma luz.

– Foi ontem à noite, senhor Holmes. Ele esteve muito estranho o dia todo. Tenho certeza de que há momentos em que não se lembra do que faz. Está vivendo em um mundo paralelo. E ontem foi exatamente assim. Não era meu pai que estava ao meu lado. Sua casca exterior estava lá, mas estava vazia. Não era realmente ele.

– Conte-nos o que aconteceu.

– Fui despertada no meio da noite pelo cão. Ele estava latindo furiosamente. Pobre Roy, acorrentado nos estábulos! Devo ressaltar que sempre durmo com minha porta trancada; pois, como Jack... como o senhor Bennett lhes dirá, todos vivemos com uma sensação de perigo iminente. Meu quarto fica no segundo andar. A persiana em frente à minha janela estava aberta, e a lua brilhava forte. Enquanto eu estava deitada, olhando para o quadrado de luz e ouvindo os latidos do cão, fiquei surpresa ao ver o rosto de meu pai olhando para dentro do quarto. Senhor Holmes, quase morri de surpresa e horror! Ele pressionava o rosto contra a janela e tentava empurrar a janela para cima. Se aquela janela se abrisse, acho que eu teria enlouquecido. Não foi uma alucinação, senhor Holmes! Acredite em mim! Eu fiquei petrificada por cerca de vinte segundos, observando aquele rosto. Depois, desapareceu. Mas não consegui sair da cama e correr até a janela para ver o que tinha acontecido. Fiquei congelada e tremendo pelo

O ARQUIVO SECRETO DE SHERLOCK HOLMES

resto da noite. No café da manhã, eu o encontrei taciturno e feroz, e ele não fez nenhuma menção à aventura da noite. Nem eu. Mas arranjei uma desculpa para vir a Londres e aqui estou.

Holmes parecia completamente impressionado com a narrativa que ela acabara de fazer.

– Minha querida senhorita, você disse que seu quarto fica no segundo andar. Há uma escada longa no jardim?

– Não, senhor Holmes, essa é a parte mais incrível. Não há maneira possível de chegar à janela... e mesmo assim ele estava lá.

– A data é 5 de setembro – disse Holmes. – Isso certamente complica as coisas.

Dessa vez, foi a jovem que ficou impressionada.

– Esta é a segunda vez que faz alusão à data, senhor Holmes – interrompeu Bennett. – É possível que isso tenha alguma relação com o caso?

– É possível, muito possível. Mas ainda estou juntando as peças.

– O senhor pensa na conexão entre a loucura e as fases da lua?

– Não, asseguro que não. Eu estava pensando em algo completamente diferente. O senhor se importaria em emprestar seu diário para mim, para que eu possa verificar as datas? Agora eu penso, Watson, que nosso curso de ação é perfeitamente claro. Essa jovem nos informou (e confio muito na intuição dela) que seu pai tem pouca ou nenhuma lembrança do que acontece em determinadas datas. Portanto, vamos encontrá-lo como se ele tivesse agendado uma reunião conosco em tal data. Ele vai culpar a falta de memória. Assim abriremos nossa campanha e poderemos acompanhá-lo de perto.

– Excelente! – exclamou o senhor Bennett. – Advirto, no entanto, que o professor está intratável e por vezes até violento.

Holmes sorriu.

– Há boas razões para vê-lo imediatamente – razões muito convincentes, se minhas teorias estiverem corretas. Amanhã, senhor Bennett, certamente nos verá em Camford. Ali perto, se bem me lembro, há um albergue de estudantes chamado Chequers, onde o vinho do Porto costuma estar acima do medíocre e os lençóis são bem limpos. Acredito, Watson, que passaremos os próximos dias em lugares menos agradáveis.

Na segunda-feira de manhã, estávamos a caminho da famosa cidade universitária. Era um esforço fácil para Holmes, que não tinha compromissos que o prendessem; mas, para mim, a viagem envolvia planejamento frenético e muitas providências da minha parte, pois naquela época eu tinha uma grande clientela no consultório médico. Holmes não fez alusão ao caso até chegarmos ao antigo albergue e guardar nossas malas.

– Acredito, Watson, que podemos encontrar o professor um pouco antes do almoço. Ele tem uma aula às onze horas e depois vai descansar em casa antes da refeição.

– Sob qual pretexto devemos nos apresentar a ele?

Holmes deu uma olhada em seu caderno.

– Ele teve um surto no dia 26 de agosto. Vamos supor que ele esteja um pouco confuso em relação ao que fez naquele dia. Se dissermos que viemos com hora marcada, creio que não irá nos contradizer. Você tem a cara de pau necessária para confirmar?

– Vamos tentar.

– Muito bem, Watson! *Excelsior!* Este será o lema da nossa firma: "vamos tentar!" Algum local certamente nos guiará até a casa dele.

Encontramos o "local" na pessoa de um cocheiro que nos conduziu primeiro pelos veneráveis prédios das faculdades e depois virou em uma grande avenida para nos deixar em frente a uma charmosa residência, cercada por gramados e coberta de glicínias roxas. Sem dúvida, o professor Presbury estava acostumado não apenas ao conforto, mas também ao luxo. Quando nosso táxi parou, uma cabeça grisalha apareceu na janela da frente; dois olhos penetrantes sob sobrancelhas espessas olhavam para nós, através de grandes óculos de tartaruga. Um minuto depois, éramos conduzidos ao santuário do cientista: o homem misterioso, cujo desequilíbrio nos afastou de Londres, estava diante de nós.

À primeira vista, nada em sua atitude ou em suas maneiras denunciava a menor excentricidade. Era alto, majestoso, sério e vestia uma sobrecasaca

O ARQUIVO SECRETO DE SHERLOCK HOLMES

que denotava toda a dignidade de um conferencista famoso. Seus olhos eram provavelmente sua característica mais notável: aguçados, observadores e de uma inteligência que beirava a astúcia.

– Por favor, sentem-se, cavalheiros. O que posso fazer pelos senhores? – disse ele, depois de ler nossos cartões.

Holmes sorriu de forma cativante.

– Era a pergunta que eu estava prestes a fazer, professor.

– Para mim, senhor?

– Possivelmente deve haver algum engano. Soube por meio de terceiros que o famoso professor Presbury, de Camford, precisava dos meus serviços.

– Oh, é mesmo? – Tive a impressão de que uma faísca de maldade se acendeu naqueles grandes olhos cinzentos. – Posso perguntar o nome do seu intermediário?

– Sinto muito, professor, mas o assunto era bastante confidencial. Devo ter cometido um erro. Posso apenas expressar minhas desculpas por incomodá-lo.

– De forma alguma! Eu adoraria explorar essa questão. Isso me interessa. O senhor tem algum papel escrito, alguma carta ou telegrama, que corrobore suas declarações?

– Não, senhor, eu não tenho.

– E suponho que não irá para muito longe, a ponto de afirmar que eu o convoquei.

– Prefiro não responder – disse Holmes.

– Não, ouso dizer que não – disse o professor, em um tom áspero. – No entanto, esse detalhe pode ser facilmente esclarecido sem sua ajuda.

Ele atravessou o escritório e tocou a campainha. Nosso amigo de Londres, o senhor Bennett, imediatamente se apresentou.

– Entre, senhor Bennett. Estes dois cavalheiros vieram de Londres, alegando que foram convocados. Toda a minha correspondência passa por suas mãos. O senhor viu alguma carta endereçada a uma pessoa chamada Holmes?

– Não, senhor – respondeu Bennett, corando.

175

– Isso é conclusivo! – disse o professor, olhando com raiva para o meu amigo. – Agora, senhor... – Ele se inclinou para a frente e colocou as mãos espalmadas sobre a mesa. – Parece-me que está em uma posição muito questionável.

Holmes deu de ombros.

– Só posso repetir que lamento muito pelo inconveniente.

– Insuficiente, senhor Holmes! – gritou o velho.

Uma maldade extraordinária tomou conta de seu semblante. Sua voz se tornou trovejante. Ele se colocou entre a porta e nós, brandindo os punhos furiosamente.

– Você não vai sair daqui tão fácil! – vociferava.

A raiva torcia suas feições. Ele havia perdido todo o bom senso. Quase tivemos de lutar para sair do escritório, não fosse a intervenção do senhor Bennett.

– Meu caro professor! – exclamou. – Considere sua posição! Considere o escândalo na Universidade! O senhor Holmes é uma personalidade bem conhecida. O senhor não pode tratá-lo com tanta indelicadeza!

Relutantemente, nosso anfitrião (se me permitem chamá-lo assim) deixou o caminho livre para nós. Ficamos felizes por nos encontrarmos na rua, sãos e salvos. Holmes parecia divertir-se com o episódio.

– Os nervos de nosso distinto amigo me parecem um pouco fora de controle – disse ele. – Nossa intrusão pode ter sido ousada, mas nos proporcionou o contato pessoal que eu desejava. Cuidado, meu caro Watson! Ele certamente vai grudar em nossos calcanhares. O vilão continuará nos perseguindo.

De fato, alguém corria atrás de nós; mas notei, com alívio, que não era o formidável professor: era seu assistente, que se juntou a nós quase sem fôlego.

– Sinto muito, senhor Holmes! Eu queria pedir desculpas.

– Meu caro senhor, não há necessidade. Esses pequenos incidentes fazem parte da minha vida profissional.

O arquivo secreto de Sherlock Holmes

– Nunca o vi naquele estado. Ele se torna cada dia mais sinistro. Agora o senhor entende por que eu e a filha dele estamos alarmados? Mesmo assim, a mente dele permanece brilhante!

– Muito brilhante! – disse Holmes. – Eu cometi um erro de cálculo. É óbvio que a memória dele é muito mais confiável do que eu supunha. A propósito, antes de irmos embora, podemos ver a janela da senhorita Presbury?

O senhor Bennett abriu caminho através de alguns arbustos, e tivemos uma vista do lado da casa.

– É ali. O segundo à esquerda.

– Meu caro amigo! Parece bastante inacessível. Mas você pode observar que há um pouco de hera abaixo e um cano de água acima, que podem dar algum apoio para o pé.

– Eu mesmo não conseguiria escalar – disse o senhor Bennett.

– Provavelmente não. Seria perigoso para qualquer homem normal.

– Há outra coisa que eu gostaria de mencionar, senhor Holmes. Eu descobri o endereço do homem em Londres que se corresponde com o professor. O professor escreveu para ele nesta manhã, e peguei o endereço no mata-borrão. É uma espionagem, é algo desprezível para um secretário de confiança, mas o que mais eu poderia fazer?

Holmes leu o papel e o guardou no bolso.

– Dorak... Um nome curioso! De origem eslava, imagino. Lá vamos nós! É um elo importante para a nossa corrente! Regressaremos a Londres amanhã à tarde, senhor Bennett. Não vejo sentido em ficarmos aqui. Não podemos prender o professor, porque ele não cometeu nenhum crime. E não podemos interná-lo, pois a loucura não foi comprovada. Até o momento, não é possível considerar nenhuma ação.

– Então, o que devemos fazer?

– Um pouco de paciência, senhor Bennett. As coisas vão mudar em breve. A menos que eu esteja enganado, ele terá uma crise na próxima terça-feira. Estaremos em Camford nesse dia. Sem dúvida, essa situação é bem desagradável; e, se a senhorita Presbury puder prolongar sua estadia em Londres...

– Isso é fácil.

– Então deixe-a ficar lá, até que possamos assegurar que todo o perigo tenha passado. Enquanto isso, deixe-o seguir seu caminho e não o perturbe. Desde que ele esteja de bom humor, tudo ficará bem.

– Aí vem ele! – sussurrou Bennett, assustado.

Através dos galhos, pudemos distinguir a figura alta e ereta do professor saindo pela porta da frente e olhando ao redor. Estava ligeiramente inclinado para a frente, com os braços balançando, a cabeça virando para a direita e para a esquerda. O rapaz escapuliu, atravessou o matagal para se juntar ao professor, e os dois voltaram juntos para casa, não sem terem iniciado uma conversa aparentemente animada, ou antes entusiasmada.

– Acho que o velho cavalheiro está somando dois mais dois – disse Holmes, enquanto voltávamos para o albergue. – Ele me deu a impressão de ter um cérebro peculiarmente claro e lógico, pelo pouco que sei sobre ele. É violento, sem dúvida, mas reconheçamos que, do ponto de vista dele, tinha motivos de sobra para explodir: ele vê dois detetives seguindo seus passos e certamente suspeita que alguém de sua própria casa os tenha alertado. Eu diria que nosso amigo Bennett deve estar passando por momentos difíceis!

Holmes parou no correio e enviou um telegrama. Recebemos a resposta na mesma noite. Ele me mostrou:

Fui a Commercial Road e encontrei Dorak. Pessoa afável. Boêmio de origem. Idoso. Possui um armazém de secos e molhados.

Ass.: Mercer.

– Você não conhece o Mercer – disse Holmes. – Eu o contratei recentemente. Ele cuida dos meus assuntos de rotina. Era importante saber algo sobre o homem com quem nosso professor se corresponde em segredo. A nacionalidade dele se conecta com a viagem a Praga.

O arquivo secreto de Sherlock Holmes

– Graças a Deus, finalmente encontramos algo que se conecta com alguma coisa! – respondi. – No momento, parece que estamos diante de uma longa série de incidentes inexplicáveis, sem nenhuma relação entre si. Por exemplo: que possível conexão pode haver entre um cão de caça furioso e uma visita à Boêmia? Ou entre tudo isso e um homem que rasteja e sobe pelas paredes? Quanto às suas datas, essa é a maior mistificação de todas.

Holmes esfregou as mãos, sorrindo. Estávamos sentados no pequeno salão do antigo albergue, diante de uma garrafa do famoso vinho do Porto.

– Bom! Vamos começar pelas datas – disse ele, juntando as pontas dos dedos e assumindo a atitude de um professor se dirigindo à sua classe. – O diário desse excelente jovem nos mostra que os problemas apareceram pela primeira vez em 2 de julho e depois a cada nove dias. Houve apenas uma exceção. A última crise remonta a sexta-feira, 3 de setembro, exatamente nove dias após a crise anterior, de 26 de agosto. Isso não é uma mera coincidência.

Fui obrigado a concordar.

– Vamos, portanto, formular a seguinte teoria provisória: a cada nove dias, o professor toma alguma droga poderosa que causa um efeito transitório, mas altamente tóxico. Seu temperamento naturalmente violento é intensificado. Ele começou a usar essa droga quando esteve em Praga, e agora ela é fornecida por um intermediário de Londres. Tudo faz sentido, Watson!

– Mas e o cachorro? E a cara na janela? E o rastejar no corredor?

– Bem, bem, pelo menos já fizemos um começo. Não devemos esperar nenhum novo acontecimento até a próxima terça-feira. Enquanto isso, só podemos manter contato com o amigo Bennett e desfrutar das comodidades desta encantadora cidade.

Pela manhã, o senhor Bennett escapou para nos trazer as últimas novidades. Como Holmes havia previsto, ele vivia tempos difíceis. Sem o acusar diretamente de ser o responsável por nossa intrusão, o professor contou o incidente e falou com ele de forma muito dura. Naquela manhã, porém, tinha voltado ao normal e, como de costume, deu sua brilhante aula para uma turma lotada.

– Além de suas explosões bizarras, agora tem mais vitalidade e energia do que nunca, e seu cérebro está funcionando admiravelmente. Mas ele não é mais o mesmo homem que conhecemos.

– Acho que você não terá nada a temer por pelo menos uma semana – respondeu Holmes. – Sou um homem ocupado, e o doutor Watson tem pacientes esperando por ele. Vamos combinar um encontro aqui, na próxima terça-feira. Eu ficaria muito surpreso se, antes de nos separarmos novamente, já não tivermos a explicação, ou mesmo a solução para as preocupações que o afligem. Até lá, mantenha-nos informados.

Não voltei a ver o meu amigo nos dias seguintes; mas na segunda-feira à noite recebi uma breve mensagem lembrando-me de nossa viagem de trem, no dia seguinte. Enquanto seguíamos em direção a Camford, ele me disse que nenhum outro incidente havia ocorrido, que a paz reinava na casa do professor e seu comportamento era completamente normal. Foi o que ouvimos do próprio senhor Bennett, quando nos encontrou naquela mesma noite, no Chequers.

– Ele recebeu hoje do seu correspondente em Londres uma carta e um pequeno pacote, com uma cruz sob o selo. Não toquei neles. Nada mais a relatar.

– Isso pode ser o suficiente – murmurou Holmes, com um sorriso sinistro. – Acredito, senhor Bennett, que chegaremos a uma conclusão nesta noite. Se minhas deduções estiverem corretas, o caso está resolvido. Mas, para isso, é fundamental observar o professor. Eu ficaria grato se o senhor pudesse ficar acordado e alerta. Se ele passar em frente à sua porta, não interfira, mas siga-o o mais discretamente possível. O doutor Watson e eu não estaremos longe. A propósito, onde fica a chave daquela porta?

– Ele usa na corrente de relógio.

– Creio que nossas pesquisas deverão seguir nessa direção. Na pior das hipóteses, a fechadura não deve ser muito difícil de abrir. Há algum outro homem em casa?

O ARQUIVO SECRETO DE SHERLOCK HOLMES

– O cocheiro, o senhor Macphail.

– Onde ele dorme?

– No estábulo.

– Talvez precisemos da ajuda dele. Bem, não podemos fazer mais nada, a não ser aguardar pelos acontecimentos!... Boa noite... mas creio que nos veremos antes do amanhecer.

Era quase meia-noite quando nos colocamos de guarda entre os arbustos, em frente à casa do professor. A noite estava linda, mas fria, e ficamos contentes por termos levado nossos casacos. O vento estava gelado. Nuvens riscavam o céu e às vezes obscureciam a meia-lua. Nossa vigília teria sido sombria se não fosse a expectativa e a curiosidade que nos moviam. Também nos animava uma certeza do meu amigo: finalmente chegaríamos ao fim dessa estranha sucessão de eventos.

– Se o ciclo de nove dias se mantiver nesta noite, encontraremos o professor em sua pior noite – disse Holmes. – Os sintomas começaram após a viagem a Praga; ele mantém uma correspondência secreta com um comerciante da Boêmia estabelecido em Londres e que sem dúvida representa alguém de Praga; recebeu um pacote dele hoje. Tudo isso é consistente. Não sabemos o que toma ou por que toma, mas o produto provavelmente vem de Praga. Ele o ingere, de acordo com instruções bem precisas que regulam esse ciclo de nove dias. Esse foi o primeiro ponto que me chamou a atenção. Os sintomas são bastante notáveis. Você observou os nós dos dedos dele?

– Admito que não.

– Grossos e inchados, como nunca vi antes. Sempre olhe primeiro para as mãos, Watson. Depois os punhos da camisa, os joelhos das calças e os sapatos. Dedos muito curiosos, que só podem ser explicados pelo processo observado por...

Holmes parou e deu um tapa na testa.

– Oh! Watson, Watson, como fui idiota! Minha ideia parece incrível, mas a verdade deve ser essa. Tudo aponta nessa direção. Como não percebi a conexão entre as ideias? Esses nós dos dedos... como pude me esquecer dos dedos? E o cachorro! E a hera! Oh! Já passei da hora de me aposentar e ir descansar na pequena fazenda dos meus sonhos! Cuidado, Watson! Ali vem ele! Temos sorte de ter assentos na primeira fila.

A porta da frente se abria lentamente; contra o vestíbulo iluminado, destacava-se a figura alta do professor Presbury. Estava de roupão. Quando apareceu à porta, ele estava ereto; mas logo ele se inclinou um pouco para a frente, com os braços balançando, como quando o vimos pela última vez.

Ele deu um passo à frente na direção da avenida e foi então que sofreu uma mudança extraordinária. Ele caiu para a frente, agachou-se e começou a andar sobre as mãos e os pés, pulando de vez em quando, como se estivesse transbordando de energia e vitalidade. Rastejou pela frente da casa e virou a esquina. Quando ele se foi, Bennett saiu da casa e o seguiu em silêncio.

– Venha, Watson, venha! – gritou Holmes.

Corremos o mais rápido que pudemos por entre as moitas e chegamos a um lugar de onde podíamos ver o outro lado da casa, banhado pela luz da meia-lua. Distintamente visível, o professor estava agachado na base da parede coberta de hera. Então, com surpreendente agilidade, começou a subir. De galho em galho, subia seguro e firme, aparentemente feliz pelo prazer de exercitar seu talento de escalador e sem nenhum objetivo específico. Seu roupão esvoaçava dos dois lados: parecia um morcego gigantesco, grudado na lateral de sua própria casa.

Logo ele se cansou dessa distração e, caindo de galho em galho, agachou--se novamente e rastejou até o estábulo. O cão de caça tinha saído de seu canil e latia furiosamente. Ao ver o seu mestre, seu latido redobrou de intensidade. Puxava a corrente, tremendo de raiva e impaciência. O professor se agachou bem ao lado do cachorro, mas fora de seu alcance; e então começou a provocá-lo e excitá-lo de todas as formas imagináveis. Pegou punhados de areia e cascalho e jogou nos olhos do cachorro, perseguiu-o com uma vara, acenou com as mãos perto da boca escancarada e trêmula do cão – enfim, ele se esforçou em todos os sentidos para provocar a fúria do animal, que já estava fora de controle. Em todas as nossas aventuras, não creio ter presenciado uma visão mais estranha do que aquela figura imponente e digna, agachada no chão como um sapo, incitando um cão

O ARQUIVO SECRETO DE SHERLOCK HOLMES

de caça de forma selvagem, com todos os tipos de crueldades engenhosas e calculadas.

E, de repente, o drama aconteceu. Não foi a corrente que quebrou, mas a coleira que escorregou, pois tinha sido feita para um grande cão terra-nova. Ouvimos o barulho de metal caindo no chão. No momento seguinte, o homem e o cachorro estavam rolando juntos no chão: um rugindo de raiva, o outro uivando de terror. O professor quase perdeu a vida. A fera o havia agarrado pela garganta, e suas presas já haviam afundado profundamente. O homem já tinha desmaiado antes que pudéssemos intervir e separar os combatentes. Sem dúvida, estaríamos expostos a um grande perigo se a chegada e a voz de Bennett não tivessem trazido o cão instantaneamente à razão. O barulho tinha atraído o cocheiro, ainda meio adormecido e confuso, do quarto onde dormia acima do estábulo.

– Bem feito! – disse ele, balançando a cabeça. – Eu já tinha visto isso. Eu sabia que o cachorro pularia em cima dele, mais cedo ou mais tarde.

O cachorro foi acorrentado novamente, e levamos o professor de volta para seu quarto. Bennett, que também estudara medicina, me ajudou a enfaixar a garganta ferida. Os dentes afiados tinham passado perigosamente perto da artéria carótida, e o sangramento era grave. Ao fim de meia hora, todo o perigo havia passado. Injetei morfina no paciente, e ele caiu em sono profundo. Foi então que pudemos discutir a situação.

– Acho que um médico especialista deveria consultá-lo! – declarei.

– Não, pelo amor de Deus! – gritou Bennett. – Esse escândalo deve permanecer confinado a esta casa. Não sairá de nossas paredes. Se alguém for chamado, o professor se tornará uma fábula do mundo inteiro. Pense em sua posição na universidade, em sua reputação na Europa, nos sentimentos de sua filha!

– Muito bem! – disse Holmes. – Acho que podemos manter o assunto em segredo e também evitar mais ocorrências, já que temos carta branca. Pegue a chave da corrente do relógio, senhor Bennett. Macphail ficará com o paciente e nos avisará se houver alguma mudança. Vamos ver o que há na caixa misteriosa do professor.

Não havia muito, mas era o suficiente: um frasco vazio, outro quase cheio, uma seringa hipodérmica, várias inscrições em uma caligrafia tosca e rudimentar. As marcas em forma de cruz nos envelopes atestavam que eram, de fato, as mesmas cartas que haviam perturbado a rotina do assistente. Todas eram da Commercial Road e eram assinadas por "A. Dorak". Na verdade, algumas delas eram apenas faturas anunciando que um novo frasco seria enviado ao professor, e outras eram recibos. No entanto, havia outro envelope escrito por alguém mais culto e um selo austríaco com o carimbo postal de Praga.

– Eis a solução para o mistério! – exclamou Holmes.

E ele leu:

Caro e estimado colega,

Desde a sua visita, que nos honrou, tenho pensado muito no seu caso. Dadas as suas preocupações, o tratamento é justificável; no entanto, cautela nunca é demais, pois os resultados que obtive mostram que a substância não é totalmente inofensiva.

É possível que o soro de antropoide seja o mais indicado. Como expliquei, retirei o soro de um langur-de-cabeça-preta, porque era o único espécime acessível. O langur é, naturalmente, um rastreador e escalador, enquanto o antropoide anda ereto e no geral está mais próximo dos humanos.

Peço que tome todas as precauções possíveis para que o processo não seja revelado prematuramente. Tenho outro cliente na Inglaterra. Dorak será meu representante, para os dois.

Os relatórios semanais continuam sendo obrigatórios.

Com os melhores cumprimentos,

H. Lowenstein.

Lowenstein! Esse nome me lembrou um artigo de jornal que contava a história de um cientista obscuro. Ele dizia ter encontrado o segredo da regeneração e do rejuvenescimento – o elixir da vida. Lowenstein e seu

O ARQUIVO SECRETO DE SHERLOCK HOLMES

surpreendente soro revigorante, banido da academia por ter-se recusado a revelar sua fórmula. Lowenstein, de Praga!

Em poucas palavras, atualizei meus companheiros sobre o fato. Bennett encontrou um livro de zoologia.

– "Langur" – ele leu. – "Grande macaco de cabeça preta das encostas do Himalaia, o maior dos símios escaladores e o mais próximo do homem." Há muitos detalhes na sequência. Bem, graças a você, senhor Holmes, rastreamos o mal até a sua origem!

– A verdadeira origem – disse Holmes – certamente foi aquele caso de amor inoportuno. Nosso impetuoso professor enfiou na cabeça que alcançaria seus objetivos tornando-se um homem mais jovem. Mas não se pode enganar a natureza. O ser humano mais superior pode voltar a ser um animal se ele se desviar do caminho certo de seu destino.

Ele olhou para o frasco que tinha na mão e examinou o líquido claro ali contido.

– Quando eu escrever para esse homem e dizer que o considero criminalmente responsável pelos venenos que ele põe em circulação, não teremos mais problemas. Mas o perigo permanece. Pode ser representado de uma forma mais inócua. É um grande perigo: um perigo muito grande para a humanidade. Suponha, Watson, que o materialista, o sensual, o mundano prolonguem suas existências inúteis. O que seria do espiritual? Acabaríamos com a sobrevivência dos menos capazes. Em que abismo de iniquidade nossa pobre humanidade mergulharia!

Mas logo o homem de ação afugentou abruptamente o sonhador.

– Acho que não há mais nada a acrescentar, senhor Bennett. Os vários episódios encontrarão facilmente o seu lugar no quadro geral. O cachorro, é claro, percebeu a mudança muito mais rápido do que você. Seu olfato permitia. Era o macaco, não o professor, que Roy estava atacando; assim como foi o macaco que incitou Roy. O macaco adora escalar. Foi por acaso, eu acho, que a escalada trouxe o professor até a janela de sua filha... Há um trem para Londres em breve, Watson, mas que tal uma xícara de chá no Chequers antes de partirmos?

Capítulo 9

• A JUBA DO LEÃO •

É realmente surpreendente que um caso tão complexo e extraordinário, como raramente vi em minha longa carreira profissional, tenha se apresentado a mim após minha aposentadoria. O problema bateu, por assim dizer, à minha própria porta. Eu acabara de me aposentar. Estava em minha pequena casa em Sussex e me entregava por inteiro àquela vida calmante da natureza, pela qual tanto ansiava durante os muitos anos que passei na escuridão de Londres. Naquela época, o bom Watson havia quase desaparecido da minha existência. De vez em quando, ele vinha passar o fim de semana na minha casinha – e era somente isso. Portanto, devo agir como meu próprio cronista. Ah! Se ele estivesse comigo, o que não teria feito de um evento tão incomum e do meu triunfo final contra todas as dificuldades! Infelizmente, devo contar minha história do meu jeito humilde. Minhas frases desajeitadas corresponderão aos meus passos no difícil caminho que se estendia diante de mim quando me comprometi a elucidar o mistério da juba do leão.

Minha casa fica ao lado sul de Downs, e tenho uma linda vista do Canal da Mancha. Nesse ponto, a linha costeira é composta inteiramente por falésias calcárias que só podem ser descidas por um único caminho – longo,

O ARQUIVO SECRETO DE SHERLOCK HOLMES

sinuoso, íngreme e escorregadio. No fundo desse caminho, estende-se uma faixa de cem metros coberta por cacos e seixos, mesmo quando a maré está cheia. Aqui e ali existem curvas e reentrâncias que constituem magníficas piscinas naturais, cuja água se renova regularmente a cada fluxo. Essa admirável praia estende-se por vários quilômetros tanto à direita como à esquerda, exceto num ponto onde a pequena enseada e a aldeia de Fulworth interrompem a sua monotonia.

Minha existência é solitária. Em minha propriedade vivemos apenas eu, minha velha governanta e minhas abelhas. A meia milha de distância, no entanto, está a famosa escola preparatória de Harold Stackhurst, conhecida como The Gables. É uma grande propriedade onde cerca de vinte rapazes se preparam para várias profissões, sob a supervisão de vários mestres. O próprio Stackhurst, em seu tempo, foi um conhecido remador de Cambridge e um excelente acadêmico. Ficamos amigos desde o dia em que me estabeleci na costa; era o único vizinho que vinha me visitar à noite, ou a quem eu ia visitar, sem um convite formal.

No final de julho de 1907, houve uma grande tempestade: o vento varreu o Canal da Mancha, o mar veio açoitar a base das falésias, e as lagoas permaneceram após a vazante. Na manhã em questão, o vento havia cessado; toda a natureza estava recém-lavada e fresca. Era impossível trabalhar em um dia tão delicioso. Saí antes do café da manhã para dar um passeio e respirar o ar fresco. Peguei o caminho que levava até a praia. Enquanto caminhava, ouvi um grito atrás de mim: era Harold Stackhurst, agitando os braços em uma alegre saudação.

– Que bela manhã, senhor Holmes! Achei que deveria acompanhá-lo neste passeio.

– O senhor vai dar um mergulho, pelo que estou vendo?

– Ah! O senhor não perdeu seus velhos hábitos! – ele riu, dando tapinhas em seu bolso saliente. – Sim! McPherson saiu mais cedo. Acho que vou encontrá-lo por lá.

Fitzroy McPherson era o professor de ciências: um homem bonito e forte, que ultimamente tinha o coração enfraquecido pela febre reumática.

ARTHUR CONAN DOYLE

Era um atleta nato, apesar de tudo, e se destacava em todos os esportes que não exigiam esforço excessivo. No inverno e no verão, ele nadava; e eu, que também sou um nadador, muitas vezes me juntava a ele.

Naquele momento, vimos o próprio McPherson. A cabeça dele apareceu no alto do morro, onde a trilha terminava. O homem tentava ficar de pé, mas cambaleava como um bêbado. Então, ergueu as mãos em nossa direção e, soltando um grito terrível, caiu de bruços no chão. Stackhurst e eu, que estávamos a uns cinquenta metros de distância, corremos imediatamente até ele. Nós o viramos e o deitamos de costas. Obviamente, ele estava morrendo. Aqueles olhos vidrados, aquelas faces lívidas e terríveis não podiam significar outra coisa. No entanto, um último lampejo de vida iluminou seu rosto, e ele pronunciou duas ou três frases indistintas, com um grave tom de recomendação. Queria nos avisar, nos alertar sobre alguma coisa. As últimas palavras que ouvi e compreendi saíram de seus lábios como um grito:

– A juba do leão!

A juba do leão? Nada mais irrelevante, ininteligível. E, no entanto, eu tinha certeza do que tinha ouvido. Ele meio que se levantou, agitou os braços no ar e caiu de lado. Estava morto.

Meu companheiro ficou paralisado de horror. Mas, como o leitor pode imaginar, eu estava com todos os sentidos em alerta. E isso foi bem oportuno, pois logo descobrimos que estávamos diante de um caso extraordinário. McPherson usava apenas seu sobretudo Burberry, suas calças e tênis sem cadarços. O sobretudo, simplesmente jogado sobre os ombros, tinha escorregado para trás e expôs o seu busto. Ficamos petrificados. Suas costas estavam cobertas de linhas vermelhas escuras, como se ele tivesse sido açoitado com um chicote de arame fino. O instrumento que havia infligido esse castigo era certamente flexível, pois as longas cicatrizes desenhavam linhas curvas ao redor de seus ombros e costelas. O sangue escorria de seu queixo: ele havia mordido o lábio inferior, em um espasmo de dor. Seu rosto contraído e distorcido mostrava como essa agonia havia sido terrível.

O arquivo secreto de Sherlock Holmes

Eu estava de joelhos ao lado do corpo, e Stackhurst permanecia em pé, quando uma sombra se lançou sobre nós: era Ian Murdoch, o professor de matemática. Era um homem alto, moreno, magro, tão taciturno e distante que não se pode dizer que tivesse amigos. Os alunos o consideravam um esquisitão, e sem dúvida ele teria sido alvo de brincadeiras dos rapazes, se não tivessem pressentido um pouco de sangue bárbaro nas veias do professor: uma herança que podia ser adivinhada não apenas por seus olhos negros como carvão e seu rosto moreno, mas também pelas explosões intermitentes de mau humor, que todos descreviam como ferozes. Certa vez, assediado por um cachorrinho que pertencia a McPherson, ele agarrou o animal e o jogou pela janela. Stackhurst o teria demitido por esse feito se ele não fosse um excelente professor. Tal era o caráter estranho e complexo do homem que surgia diante de nós. Ele parecia genuinamente chocado com a visão que tinha diante de si, embora o incidente do cachorro tivesse provado que havia pouca afinidade entre ele e o homem que acabara de morrer.

– Coitadinho! Pobre do meu amigo! O que posso fazer? Como posso ajudar?

– Você estava com ele? Pode nos dizer o que aconteceu?

– Não, não, eu me atrasei nesta manhã. Eu não fui nadar. Estou vindo direto da escola. Como posso ajudar?

– Corra até a delegacia de polícia de Fulworth para informar o que houve.

Sem dizer uma palavra, ele saiu em alta velocidade. Naturalmente, tomei o assunto em mãos, enquanto Stackhurst, ainda atordoado com a tragédia, permanecia ao lado do corpo. Minha primeira tarefa, naturalmente, foi descobrir quem estava na praia. Do alto da trilha eu podia ver toda a extensão da paisagem, e tudo estava absolutamente deserto, exceto por duas ou três figuras escuras que se viam ao longe, movendo-se em direção à vila de Fulworth. Tendo esclarecido esse ponto, comecei a descer lentamente.

A trilha era de barro, ou antes uma espécie de argila mole misturada com cal. Em alguns lugares vi as mesmas marcas de pegadas, descendo e subindo. Naquela manhã, ninguém mais tinha descido para a praia por

189

aquela trilha. Encontrei a marca de uma mão aberta, com os dedos apontando para cima. Isto significava que o pobre McPherson havia caído durante a subida. Também vi cavidades arredondadas: mais de uma vez, ele deve ter caído de joelhos. No final da trilha estendia-se a grande lagoa, formada pela vazante do mar. McPherson havia se despido ali; pois a sua toalha, ainda dobrada e seca, estava em cima de uma pedra. Enquanto caminhava sobre os seixos, vi alguns pequenos trechos de areia, nos quais reconheci as pegadas dos tênis e também de seu pé descalço. Este último fato provou que ele estava pronto para nadar; mas a toalha seca indicava que ele nem tinha entrado na água.

Estava definido um novo caso: um problema muito estranho, como eu jamais havia me confrontado. O pobre homem não tinha ficado na praia mais do que quinze minutos. Stackhurst havia saído da escola Gables depois dele, e não havia dúvida quanto a isso. Ele pretendia nadar e já tinha se despido, como mostravam as marcas de pés descalços. Mas, de repente, ele vestiu suas roupas de volta, sem ao menos abotoá-las, e subiu a trilha sem ter feito o seu mergulho – ou, de qualquer forma, sem se secar. Qual seria a razão para sua mudança de planos? Teria ele sido açoitado de alguma forma selvagem e desumana, torturado até morder os lábios de agonia e depois deixado apenas com força suficiente para rastejar e morrer? Quem teria cometido um ato tão bárbaro? Havia muitas pequenas grutas e cavernas na base das falésias, é verdade; mas o sol baixo brilhava diretamente sobre elas e não poderiam ter sido usadas como esconderijos. Por outro lado, eu havia distinguido silhuetas distantes na praia, tão distantes que não podiam ser associadas ao crime. Além disso, a ampla lagoa na qual McPherson tinha a intenção de nadar ficava entre nós e eles, no nível das rochas. No mar, dois ou três barcos de pesca estavam próximos o suficiente, e seus ocupantes poderiam ser interrogados mais tarde. Havia, portanto, vários caminhos abertos à investigação, mas nenhum que levasse a qualquer objetivo muito óbvio.

Quando finalmente voltei ao local do corpo, um pequeno grupo de curiosos estava reunido em volta dele. Stackhurst ainda estava lá, é claro, e

O ARQUIVO SECRETO DE SHERLOCK HOLMES

Ian Murdoch tinha acabado de chegar com Anderson, o policial da aldeia: um grande homem de bigode ruivo, um digno exemplar da forte e sólida raça dos homens de Sussex – uma raça que esconde muito bom senso sob um exterior pesado e silencioso. Ele nos ouviu, tomou nota de tudo o que dissemos e finalmente me chamou de lado.

– Ficaria feliz com seu conselho, senhor Holmes. É um caso muito sério, e não quero tomar atitudes precipitadas.

Aconselhei-o a chamar seu superior imediato, bem como um médico. Também o orientei a não permitir alterações na cena do incidente e que fosse evitado ao máximo o surgimento de novas pegadas. Nesse meio-tempo, comecei a vasculhar os bolsos do falecido. Encontrei um lenço, uma faca grande e uma pequena carteira. Dentro dela havia um pedaço de papel, que desdobrei e entreguei ao policial. Em uma letra rabiscada e feminina, o bilhete dizia:

Eu estarei lá, pode ter certeza.

Maudie

Parecia um caso de amor, encontro; mas onde e quando? O policial o colocou de volta na carteira, que por sua vez voltou para os bolsos do Burberry. Então, como nada mais parecia necessário, voltei à minha casa para tomar o café da manhã, depois de fazer todos os arranjos necessários para que a base dos penhascos fosse cuidadosamente vasculhada.

Stackhurst veio me ver um pouco mais tarde, para me informar de que o corpo havia sido levado para The Gables, onde o inquérito seria realizado. Ele me trouxe algumas notícias precisas e sérias. Como eu esperava, nada foi encontrado nas pequenas cavernas na base do penhasco; mas ele havia examinado os papéis que estavam no escritório de McPherson, e alguns revelaram que existia uma correspondência íntima entre o jovem professor de ciências e uma certa senhorita Maud Bellamy, de Fulworth. Assim foi estabelecida a identidade da autora do bilhete.

191

– A polícia pegou as cartas – explicou ele. – Eu não pude pegá-las para você. Mas não há dúvida de que era um caso de amor sério. Não vejo, no entanto, nenhuma razão para relacioná-lo a esse horrível acontecimento, a não ser que a jovem tinha marcado um encontro com ele.

– Mas dificilmente seria em uma praia, que todos vocês têm o hábito de frequentar – comentei.

– E foi por um mero acaso – disse ele – que vários estudantes não puderam acompanhar McPherson nesta manhã.

– Um mero acaso?

Stackhurst franziu suas sobrancelhas com um pensamento.

– Ian Murdoch os segurou – disse ele. – Ele insistiu em fazer uma demonstração algébrica antes do café da manhã. Pobre rapaz, ele está terrivelmente abalado com tudo isso.

– E, no entanto, percebo que eles não eram muito amigos.

– Até pouco tempo, eles não eram mesmo. Mas, de um ano para cá, Murdoch estava mais próximo de McPherson do que qualquer outra pessoa. Fora isso, ele não é de fazer muitas amizades.

– Entendo. Você me contou há algum tempo sobre uma discussão entre eles, a respeito de um cachorro maltratado.

– Eles colocaram uma pedra em cima do assunto.

– Talvez tenha ficado para trás algum desejo de vingança?

– Não, eu garanto! Tornaram-se bons amigos novamente.

– Bem, então precisamos saber mais sobre a moça. Você a conhece?

– Todos a conhecem. Ela é a princesa do bairro, uma verdadeira beleza, Holmes, que chamaria a atenção em todos os lugares. Eu sabia que McPherson estava apaixonado por ela, mas não imaginava que as coisas tinham ido tão longe, como estas cartas parecem indicar.

– Mas quem é ela?

– Ela é filha do velho Tom Bellamy, o proprietário de todos os barcos e balneários de Fulworth. Ele começou como um simples pescador, mas agora é um homem rico. Ele e seu filho William administram os negócios.

– Devemos ir a Fulworth para vê-los?

O arquivo secreto de Sherlock Holmes

– Sob qual pretexto?

– Oh, podemos facilmente encontrar um pretexto. Afinal de contas, o pobre McPherson não se flagelou sozinho daquela maneira. Havia a mão de um homem na ponta daquele chicote, supondo que foi um chicote que o feriu até a morte. Neste lugar isolado, ele não deveria ter um grande círculo de amigos. Vamos seguir os passos dele em todas as direções e assim encontraremos o motivo, que, por sua vez, nos levará ao criminoso.

A aldeia de Fulworth está localizada na cavidade de uma baía. Se nossas mentes não tivessem sido atormentadas pela tragédia da manhã, nossa caminhada pelas colinas perfumadas com tomilho teria sido muito agradável. Atrás do antigo povoado, no terreno inclinado, várias casas modernas haviam sido construídas. Stackhurst me guiava até uma delas.

– Aquela casa é chamada de Paraíso. É o nome que Bellamy deu a ela. Aquela, com uma torre no canto e um belo revestimento de ardósia. Nada mau para um homem que começou do zero... Mas, por Deus, veja só aquilo, Holmes!

O portão do jardim do Paraíso estava aberto, e um homem estava saindo por ele. Não havia como se enganar: era uma figura alta, angulosa e esguia. Era Ian Murdoch, o matemático. Um momento depois, cruzamos com ele na estrada.

– Olá! – disse Stackhurst.

Murdoch respondeu com um aceno de cabeça e um curioso olhar de soslaio, e ele teria passado por nós se o diretor não o tivesse parado.

– O que você estava fazendo lá? – ele perguntou.

O rosto de Murdoch ficou vermelho.

– Sou seu subordinado, senhor, mas apenas sob seu teto. Não tenho de prestar contas sobre a minha vida privada.

Depois de tudo o que havia passado, Stackhurst estava no limite. Em outro momento, talvez ele tivesse reagido melhor. Mas ele perdeu completamente a paciência.

– Nas atuais circunstâncias, sua resposta é muito impertinente, senhor Murdoch!

– Sua própria pergunta vem sob o mesmo termo.

– Não é a primeira vez que me deparo com seus modos insolentes. Certamente será a última! Por gentileza, trate de tomar providências, o mais rápido possível, para ensinar matemática em outro lugar que não seja a minha casa!

– Eu já tinha essa intenção. Perdi hoje a única pessoa que tornava The Gables um lugar suportável.

Ele se afastou. Stackhurst, furioso, continuou seguindo-o com os olhos.

– Definitivamente! Não é um homem intratável, insuportável? – ele gritou.

A única coisa que pude deduzir naquele momento foi que Ian Murdoch aproveitava a primeira oportunidade para fugir. Uma vaga e nebulosa suspeita começava a tomar contornos em minha mente. Talvez nossa visita à casa dos Bellamys lançasse uma nova luz sobre o caso. Stackhurst se recompôs, e fomos até a casa.

O senhor Bellamy era um homem de meia-idade, no auge da vida. Ele tinha uma barba ruiva magnífica. Mas seu humor não parecia estar muito bom, e seu rosto logo ficou tão vermelho quanto seus cabelos.

– Não, senhor, não quero saber de nada! Meu filho aqui – disse ele, apontando para um jovem corpulento e carrancudo, sentado em um canto da sala –, meu filho tem a mesma opinião que eu: as intenções desse senhor McPherson em relação à minha filha Maud eram ultrajantes! Sim, senhor, a palavra "casamento" nunca foi mencionada. Mas havia cartas, encontros e muitas outras coisas que nem eu nem meu filho aprovamos. Ela já perdeu a mãe. Nós somos os seus únicos guardiões. Estamos determinados a…

As palavras foram interrompidas pela aparição da jovem em pessoa. Não exagero ao dizer que ela teria encantado qualquer júri de beleza, em qualquer lugar do mundo. Quem poderia imaginar que uma flor tão rara nasceria daquela raiz e em uma atmosfera tão pesada? Raramente me senti atraído por mulheres, pois meu cérebro sempre dominou meu coração; mas bastou um único olhar para aquele rosto perfeito, dotado de todo o frescor suave das terras baixas em sua delicada coloração, para perceber

O arquivo secreto de Sherlock Holmes

que nenhum homem que cruzasse seu caminho ficaria completamente indiferente. Tal era a bela ninfa que tinha aberto a porta e agora estava de pé, com os olhos arregalados e intensos, diante de Harold Stackhurst.

– Já sei que Fitzroy está morto – disse ela. – Não tenha medo de me contar os detalhes.

– Foi aquele outro cavalheiro que nos deu a notícia – explicou o pai.

– Não sei o que a minha irmã tem a ver com isso – resmungou o filho. Maud se virou para ele com um olhar penetrante e feroz.

– Sim, isso é comigo, William! Por favor, deixe-me resolver isso como eu achar melhor. Pelo que sei, ele foi assassinado. Se eu puder ajudar a identificar o criminoso, é o mínimo que posso fazer por ele, que não existe mais.

Ela ouviu o breve relato de meu companheiro com uma atenção concentrada que me mostrou que ela tinha um caráter forte, além de grande beleza. Maud Bellamy permanecerá para sempre em minha memória como uma mulher talentosa e notável. Sem dúvida ela já me conhecia de vista, pois no final se voltou para mim.

– Leve-os à justiça, senhor Holmes! O senhor tem minha simpatia e minha ajuda, sejam eles quem forem.

Tive a impressão de que, enquanto falava, ela olhava desafiadoramente para o pai e o irmão.

– Obrigado! – eu respondi. – Eu valorizo muito o instinto feminino em tais assuntos. A senhorita disse "eles". Então acha que havia mais de um criminoso?

– Eu conhecia o senhor McPherson bem o suficiente para saber que ele era muito corajoso e forte. Um homem sozinho não poderia feri-lo daquela maneira.

– Posso falar com a senhorita em particular?

– Eu a proíbo, Maud! Não se envolva nesse assunto! – gritou o pai. Ela me lançou um olhar desesperado:

– O que eu posso fazer?

– Logo o mundo inteiro conhecerá os fatos – respondi. – Portanto, não há mal nenhum se eu os discutir aqui. Eu teria preferido uma entrevista privada; mas, como seu pai não permite, ele participará da nossa conversa.

Então, falei sobre o bilhete que havia sido encontrado no bolso de McPherson.

– Com certeza será mencionado no inquérito. Posso pedir à senhorita algumas explicações?

– Não vejo nenhuma razão para manter isso em segredo – ela respondeu. – Estávamos noivos, íamos nos casar. Mantivemos nosso plano em segredo porque o tio de Fitzroy, que é muito velho e aparentemente está à beira da morte, poderia tê-lo deserdado se ele tivesse se casado contra a vontade dele. Não havia outro motivo.

– Você poderia ter nos contado! – rosnou o senhor Bellamy.

– Eu teria contado, papai, se alguma vez o senhor tivesse demonstrado alguma simpatia por ele.

– Não quero que minha filha se case com homens fora de sua posição social!

– Sim, e foi o seu preconceito contra ele que nos impediu de contar. Quanto ao bilhete, era uma resposta a este aqui.

Ela enfiou a mão no bolso do vestido e tirou um pedaço de papel amassado, onde se lia:

"Querida, como sempre no mesmo lugar da praia, terça-feira, após o pôr do sol. É o único momento em que posso escapar. F. M."

Ela adicionou:

– Terça-feira era o dia de hoje. Eu pretendia encontrá-lo nesta noite. Devolvi o bilhete.

– Esse bilhetinho não chegou pelo correio. Como a senhorita o recebeu?

– Prefiro não responder a essa pergunta. Não tem nada a ver com o caso que o senhor está investigando. Mas, a tudo o mais que for necessário, responderei de bom grado.

Ela manteve sua palavra; mas seu interrogatório não nos trouxe nada de útil. Ela não tinha motivos para acreditar que seu noivo tivesse um inimigo oculto, mas concordava que tinha vários admiradores e pretendentes.

O arquivo secreto de Sherlock Holmes

– Posso perguntar se o senhor Ian Murdoch é um deles?

Ela corou, parecendo muito envergonhada.

– Houve um tempo em que eu pensei que sim. Mas tudo mudou quando ele descobriu as relações entre mim e Fitzroy.

Mais uma vez, a sombra daquele homem estranho parecia surgir com grande precisão. Seria preciso investigar seu passado. Seu quarto deveria ser cuidadosamente revistado. Stackhurst me ajudaria com toda a sua boa vontade, pois em sua mente também estavam se formando suspeitas. Voltamos de nossa visita ao Paraíso com a esperança de ter agarrado uma ponta daquela meada.

Uma semana se passou. A investigação não havia esclarecido nada, e as buscas continuavam. Stackhurst fez uma discreta pesquisa sobre seu subordinado, e uma busca superficial em seu quarto não produziu resultados. Pessoalmente, eu havia percorrido todo o terreno novamente, tanto física como mentalmente, mas sem novas conclusões. Em todas as minhas crônicas, o leitor não encontrará nenhum caso que me tenha levado tão completamente ao limite de minhas forças. O mistério estava além de minhas capacidades dedutivas. Mas, então, veio o incidente do cachorro.

Foi minha antiga governanta quem ouviu falar primeiro, graças ao misterioso telefone sem fio que leva e traz as notícias entre as pessoas do campo.

– Uma triste história, não é, senhor? Sobre o cão do senhor McPherson. – disse ela uma noite.

Nunca encorajo esse tipo de conversa, mas pela primeira vez as palavras dela prenderam minha atenção.

– O cão do senhor McPherson?

– Ele morreu, senhor. Morreu de tristeza. Por causa do mestre dele.

– Como soube disso?

– Mas, senhor, todos estão falando sobre isso. Foi terrível! Ele não comeu nada durante uma semana. E, hoje, dois rapazes da escola The Gables o encontraram morto. Lá na praia, senhor! No mesmo lugar onde o mestre encontrou seu fim.

– No mesmo lugar...

Essas palavras não saíram mais da minha cabeça. De repente, tive a impressão confusa de que esse detalhe era crucial. Que o cão poderia morrer de tristeza era um fato: isso fazia parte da natureza bela e fiel dos cães. Mas... "no mesmo lugar"! Por que aquela praia isolada teria sido fatal para ele? Seria possível que ele tivesse sido sacrificado por causa de alguma vingança? Seria possível?... Minha percepção estava confusa, mas alguma coisa já começava a tomar forma em minha mente. Em poucos minutos, eu estava a caminho de The Gables, onde encontrei Stackhurst em seu escritório. A meu pedido, ele enviou para Sudbury e Blount, os dois rapazes que haviam encontrado o cão.

– Sim, ele estava caído, bem na beira da lagoa – confirmou um deles. – Ele deve ter seguido o rastro do falecido mestre.

Vi o cadáver do fiel cãozinho, um airedale terrier, deitado no tapete do corredor. Ele tinha a rigidez da morte: os olhos se projetavam, os membros estavam torcidos. Via-se o sofrimento em cada centímetro do corpo daquele pobre animal.

Saindo de The Gables, desci até a lagoa. O sol tinha se posto, e a sombra negra do grande penhasco se estendia sobre a água, que cintilava como uma folha de chumbo. O lugar estava deserto: além de duas aves marinhas circulando e guinchando, não havia sinal de vida. Mesmo sob a luz fraca, eu consegui distinguir os passinhos do cachorro na areia, ao redor da mesma pedra onde seu dono havia colocado a toalha.

Por muito tempo, permaneci imerso em profunda meditação, enquanto as sombras cresciam ao meu redor. Minha cabeça estava cheia de pensamentos, que se sobrepunham em uma velocidade vertiginosa. Era como um pesadelo, no qual você procura por alguma coisa importante e sabe que está lá, mas está fora de seu alcance. Foi o que senti naquela noite, naquele lugar marcado pela morte. Lentamente, eu me virei e tomei o caminho de volta para casa.

Eu tinha acabado de chegar ao topo da trilha quando compreendi tudo. Como o brilho fugaz de um raio, encontrei a coisa importante que eu tinha procurado em vão, por tanto tempo. Com certeza você deve saber

O ARQUIVO SECRETO DE SHERLOCK HOLMES

(ou então Watson perdeu seu tempo) que possuo um vasto repertório de cultura inútil. São conhecimentos sem um sistema científico, mas muito úteis para as necessidades do meu trabalho. Minha mente é como uma sala cheia de caixas, com pacotes de todos os tipos – são tantos que eu nem sei mais tudo o que está guardado ali. Mas eu sabia que havia algo na minha cabeça que poderia se relacionar com o caso. Ainda era vago, mas valia a pena tentar. Era monstruoso, inacreditável, mas era uma possibilidade. Eu a testaria ao máximo.

Na minha casa, há um pequeno sótão cheio de livros. Subi até lá e fiquei ruminando durante uma hora. Depois saí com um pequeno volume, de capa marrom com detalhes em prata. Avidamente, reli o capítulo do qual guardava uma memória confusa. É certo que a hipótese era muito ousada, implausível; no entanto, eu não descansaria até ter certeza de sua falsidade. Já era tarde quando fui para a cama. Não conseguia parar de pensar na tarefa que me aguardava no dia seguinte.

Mas essa tarefa esbarrou em um obstáculo incômodo. Eu mal tinha engolido minha primeira xícara de chá e estava prestes a sair para a praia quando recebi uma visita do inspetor Bardle, da polícia de Sussex – um homem firme, sólido, com algo de bovino em seus olhos pensativos, que agora me olhavam com uma expressão muito perturbada.

– Conheço sua imensa experiência, senhor – disse ele. – É claro que esta visita não tem caráter oficial, e ninguém precisa saber disso. Mas não estou tendo sorte com o caso McPherson! A questão é: devo fazer uma prisão ou não?

– A prisão do senhor Ian Murdoch?

– Sim, senhor. Realmente não há outro suspeito. Essa é a vantagem de estarmos em um local tão pequeno e isolado. Nossas buscas ficam circunscritas ao local. E, se não foi ele, então quem foi?

– O que o senhor tem contra ele?

Ele havia coletado as mesmas pegadas que eu. Também parecia impressionado com o caráter de Murdoch e o mistério que pairava em torno daquele homem. Ele tinha violentas explosões de raiva, como mostra o incidente do cachorro. Havia o fato de ter brigado com McPherson no passado e razões para pensar que ele se ressentia do namoro com a senhorita Bellamy. Ele tinha as mesmas informações que eu, mas nenhuma era nova – exceto que Murdoch parecia estar fazendo os preparativos para partir.

– Qual seria minha posição se eu o deixasse escapar, com todas essas evidências contra ele? – perguntou o homem corpulento e fleumático, muito perturbado.

– O senhor ainda tem lacunas consideráveis em sua acusação contra Murdoch – disse eu. – Na manhã do crime, ele pode contar com um álibi irrefutável: ele esteve com os alunos até o último minuto e chegou pouco depois da aparição de McPherson. Por outro lado, devemos ter em mente a absoluta impossibilidade de que ele, sozinho, ferisse mortalmente um homem tão forte quanto McPherson. Por fim, há uma dúvida sobre o instrumento que causou as lesões.

– Um chicote, um látego ou algo do tipo.

– O senhor viu as marcas?

– Eu as vi. O médico, também.

– Mas eu as examinei cuidadosamente, com uma lupa. Elas apresentam algumas peculiaridades.

– Quais, senhor Holmes?

Fui até o meu escritório e peguei uma fotografia ampliada.

– Em casos complicados, é assim que eu trabalho – eu disse.

– O senhor realmente trabalha a sério, senhor Holmes!

– Se eu não trabalhasse a sério, não seria quem sou. Veja esta lesão, que se estende ao redor do ombro direito. O senhor nota algo diferente?

– Honestamente, não vejo nada.

– É evidente que a intensidade é desigual. Há uma mancha de sangue aqui e outra aqui. Há um sangramento semelhante nesta outra lesão, aqui embaixo. O que isso quer dizer?

– Não tenho ideia. O senhor tem alguma?

– Talvez sim, talvez não. Poderei dizer em breve. Qualquer coisa que possa revelar o objeto que fez essas marcas nos levará direto ao criminoso.

O arquivo secreto de Sherlock Holmes

– Tenho uma ideia, mas é um pouco absurda – murmurou o policial. – Mas, se uma tela de arame incandescente tivesse sido pressionada contra as costas dele, então esses pontos mais marcados podem corresponder aos locais onde os fios se cruzam.

– Sua comparação é muito engenhosa. Ou poderíamos pensar em um chicote de nove tiras, muito rígidas, munido de pequenos nós.

– Por Deus, senhor Holmes! Eu acho que o senhor acertou.

– A menos que seja outra coisa, Bardle. Mas sua acusação ainda não é suficiente para fazer uma prisão. Além disso, temos as últimas palavras da vítima: "a juba do leão".

– Tenho me perguntado se ele não disse "Ian".

– Sim. Eu também pensei nisso. Mas não foi "Ian" que eu ouvi. Foi "leão", eu tenho certeza, pois ele gritou.

– O senhor tem alguma outra hipótese, senhor Holmes?

– Talvez. Mas prefiro não revelar até que eu tenha uma base mais sólida.

– E quando terá?

– Em uma hora. Talvez menos.

O inspetor coçou o queixo e olhou para mim com olhos duvidosos.

– Eu gostaria de saber o que tem em mente, senhor Holmes. Talvez aqueles barcos de pesca?

– Não, não, eles estavam muito longe.

– Então pode ter sido Bellamy, com aquele filho brutamontes? Eles não eram muito amigáveis com o senhor McPherson. Poderiam ter feito essa maldade com ele?

– Não. O senhor não conseguirá arrancar nada de mim até que eu tenha certeza – respondi sorrindo. – Agora, inspetor, cada um de nós tem seu trabalho a fazer. Se o senhor puder, encontre-me aqui ao meio-dia.

Estávamos prestes a nos separar quando ocorreu aquela tremenda interrupção que marcou o começo do fim.

A porta da minha casa foi escancarada. Passos desajeitados ecoaram pelo corredor, e Ian Murdoch entrou cambaleando em meu escritório:

201

lívido, desgrenhado, com as roupas amarfanhadas, agarrando os móveis para não cair.

– Conhaque! Conhaque! – ele gemeu, antes de desabar no sofá.

Ele não estava sozinho. Atrás dele vinha o diretor Stackhurst, ofegante, sem chapéu, quase tão abatido quanto seu subordinado.

– Sim, conhaque! – pediu ele. – Este homem está morrendo! Mal tive tempo de trazê-lo até aqui. Ele desmaiou duas vezes no caminho.

Meio copo da bebida forte causou uma transformação surpreendente. Murdoch se apoiou em um braço e tirou o casaco.

– Pelo amor de Deus! – ele gritou. – Azeite, ópio, morfina! Qualquer coisa que acabe com essa dor infernal!

O inspetor e eu soltamos o mesmo grito. Ali, cruzando o ombro nu do homem, via-se o mesmo padrão reticulado de linhas vermelhas e inflamadas que haviam selado o destino de Fitzroy McPherson.

A dor era evidentemente terrível e transbordava daquelas feridas. A respiração do professor parava por um tempo, seu rosto ficava roxo, e ele levava a mão ao coração, enquanto sua testa pingava de suor. Ele poderia morrer a qualquer momento. Demos mais e mais conhaque para ele, e cada nova dose o trazia de volta à vida. Bolas de algodão embebidas em azeite pareciam aliviar a dor daquelas misteriosas feridas. Finalmente, sua cabeça caiu pesadamente sobre as almofadas. Exausta, sua natureza havia buscado refúgio no sono, a reserva suprema da vitalidade. Estava meio sonolento, meio desmaiado, mas pelo menos estava aliviado de sua dor.

Interrogá-lo naquelas condições seria impossível; mas, assim que fomos tranquilizados sobre sua condição, Stackhurst virou-se para mim.

– Meu Deus! – ele exclamou. – O que significa isso, Holmes?

– Onde você o encontrou?

– Na praia. Exatamente onde o pobre McPherson morreu. Se o coração de Murdoch estivesse tão enfraquecido quanto o de McPherson, ele não estaria aqui neste momento. Mais de uma vez, enquanto o carregava, pensei que ele estivesse morto. The Gables estava muito longe. Então pensei na sua casa.

O arquivo secreto de Sherlock Holmes

– Você o viu na praia?

– Eu estava andando pelo penhasco quando o ouvi gritar. Ele estava na beira da água, cambaleando como um bêbado. Desci a trilha correndo, joguei algumas roupas sobre ele e o trouxe para cá. Pelo amor de Deus, Holmes, use todos os seus talentos, não poupe esforços para acabar com essa maldição, pois a vida está se tornando insuportável! Com toda a sua reputação mundial, você não pode fazer algo por nós?

– Acredito que sim, Stackhurst. Venha comigo! E você, inspetor, venha também! Vamos logo pegar esse assassino.

Deixamos o homem inconsciente aos cuidados de minha governanta e descemos os três em direção à lagoa da morte. Sobre os seixos, ainda se via o pequeno amontoado de roupas e toalhas que pertenciam à segunda vítima. Lentamente, caminhei pela beira da água; meus companheiros me seguiram em fila indiana. A maior parte da lagoa era rasa; mas, abaixo do penhasco, onde a baía formava uma cavidade, tinha entre quatro e cinco metros de profundidade. Era para aquele lado que os entusiastas da natação naturalmente iriam, pois naquele ponto a água era verde e transparente como cristal.

Uma linha de rochas se elevava sobre a água, ao longo da base do penhasco. Eu a segui, procurando por algo nas profundezas. Eu havia alcançado o lugar mais profundo quando meus olhos avistaram o que eu procurava, e soltei um grito de triunfo.

– Uma água-viva! – exclamei. – Uma água-viva! Contemplem a juba do leão!

O estranho objeto para o qual eu apontava parecia de fato uma massa de cabelos emaranhados arrancada da juba de um leão. Estava em um fundo rochoso, a uns três metros de profundidade. Era uma criatura ondulante, vibrante, peluda com fios de prata entre suas tranças amarelas. Ela respirava lentamente: primeiro uma forte dilatação, depois uma contração lenta e pesada.

– Já causou mal suficiente. Seus minutos estão contados! – eu gritei. – Ajude-me, Stackhurst! Vamos acabar com essa assassina para sempre!

Logo acima da borda da água, havia uma grande pedra; nós a jogamos na lagoa, causando uma onda tremenda. Quando as ondulações se dissiparam, vimos que a pedra repousava sobre o solo rochoso onde eu tinha visto a água-viva. Um pedaço de membrana amarela atestava que nossa criminosa tinha sido esmagada por baixo. Uma espuma espessa e oleosa escorria por baixo da pedra, turvando a água, à medida que subia lentamente à superfície.

– Estou de queixo caído! – exclamou o inspetor. – O que foi isso, senhor Holmes? Sou nascido e criado aqui, mas nunca vi nada parecido. Isso não pertence a Sussex!

– Ainda bem para Sussex! – eu respondi. – Provavelmente, foi aquela tempestade do sudoeste que a trouxe. Vamos para casa, e eu contarei aos senhores a terrível experiência de um homem e de seu primeiro encontro com essa praga dos mares.

Quando chegamos ao meu escritório, descobrimos que Murdoch estava melhor: ele já estava sentado, mas completamente atordoado. De vez em quando, um espasmo de dor violenta o sacudia. Em poucas palavras, ele nos disse que não fazia ideia do que havia acontecido. Ele apenas sentiu o toque das presas terríveis que o perfuraram, e reuniu todas as suas energias para voltar à praia.

– Aqui está o livro – eu disse, pegando o pequeno volume que eu tinha encontrado na noite anterior. – Foi nele que encontrei os primeiros vislumbres do que poderia ter permanecido para sempre na escuridão. *Out of Doors*, escrito pelo famoso observador J. G. Wood. O próprio Wood quase morreu durante um encontro com essa criatura abominável; portanto, ele fala sobre isso com grande conhecimento de causa. *Cyanea capillata* é o nome verdadeiro do monstro. Seu ataque pode ser tão fatal e muito mais doloroso do que a mordida de uma naja. Permitam-me ler um breve trecho:

Se o banhista se deparar com uma massa solta e arredondada de membranas avermelhadas, algo como papel de seda ou grandes tufos de pelos, como juba de um leão, tome cuidado! Trata-se de uma criatura dotada de um temível ferrão: a Cyanea capillata.

O ARQUIVO SECRETO DE SHERLOCK HOLMES

"Nosso conhecido monstro poderia ser descrito de forma mais clara? Wood então relata seu próprio encontro com a *Cyanea capillata*, enquanto nadava na costa de Kent. Ele notou que essa água-viva desenvolvia filamentos quase invisíveis a uma distância de quinze metros e que qualquer pessoa dentro dessa circunferência estava em perigo mortal. Mesmo a essa distância, o efeito sobre Wood foi quase fatal:

> *Os inúmeros fios causaram linhas rosadas em minha pele que, em um exame cuidadoso, se revelaram como pequenas pústulas, cada ponto parecendo ser afetado por uma agulha que teria atravessado os nervos...*

"Wood explica que a dor local é a menos dolorosa dessa extraordinária tortura:

> *As dores fluíram pelo meu corpo, até alcançarem o tórax. Eu caí, como se tivesse sido perfurado por uma bala. A pulsação cessou, então o coração voltou a dar seis ou sete batidas, pulando como se quisesse sair do meu peito.*

"Essa água-viva quase matou Wood, embora ele tenha sido atacado em um oceano agitado, e não nas águas calmas e confinadas de uma lagoa. Ele acrescenta que teve dificuldade em se reconhecer depois: seu rosto ficou branco, macerado, enrugado. Ele engoliu uma garrafa inteira de conhaque, o que parece ter salvado sua vida. Eu confio este livro ao senhor, inspetor. Sem dúvida, ele contém uma explicação satisfatória para a morte do pobre professor McPherson."

– E, por acaso, também me inocenta! – disse Murdoch, com um sorriso fraco. – Eu não o culpo, inspetor. E também não o culpo, senhor Holmes, pois suas suspeitas eram perfeitamente normais. Às vésperas de ser preso, fui inocentado porque partilhei o destino do meu pobre amigo.

– Não, senhor Murdoch. Eu já estava na pista; e, se eu tivesse saído tão cedo quanto pretendia, poderia muito bem tê-lo salvado dessa experiência terrível.

– Mas como o senhor sabia, senhor Holmes?

– Em termos de leitura, sou um onívoro que retém detalhes estranhos com uma memória tenaz. Essas palavras de McPherson, "a juba do leão", me obcecaram. Eu sabia que já tinha lido sobre isso em algum lugar, em um contexto incomum. Como viram, era a própria descrição desta água-viva. Sem dúvida, ela estava flutuando na água quando McPherson a viu, e suas últimas palavras foram uma advertência suprema contra o que causou sua morte.

– Então eu, pelo menos, estou livre! – disse Murdoch, enquanto se levantava lentamente. – No entanto, gostaria de dizer duas palavras de explicação. É verdade que eu amava aquela moça, mas, desde o dia em que ela escolheu meu amigo McPherson, eu tive apenas um desejo: ajudá-los a serem felizes. Contentei-me em viver ao lado deles e servir como seu confidente. Muitas vezes fui o portador de suas mensagens. Eu conhecia o segredo deles, e ela é tão querida para mim que me apressei em contar a ela sobre a morte do noivo, com medo de que alguém se adiantasse e contasse tudo a ela de forma brutal. Ela não quis falar com vocês sobre nossa amizade, senhor, porque temia que vocês duvidassem de minha sinceridade e que eu sofresse. Com sua permissão, vou voltar para The Gables, pois minha cama será muito bem-vinda.

Stackhurst estendeu a mão para ajudá-lo.

– Nossos nervos foram submetidos a uma grande prova! – disse ele. – Perdoe-me por tudo, Murdoch. Vamos nos entender melhor no futuro.

Eles saíram de braços dados, como amigos inseparáveis. Fiquei sozinho com o inspetor, que me fitava em silêncio com seus olhos bovinos.

– Bem, o senhor conseguiu! – ele finalmente exclamou. – Eu li muito sobre o senhor, mas nunca acreditei. É maravilhoso!

Fui obrigado a discordar. Aceitar tal elogio sem discordar teria sido humilhante para os meus padrões.

– Fui muito lento no início. E me sinto muito culpado por isso. Se o corpo tivesse sido encontrado na água, eu teria pensado nisso imediatamente. Mas aquela toalha me enganou. Obviamente, o pobre homem nunca

O arquivo secreto de Sherlock Holmes

pensou em se enxugar. Mas eu, por minha vez, fui levado a acreditar que ele nunca havia mergulhado na água. Então, nessas condições, por que a hipótese do ataque de um monstro marinho viria à minha mente? Foi nesse ponto que eu me perdi. Pois é, inspetor! Por muitas vezes eu consegui brincar com vocês, senhores policiais! Mas a *Cyanea capillata* quase vingou a Scotland Yard.

Capítulo 10

· A INQUILINA SEM ROSTO ·

Quando penso que o senhor Sherlock Holmes exerceu suas atividades de detetive por vinte e três anos – e que eu estive ao seu lado por dezessete anos, tomando nota de todas as suas aventuras –, fica evidente que disponho de farto material. Tenho uma longa fila de diários, que enchem uma estante, e caixas lotadas de documentos – uma fonte inestimável não apenas para quem quiser estudar o mundo do crime, mas também para os que se interessam pelos escândalos sociais do final da era vitoriana. Com referência a estes últimos, posso afirmar que todas as pessoas nobres que me enviam cartas aflitas, pedindo que seja poupada a honra de sua família e de seus antepassados, não têm nada a temer. A seleção destas memórias ainda respeita a discrição e a elevada ética profissional que sempre distinguiram meu amigo, e jamais cometerei tal indiscrição. No entanto, desaprovo fortemente as recentes tentativas de apreender e destruir esses papéis. Conheço a origem dessas ameaças; e, se elas continuarem a se repetir, estou autorizado pelo senhor Holmes a levar a público toda a história referente ao encrenqueiro em questão, seja ele um político, um militar ou um grande luminar da sociedade. Há pelo menos um leitor que entenderá do que se trata.

O arquivo secreto de Sherlock Holmes

Não digo que cada um desses casos tenha dado a Holmes a oportunidade de mostrar seus dons excepcionais de intuição e observação, que me esforcei para trazer à luz nestas memórias. Algumas vezes, somente à custa de muito trabalho é que ele conseguia colher os frutos; em outras, o fruto caía facilmente em suas mãos. Mas, muitas vezes, as mais terríveis tragédias humanas estavam nos casos em que ele menos ficava em evidência; e é um desses casos que eu agora desejo registrar. Modifiquei um pouco os nomes e lugares, mas vou relatar os fatos tais como ocorreram.

Certa manhã, no final do ano de 1896, recebi um dos famosos bilhetes de Holmes, solicitando minha presença com urgência na Baker Street. Ao chegar, encontrei-o envolvido em uma atmosfera impregnada de fumaça, diante de uma mulher bastante idosa, que era do estereótipo convencional das grandes matronas e proprietárias de pensão de Londres.

– Esta é a senhora Merrilow, de South Brixton – explicou o meu amigo. – A senhora Merrilow não se importa com o tabaco, Watson; então não faça cerimônia, e pode se entregar ao seu vício abominável. Ela tem uma história interessante para nos contar. Essa história pode ter desdobramentos nos quais sua presença seria útil.

– Estou à disposição.

– A senhora compreenderá, senhora Merrilow: se eu tiver de visitar a senhora Ronder, prefiro levar uma testemunha. A senhora deve preveni-la antes da nossa chegada.

– Deus o abençoe, senhor Holmes! – disse a nossa visitante. – Ela está tão ansiosa por vê-lo, que o senhor poderia levar a vizinhança inteira.

– Então iremos após o almoço. Vamos recapitular todos os elementos do problema? Durante a nossa revisão, o doutor Watson ficará plenamente informado a respeito da situação. Bem, a senhora diz que a senhora Ronder é sua inquilina há sete anos, e que viu o rosto dela apenas uma vez.

– E seria melhor nunca ter visto!

– Pelo que entendi, o rosto dela é terrivelmente mutilado.

– Senhor Holmes, chega a ser difícil para mim chamar aquilo de rosto. O leiteiro a viu de relance uma vez, quando ela estava à janela. Ele derrubou o balde, e todo o leite se derramou na calçada! Quando eu a flagrei sem o véu (ela não suspeitava que eu estava entrando em seu quarto), ela cobriu o rosto rapidamente e disse: "Agora a senhora compreende por que eu nunca levanto o meu véu".

– Sabe alguma coisa sobre o passado dela?

– Absolutamente nada.

– Quando ela chegou, não trouxe referências?

– Não, senhor. Mas ela pagou em dinheiro, e com bastante antecedência, sem discutir as condições. Nestes tempos tão difíceis, uma mulher pobre como eu não pode se dar ao luxo de recusar uma oportunidade dessas.

– Ela apresentou alguma razão para ter escolhido sua casa?

– A casa fica bem afastada da rua; é bem isolada das outras casas da vizinhança. Eu alugo apenas o quarto e não tenho família. Ela deve ter visitado outros imóveis e gostou mais da minha casa. Ela gosta do isolamento; ela quer ficar sozinha e está disposta a pagar por isso.

– A senhora diz que ela nunca mostrou o rosto, exceto naquela ocasião fortuita. Certamente é um caso notável, e não me surpreendo que a senhora deseje saber do que se trata.

– Eu não me importo com isso, senhor Holmes. Apenas quero continuar recebendo o meu aluguel. Impossível encontrar uma inquilina mais tranquila e sossegada.

– Então, a que devemos esta visita?

– Eu me preocupo com a saúde dela, senhor Holmes. Ela está definhando! E há alguma coisa terrível que atormenta aquela alma. Eu a ouço gritando à noite: "Morte! Assassinato!" E uma vez eu ouvi: "Você é um porco! Seu monstro!" É sempre durante a noite. A voz dela ecoa por toda a casa, e eu sinto arrepios! Então um dia, pela manhã, eu fui procurá-la.

"'Senhora Ronder, se há alguma coisa afligindo sua alma, podemos chamar um padre ou um policial. Certamente um dos dois poderá ajudá-la!'

"'Pelo amor de Deus, a polícia, não!', disse ela. 'E um padre não tem poderes para mudar o passado! No entanto, eu ficaria aliviada se alguém soubesse a verdade, antes que eu morra.'

O ARQUIVO SECRETO DE SHERLOCK HOLMES

"'Bem', respondi, 'se a senhora não quer a polícia, temos aquele senhor detetive, do qual falam todos os jornais...' Desculpe, senhor Holmes!

"'Ele é o homem que eu preciso!', disse ela. 'Como não pensei nele antes? Chame-o, senhora Merrilow! E, se ele não aceitar, diga que sou a esposa de Ronder, o Domador. Diga a ele o nome Abbas Parva. E ele virá, se ele realmente se lembrar do meu caso.'"

– E acertou! – disse Holmes. – Muito bem, senhora Merrilow. Eu gostaria de discutir meu plano de ação com o doutor Watson. Por volta das três horas, estaremos em sua casa, em South Brixton.

Assim que nossa visitante saiu, Sherlock Holmes se atirou sobre uma pilha de livros e jornais velhos que estavam a um canto. Por alguns minutos, o som das páginas que ele folheava encheu a sala; por fim, um grunhido de satisfação demonstrou que ele havia encontrado o que procurava. Estava tão feliz que nem se deu ao trabalho de se levantar: ficou sentado no chão como um Buda, com as pernas cruzadas e cercado de livros pesados, um deles aberto sobre os joelhos.

– Naquela época, este caso me atormentou muito, Watson. Aqui estão minhas notas, para provar o que digo. Confesso que não consegui decifrar este enigma. Mesmo assim, continuei convencido de que o legista estava errado. Você se lembra da tragédia de Abbas Parva?

– Não muito, Holmes.

– Naquela época você morava comigo! No entanto, nenhuma das partes contratou os meus serviços. Talvez queira ver os jornais.

– Pode fazer um resumo?

– Sem problemas. Provavelmente, enquanto eu falo, você se lembrará dos fatos. Ronder era muito famoso. Era o maior rival de Wombwell e Sanger e um dos maiores domadores de feras de seu tempo. No entanto, ele começou a beber; e tanto ele como seu circo estavam em declínio quando ocorreu a grande tragédia. A trupe se dirigia para Wimbledon e havia acampado em Abbas Parva, uma pequena aldeia em Berkshire. Não haveria espetáculo naquela noite. Havia tão poucos habitantes em Abbas Parva que não valia a pena arcar com os custos de uma apresentação. Entre os animais, havia um belo leão do norte da África, muito bonito, chamado Sahara King. Ronder e sua esposa costumavam se exibir com ele em sua jaula. Aqui está uma fotografia, tirada durante uma apresentação. Você observará que Ronder era um homem baixinho e troncudo, de aparência bestial, enquanto sua esposa era perfeita, incrivelmente bonita. A investigação constatou que Sahara King era um animal muito feroz; mas, como sempre acontece, a familiaridade com os animais selvagens gerou no casal um excesso de confiança. Todas as noites, Ronder e sua esposa alimentavam o leão. Às vezes um dos dois ia sozinho; outras vezes iam juntos, mas nunca permitiram que alguém os substituísse. Na verdade, eles acreditavam que, enquanto fossem seus tratadores, o leão nunca os atacaria. Naquela noite, há sete anos, ambos foram para a jaula; ocorreu um terrível acidente, e os detalhes nunca foram esclarecidos. Toda a caravana foi despertada por volta da meia-noite pelos rugidos da fera e pelos uivos do domador. Os funcionários saíram às pressas de suas tendas com lanternas; uma visão terrível os aguardava. Ronder jazia com o crânio despedaçado, com marcas profundas de garras no couro cabeludo, a cerca de dez metros da jaula, que estava aberta. Perto da porta, a senhora Ronder estava deitada de costas: a fera estava agachada e rosnando sobre ela. O leão havia rasgado o rosto dela com tanta crueldade que parecia impossível que ela sobrevivesse aos ferimentos. Vários artistas do circo, liderados por Leonardo, o Hércules, e Griggs, o palhaço, empurraram o leão com paus, de volta para a jaula, e o trancaram lá. Supunha-se que os Ronders iam entrar na jaula, mas, quando a porta foi aberta, o animal saltou sobre eles. A investigação não revelou mais nada, exceto que a domadora não parava de gritar em seu delírio: "Covarde! Covarde!", enquanto era levada para seu trailer. Seis meses se passaram, até que ela estivesse apta a testemunhar; mas o inquérito já havia sido encerrado com uma constatação de morte acidental.

– E que outra hipótese poderia ser? – perguntei.

– Pois é. No entanto, alguns detalhes preocupavam o jovem detetive Edmunds, da delegacia de polícia de Berkshire. Belo rapaz aquele! Posteriormente, ele foi transferido para Allahabad. Foi assim que eu me interessei pelo caso. Ele me fez uma visita, e fumamos vários cachimbos lendo o dossiê da investigação.

– Um homem magricela, com cabelo de milho?

– Exatamente. Eu sabia que você se lembraria dele.

– Mas o que o preocupava?

– Nós dois estávamos preocupados. Era quase impossível reconstituir um caso como aquele. Analisamos a situação do ponto de vista do leão. O bicho se vê livre da jaula. O que ele faz? Ele dá um salto e alcança Ronder. Ronder tenta fugir (as marcas das garras estavam na parte de trás de sua cabeça), mas o leão o alcança. Depois, em vez de prosseguir em sua fuga, o leão se volta para a mulher, que estava perto da jaula, derruba-a no chão e a desfigura… Os gritos dela dão a entender que o marido não foi acudi--la. Mas o que o pobre coitado poderia ter feito para ajudá-la? Você vê a dificuldade?

– Perfeitamente.

– Há também outro detalhe que me vem agora à mente, enquanto re-lembro toda essa história. Alguns depoimentos diziam o seguinte: enquanto o leão rugia e a mulher uivava, um homem gritava aterrorizado.

– Ronder, sem dúvida.

– O pobre homem já estava morto, com o crânio quebrado! Mas pelo menos duas testemunhas afirmaram ter ouvido os gritos de um homem.

– Penso que, em uma situação como essa, todo o acampamento estaria aos berros. Quanto aos demais pontos, acho que tenho uma explicação.

– Eu adoraria ouvir.

– Os dois domadores estavam juntos, a uns dez metros da jaula, quando o leão saiu. O homem tentou fugir e foi derrubado. A mulher teve a ideia de entrar na jaula e se trancar. Era o seu único refúgio. Mas o animal a atacou e derrubou-a no chão. Ela se irritou com o marido, porque ele havia enfurecido a fera ao tentar fugir. Se tivessem ficado juntos, talvez conseguissem domá-la. Por isso os gritos de "covarde!"

– Brilhante, Watson! Mas há apenas uma falha em seu argumento.

– E qual é, Holmes?

– Se o casal ainda estava a dez metros da jaula, como o leão saiu?

– Talvez eles tivessem um inimigo que já teria aberto a jaula!

– E por que o animal os atacou de forma tão feroz se os conhecia bem e era tratado por eles todos os dias?

– Talvez o mesmo inimigo o tenha enfurecido antes.

Holmes ficou pensativo por alguns momentos.

– Olhe, Watson, há um ponto a favor de sua teoria. Ronder tinha muitos inimigos. Edmunds me disse que ele ficava terrível quando bebia. Era um homem truculento e gostava de usar seu chicote contra todos que se opunham a ele. Acho que os gritos que a senhora Merrilow nos relatou, aqueles gritos noturnos de "monstro!", devem ser lembranças ruins do falecido. No entanto, enquanto não conhecermos os fatos, todas as nossas especulações serão vãs. Veja Watson, ali em cima do aparador há uma perdiz com geleia e uma garrafa de Montrachet. Vamos restaurar nossas energias antes de sair!

Quando o táxi nos deixou em frente à casa, a doce senhora Merrilow veio nos receber, bloqueando a entrada de sua modesta residência com toda a sua majestosa silhueta. Era evidente que ela temia perder sua valiosa inquilina; então ela nos implorou, antes de nos deixar entrar, que não disséssemos nem fizéssemos nada que provocasse um resultado desastroso. Depois de tranquilizá-la, nós a seguimos pelas escadas, cobertas com um tapete velho e bolorento, e ela nos apresentou à misteriosa inquilina.

Era um lugar fechado, cheirando a mofo e mal ventilado. Depois de passar a vida mantendo animais presos na jaula, a pensionista parecia, em uma espécie de vingança do destino, fazer dela mesma um animal enjaulado. Estava sentada em uma cadeira, no canto mais escuro do quarto. Os longos anos de inércia haviam apagado as linhas sinuosas de seu corpo, mas via-se que tinha sido uma linda mulher e que ainda era atraente e voluptuosa. Um espesso véu preto cobria seu rosto, até a altura do lábio superior, permitindo ver uma boca perfeita e um queixo delicadamente oval. Realmente, era uma mulher incrível. Sua voz bem modulada também não era desprovida de charme.

O ARQUIVO SECRETO DE SHERLOCK HOLMES

– Meu nome não é desconhecido, para você, senhor Holmes – disse ela. – Eu sabia que o senhor viria.

– Exatamente, minha senhora. Como soube que o seu caso me interessava?

– Foi quando me recuperei e fui interrogada pelo senhor Edmunds, o detetive do condado. Receio ter mentido para ele. Eu deveria ter contado a verdade.

– É sempre melhor dizer a verdade. Mas por que a senhora mentiu?

– Porque o destino de alguém dependia do meu testemunho. Agora eu sei que esse alguém era um ser indigno, mas eu não queria que sua condenação pesasse em minha consciência. Éramos muito íntimos, muito ligados!

– Mas essa ligação acabou?

– Sim. A pessoa a que me referi está morta.

– Então por que não conta à polícia tudo o que sabe?

– Porque há outra pessoa que poderia ser prejudicada: eu mesma. Eu não suportaria o escândalo e a publicidade de uma nova investigação policial. Não tenho muito tempo de vida e quero morrer em paz. Eu queria encontrar uma pessoa de confiança para contar minha terrível história. Depois que eu partir, desejo que tudo seja divulgado e esclarecido.

– Obrigado pela consideração, minha senhora. Mas sou uma pessoa ética e muito responsável. Depois de ouvi-la, talvez eu considere meu dever encaminhar o caso à polícia.

– Creio que não, senhor Holmes. Conheço muito bem seu caráter e seus métodos, pois venho acompanhando seu trabalho há muitos anos. A leitura é o único prazer que me resta, e estou ciente de tudo o que acontece no mundo. Mas, aconteça o que acontecer, vou correr esse risco. Depois de falar com o senhor, minha consciência ficará em paz.

– Eu e meu amigo ficaremos felizes em ouvi-la.

A mulher se levantou e tirou de uma gaveta o retrato de um homem. Era um acrobata, um homem magnífico. A fotografia mostrava-o com os braços cruzados sobre um peito vigoroso. Um sorriso despontava sob um bigode pesado: era o sorriso satisfeito de um verdadeiro Don Juan.

ARTHUR CONAN DOYLE

– Este é o Leonardo – disse ela.

– Leonardo, o Hércules? Aquele que testemunhou o caso?

– Exatamente. E este é meu marido.

O rosto era abominável: um porco humano, ou melhor, um urso selvagem em forma de homem, formidável em sua bestialidade. Podia-se facilmente imaginar aquela boca vil mastigando e espumando de raiva. Aqueles olhinhos viciosos pareciam projetar maldade sobre o mundo. Um bruto, um valentão, um animal: essa era a impressão causada por aquele rosto repulsivo.

– Estas duas fotografias, cavalheiros, vão ajudá-los a entender a minha história. Eu era uma pobre menina de circo, nascida e criada na serragem e no picadeiro. Saltava nos arcos quando ainda não tinha dez anos. Quando me tornei mulher, este homem me amou, se é que se pode dar à luxúria o nome de amor. E, em uma má hora, tornei-me esposa dele. A partir desse dia, vivi em um verdadeiro inferno, sendo ele o demônio que me atormentava. Toda a trupe sabia como ele me tratava. Ele me traía com outras mulheres. Quando eu me queixava, ele me amarrava e me açoitava com o chicote. Todos tinham pena de mim e nojo dele, mas o que podiam fazer? Todos tinham medo dele. Quando ele bebia, chegava a ser sanguinário. Várias vezes ele teve problemas com a lei, por ter atacado outras pessoas ou por ter maltratado os animais. Mas ele ganhava muito dinheiro e não se importava com as multas. Pouco a pouco, seus melhores colaboradores o abandonaram; e o circo começou a declinar. Somente Leonardo e eu continuávamos leais a ele, além do pequeno Griggs, o palhaço. Pobrezinho! Ele não era muito engraçado, mas fazia o melhor para desempenhar o seu papel. Foi aí que Leonardo começou a influenciar definitivamente em minha vida. O senhor viu como ele era. Sei agora que um espírito fraco se escondia naquele esplêndido corpo, mas, comparado ao meu marido, ele parecia um anjo. Teve pena de mim e me ajudou, até que nossa amizade se converteu em amor… Um amor profundo, apaixonado, o amor com que eu sempre havia sonhado, mas nunca esperei que se realizasse. Meu marido desconfiou, mas creio que ele era tão covarde quanto brutal, e Leonardo

O arquivo secreto de Sherlock Holmes

era o único homem que ele temia. Ele se vingou à sua maneira, me torturando mais do que nunca. Uma noite, meus gritos atraíram Leonardo à porta do nosso trailer. Chegamos perto da tragédia naquela noite. Logo meu amante e eu compreendemos que um desfecho trágico era inevitável. Meu marido não era digno de viver, e decidimos que ele deveria morrer. Leonardo era muito inteligente e engenhoso. Foi ele quem concebeu o plano. Não digo isso para culpá-lo, pois eu estava disposta a ir com ele até o fim... Mas eu nunca teria a frieza necessária para idealizar um plano como aquele. Fizemos uma clava (Leonardo a construiu), e na ponta dessa clava ele fixou cinco pregos de aço, com as pontas para fora, como a pata de um leão. Era para desferir um golpe mortal no meu marido, ao mesmo tempo em que sugeria que sua morte seria causada pelo leão. Aquela noite estava escura como breu. Meu marido e eu, como era de costume, fomos alimentar a fera. Levávamos a carne crua em um balde de zinco. Leonardo se escondeu atrás de um trailer, pelo qual tínhamos de passar antes de chegar à jaula. Mas ele foi muito lento, e chegamos antes que ele pudesse atacar. Então ele veio por trás, e ouvi o baque surdo da clava esmagando o crânio do meu marido. Meu coração pulou de alegria. Saí correndo e abri o cadeado que trancava a jaula. E foi então que aconteceu a tragédia. O senhor deve ter ouvido dizer que os grandes felinos são rápidos em farejar o sangue humano e que esse cheiro os excita. O instinto revelou à fera no mesmo instante que um ser humano tinha sido ferido. Quando abri a porta da jaula, o animal pulou para fora e se atirou sobre mim. Leonardo poderia ter me salvado. Se ele tivesse corrido e acertado a fera com a clava, ele a teria afugentado. Mas ele perdeu a cabeça! Eu o ouvi gritar. Ele virou as costas e fugiu!... No mesmo instante, o leão cravou os dentes no meu rosto. O hálito quente e nauseante da fera me sufocou, e naquele momento eu nem senti a dor. Com as palmas das mãos, tentava afastar de mim as enormes mandíbulas, fumegantes e manchadas de sangue, e gritava por socorro. Percebi que a caravana estava no maior tumulto, e lembro-me de um grupo de homens, liderados por Leonardo e Griggs, me arrancando das garras da fera. Essa foi minha única lembrança, senhor Holmes, durante longos meses de sofrimento. Quando me recuperei e vi minha imagem no espelho, amaldiçoei aquele leão... Oh, como ainda o amaldiçoo! Não por ter destruído minha beleza, mas por não ter acabado com a minha vida! Eu tinha apenas um desejo, senhor Holmes, e tinha dinheiro suficiente para satisfazê-lo: esconder meu pobre rosto para que ninguém pudesse vê-lo, e morar em um lugar onde ninguém me conhecesse. Não havia mais nada a fazer. E foi o que fiz. Um maldito animal ferido que se arrasta até sua toca para morrer: eis o fim de Eugenia Ronder.

Depois que a infeliz mulher acabou de narrar sua história, ficamos em silêncio por algum tempo. Então Holmes estendeu o seu braço comprido e acariciou a mão dela, com uma simpatia que me surpreendeu.

– Pobre mulher! – disse ele. – Os caminhos do destino são realmente misteriosos! Se do outro lado da vida não existir uma compensação, então a vida neste mundo é apenas uma brincadeira cruel. Mas o que houve com esse tal Leonardo?

– Nunca mais o vi nem ouvi falar sobre ele. Ele fugiu com uma das garotas do circo. Talvez eu esteja errada em ter tanto ressentimento contra ele... Mas o amor de uma mulher não se rompe tão facilmente. Ele me deixou nas garras do leão; ele fugiu enquanto eu gritava por socorro... Mas não consegui mandá-lo para o cadafalso! Eu não me importava com o que acontecesse comigo. Que castigo poderia ser mais terrível do que o meu? Não obstante, protegi Leonardo de seu destino.

– E então, ele morreu?

– Ele se afogou no mês passado, perto de Margate. Fiquei sabendo pelos jornais.

– E o que ele fez com a clava de cinco pregos, que é o detalhe mais bizarro de toda a história?

– Não sei, senhor Holmes. Havia uma pedreira perto do acampamento, com um lago muito profundo. Talvez esteja nas profundezas desse lago...

– Bem, isso não importa mais. O caso está encerrado.

– Sim – repetiu a mulher –, o caso está encerrado.

Havíamos nos levantado para sair, mas havia alguma coisa na voz da ex-domadora que chamou a atenção de Holmes. Ele se voltou para ela.

– Senhora, a sua vida não é sua – murmurou ele. – Não faça o que está pensando em fazer.

– Que utilidade pode ter a minha vida para alguém?

– Como pode dizer uma coisa dessas? O exemplo de alguém que sofre é a mais preciosa de todas as lições.

A resposta da mulher foi terrível. Ela levantou o véu e deu um passo em direção à luz.

– Eu me pergunto se o senhor suportaria ver isto – disse ela.

Era horrível. Não há palavras que possam descrever a configuração de um rosto quando o próprio rosto não existe mais. Dois lindos olhos negros, muito vivos, emergiam tristemente daquela triste ruína, tornando ainda mais atroz o horror daquela visão. Holmes ergueu as mãos em um gesto de piedade e protesto, e saímos do quarto.

Dois dias depois, quando fui à casa do meu amigo, ele apontou orgulhosamente para um pequeno frasco azul em cima da lareira. Peguei-o e li. Havia uma etiqueta: "Veneno". Quando abri a tampa do frasco, um cheiro agradável de amêndoas inebriou minhas narinas.

– Ácido prússico!

– Exatamente – respondeu Holmes. – Chegou pelos correios, com uma mensagem: "Entrego ao senhor a minha tentação. Vou seguir seu conselho". Acredito, Watson, que podemos adivinhar o nome da corajosa mulher que o enviou.

Capítulo 11

• O VELHO SOLAR DE SHOSCOMBE •

Sherlock Holmes estivera durante muito tempo inclinado sobre um microscópio de baixa potência. Depois endireitou-se e olhou triunfante para mim.

– É cola, Watson! – disse ele. – Não há a menor dúvida. Dê uma olhada neste material espalhado na lâmina!

Curvei-me sobre o aparelho e ajustei-o para a minha visão.

– Esses pelos são fios de um casaco de casimira. As massas irregulares cinzentas são poeira. À esquerda, escamas epiteliais. Aquelas bolhas escuras, no centro, são definitivamente cola.

– Bem – respondi, sorrindo –, estou disposto a acreditar em sua palavra. Isso faz parte de algum caso?

– Trata-se de uma bela demonstração – respondeu ele. – No caso de São Pancrácio, você deve se lembrar de que foi encontrado um gorro ao lado do policial morto. O acusado negou que fosse dele. Mas ele trabalha fazendo molduras para quadros e, portanto, mexe habitualmente com cola.

– Mas este é um dos seus casos?

– Não. Meu amigo Merivale, da Scotland Yard, pediu uma ajuda. Desde que pus as mãos naquele falsificador, por causa das limalhas de zinco

O arquivo secreto de Sherlock Holmes

e de cobre encontradas na costura da camisa dele, eles começaram a perceber a importância do microscópio. – Holmes consultou o relógio com impaciência. – Estou esperando a visita de um novo cliente, mas ele está atrasado. Por falar em cliente, Watson, você entende alguma coisa de corridas de cavalos?

– Um pouco. Metade da minha pensão por invalidez vai para lá.

– Então você será o meu "Manual Prático das Corridas". Sabe me dizer quem é Sir Robert Norberton? O nome significa alguma coisa para você?

– Sim. Ele mora no solar de Shoscombe, que eu conheço bem, porque morei ali perto. Uma vez, Norberton quase foi investigado por você.

– Como assim?

– Foi quando ele deu uma bela surra de chicote em Sam Brewer, o notório agiota de Curzon Street. Ele quase matou o homem.

– Que interessante! Ele é um adepto da violência?

– Pelo menos tem uma reputação de homem perigoso. É o cavaleiro mais temerário da Inglaterra, o segundo lugar no Grande Prêmio Nacional. É um desses homens à frente de seu tempo. Deve ter sido um grande *playboy* na época da Regência: boxeador, atleta, grande apostador de cavalos, conquistador de mulheres e, segundo rumores, está em uma situação financeira tão terrível que talvez nunca se recupere.

– Excelente, Watson! Um perfeito esboço! Parece-me que já o conheço. Você pode me falar mais sobre o solar de Shoscombe?

– Sei somente que fica no centro da grande propriedade Shoscombe, que também abriga o famoso estábulo e o centro de treinamento.

– E o treinador-chefe se chama John Mason – disse Holmes. – Não fique surpreso com os meus conhecimentos, Watson! Eu recebi uma carta dele. Mas me dê mais detalhes sobre Shoscombe. Sinto como se tivesse desenterrado um veio de ouro.

– Há ainda os famosos cães spaniels de Shoscombe. A raça mais pura da Inglaterra. Eles são o orgulho da senhora do solar de Shoscombe.

– A esposa de Sir Robert Norberton, suponho.

– Não. Sir Robert nunca se casou. Isso é bom, considerando as perspectivas. Ele vive com a irmã, a viúva Lady Beatrice Falder.

– Você quer dizer que ela mora com ele, não é?

– Não. O antigo proprietário era Sir James, o marido dela. Norberton não tem direito à propriedade. É apenas um usufruto, e a propriedade reverterá para o irmão de Sir James. Nesse meio-tempo, ela recolhe as rendas todos os anos.

– E o irmão Robert, sem dúvida, desperdiça todo o dinheiro.

– É mais ou menos isso. Ele deve fazer da vida dela um inferno. Apesar disso, ouvi dizer que ela é muito apegada a ele. Mas o que há de especial em Shoscombe?

– É exatamente isso que quero saber. Mas espere, pois já ouço os passos do homem que pode nos dizer alguma coisa.

A porta se abriu, e o criado fez entrar um homem alto, barbeado, com aquela expressão de firmeza e austeridade que só se encontra nos educadores de crianças ou de cavalos. O senhor John Mason tinha experiência com essas duas espécies e parecia um homem à altura da tarefa. Inclinou-se com certa frieza e sentou-se na cadeira que Holmes lhe indicara.

– Recebeu meu bilhete, senhor Holmes?

– Recebi, mas ele não me explicou nada.

– Trata-se de um assunto delicado demais para ser escrito em um papel. E muito complicado. Eu só poderia explicá-lo pessoalmente.

– Estamos à sua disposição.

– Primeiramente, senhor Holmes, temo que Sir Robert tenha enlouquecido.

Holmes ergueu uma sobrancelha.

– Senhor Mason, estamos na Baker Street, e não na Harley Street. Mas por que acha que ele enlouqueceu?

– É que, quando um homem comete uma extravagância ou duas, vá lá; mas, quando tudo o que faz é extravagante, a gente começa a estranhar. Creio que foi o Príncipe, o favorito de Shoscombe para o Grande Prêmio, que fez meu patrão perder o juízo.

O ARQUIVO SECRETO DE SHERLOCK HOLMES

– Trata-se de um cavalo que o senhor está adestrando?

– O melhor da Inglaterra, senhor Holmes! E sei o que estou dizendo. Serei franco com vocês, senhores, porque sei que são dois homens de honra e que minhas observações não sairão desta sala. Desta vez, Sir Robert precisa mesmo ganhar o Grande Prêmio. Ele está com a corda no pescoço, e esta é sua última chance. Todo o dinheiro que ele pôde levantar ou pedir emprestado foi apostado nesse cavalo, e com excelentes probabilidades. Hoje as apostas estão em quarenta para um; mas, quando ele começou a apostar no animal, estava perto dos cem.

– Como as apostas caíram se o cavalo é tão bom?

– O público não sabe que o cavalo é bom. Sir Robert foi mais esperto que os espiões. Em seus treinos, ele usa o meio-irmão do Príncipe. Ninguém consegue distinguir um do outro. Mas entre eles há uma grande diferença de velocidade, principalmente no galope. Ele não pensa em outra coisa, a não ser na corrida e no cavalo. Sua vida foi reduzida a isso. Até agora ele manteve os agiotas a distância. Mas, se o Príncipe for derrotado, ele está acabado.

– É realmente um jogo muito incerto; mas onde está a loucura?

– Basta olhar para ele. Ele não dorme mais e não sai mais dos estábulos. Os olhos dele estão vidrados. Seus nervos estão à flor da pele. E, depois, ele tem se comportado de forma estranha em relação a Lady Beatrice.

– Que tipo de comportamento estranho?

– Eles sempre foram muito ligados, como se fossem irmãos gêmeos. Eles tinham os mesmos gostos, e ela amava cavalos tanto quanto ele. Todos os dias, à mesma hora, ela descia de carruagem para vê-los; ela tinha um amor especial pelo Príncipe. O potro levantava as orelhas só de ouvir o barulho das rodas no cascalho, e todas as manhãs trotava até o carro para pegar seu cubo de açúcar. Mas tudo isso acabou.

– Por quê?

– A senhora parece ter perdido o interesse pelos cavalos. Há mais de uma semana ela passa direto pelos estábulos, sem ao menos dizer um olá.

– Eles brigaram?

– Sim, e foi uma discussão séria, com muito ressentimento. Depois da briga, ele deu um sumiço no cãozinho spaniel que pertencia à senhora, e que ela amava como se fosse seu filho. Sir Robert deu o cãozinho ao velho Barnes, dono da pousada Green Dragon Inn. Fica a uns cinco quilômetros de Shoscombe, em Crendall.

– Realmente, é tudo muito estranho.

– A senhora é doente. Ela tem um problema cardíaco. Então, era bastante normal que ela não saísse com ele; mas todas as noites eles passavam mais de duas horas conversando no quarto dele. Ele podia ser o que fosse, mas Lady Beatrice sempre foi sua melhor amiga. Tudo isso acabou. Ele não quer mais vê-la. E ela está sofrendo! Anda triste, mal-humorada, e agora começou a beber, senhor Holmes! Ela está bebendo como um gambá!

– E antes dessa discussão, ela já bebia?

– Ela bebia apenas socialmente. Mas agora são duas, três garrafas por noite! Foi o que me contou Stephens, o mordomo. Tudo mudou, senhor Holmes, e há algo de podre nessa mudança. E por que o patrão desce todas as noites à velha cripta da igreja? E quem é o homem que ele encontra lá?

Holmes esfregou as mãos.

– Continue, senhor Mason. O seu relato me fascina cada vez mais.

– Foi o mordomo que viu. Era meia-noite e chovia muito. No dia seguinte, não fui para a cama: claro, o patrão voltou para lá. Stephens e eu o seguimos, mas era arriscado; pois, se ele tivesse nos visto, teria sido uma loucura! É um homem terrível, com os punhos que tem, e não respeita nada. Por isso tivemos medo de chegar muito perto, mas sabemos muito bem para onde ele foi. Foi para a cripta mal-assombrada, e havia um homem esperando por ele.

– Uma cripta mal-assombrada?

– Sim, senhor. Uma antiga capela abandonada na propriedade. Tão antiga que ninguém sabe dizer a data de sua construção. Abaixo dela, há uma cripta que tem má fama entre nós. Mesmo durante o dia, o lugar é escuro, úmido, isolado; e poucos se aventuram a ir até lá durante a noite!

O ARQUIVO SECRETO DE SHERLOCK HOLMES

Mas o patrão parece não ter medo de nada. Ele nunca sentiu medo em toda a vida. Mas o que ele vai fazer lá, altas horas da noite?

– Espere um pouco – disse Holmes. – O senhor me disse que havia outro homem. Deve ser um dos cavalariços ou alguém da casa. Basta identificá-lo e interrogá-lo.

– É um homem desconhecido.

– Como assim?

– Eu o vi de perto, senhor Holmes. Foi na segunda noite. Sir Robert saiu da cripta e passou por nós. Digo, eu e Stephens, escondidos no mato e tremendo como dois coelhos na escuridão. Também ouvimos o outro homem saindo atrás. Quando Sir Robert se afastou, saímos do nosso esconderijo como se estivéssemos em um passeio ao luar e trombamos com o homem de propósito. Eu o cumprimentei: "Boa noite, senhor! Como vai?" Ele olhou para nós como se tivesse visto o diabo saindo do inferno. Ele soltou um grito e correu o mais rápido que pôde pela escuridão. Como corria, o desgraçado! Em um minuto, ele desapareceu de nossa vista, e não pudemos descobrir quem era.

– Mas o senhor conseguiu ver o rosto dele?

– Sim. Eu poderia jurar que ele é amarelo como um melão, com cabeça de cachorro magrela, eu me atrevo a dizer. O que ele pode ter em comum com Sir Robert?

Holmes permaneceu pensativo.

– Quem é a dama de companhia de Lady Beatrice Falder? – perguntou, por fim.

– Uma moça chamada Carrie Evans. Está com ela há cinco anos.

– Uma serviçal muito dedicada, eu suponho.

O senhor Mason pareceu envergonhado e desconfortável.

– Dedicada até demais – ele respondeu.

– Ah! – exclamou Holmes.

– Senhor Holmes, sou um cavalheiro. Não gosto de mexericos.

– Entendo, senhor Mason. Mas a situação é clara. Pela descrição do doutor Watson, deduzo que nenhuma mulher seja imune aos encantos de

Sir Robert. Já pensou que pode ser esta a explicação para o distanciamento entre os irmãos?

– Bem, esse relacionamento dos dois já é conhecido há muito tempo...

– Talvez a senhora não soubesse. Suponhamos que ela tenha descoberto de repente. Ela tenta se livrar da moça. O irmão não consente. A senhora fraca e doente, sofrendo do coração, não tem meios para impor sua vontade. A odiosa criada permanece na casa. Lady Beatrice se recusa a falar, fica de mau humor, começa a beber. Em seu ressentimento, Sir Robert despacha o seu cãozinho favorito. Há algum absurdo nessas suposições?

– Até o momento, não.

– Até o momento. Mas como explicar as visitas noturnas à cripta? Isso não se encaixa na nossa história.

– Não, senhor. E ainda há outra coisa que não se encaixa. Por que Sir Robert estaria exumando um cadáver da família?

Holmes pulou da cadeira como uma mola.

– O quê?!

– Pois é, senhor Holmes! Descobrimos isso ontem, depois que escrevi para o senhor. Sir Robert viajou para Londres, então Stephens e eu fomos investigar a cripta. E lá dentro, encostados em um canto, vimos os fragmentos de um corpo fora do túmulo.

– Você chamou a polícia?

Nosso visitante deu um sorriso amargo.

– Creio que nossa descoberta não teria interessado muito à polícia. Eram a cabeça e os ossos de uma múmia, que pode ter uns mil anos. Mas esses restos mortais não estavam ali antes. Eles foram dispostos bem arrumadinhos ali no canto e cobertos com uma tábua; mas garanto que aquele canto sempre esteve vazio.

– E o que vocês fizeram?

– Deixamos onde estava.

– Fizeram bem. O senhor disse que Sir Robert viajou ontem. Ele já voltou?

– Estamos aguardando o retorno dele para hoje.

O arquivo secreto de Sherlock Holmes

– E quando foi que Sir Robert doou o cãozinho da irmã?

– Faz uma semana, justamente hoje. O cãozinho estava latindo muito (eu até diria que estava chorando), perto do velho caramanchão. Sir Robert teve um de seus ataques de mau humor naquela manhã. Ele agarrou o cãozinho pelas orelhas, e cheguei a pensar que ele iria matá-lo. Mas ele chamou Sandy Bain, o jóquei, entregou o cãozinho para ele e mandou levá-lo para o velho Barnes, do Green Dragon Inn. Ele disse não queria ver o pobre animalzinho nunca mais.

Holmes acendeu o mais antigo e mais entupido de seus cachimbos.

– Eu ainda não entendi muito bem o que o senhor quer que eu faça, senhor Mason.

– Talvez isto esclareça melhor as coisas, senhor Holmes – declarou o visitante.

Tirou um papel do bolso e, desdobrando-o cuidadosamente, exibiu um fragmento de osso carbonizado. Holmes examinou-o com interesse.

– Onde conseguiu isso?

– Bem embaixo do quarto de Lady Beatrice, no porão, está a caldeira de aquecimento central. Ela esteve desativada por muito tempo, mas Sir Robert se queixou do frio, e ela foi ligada novamente. O senhor Harvey, um dos meus rapazes, é quem cuida disso. Nesta manhã, ele encontrou este osso enquanto varria as cinzas. Ele acha que é um osso de gente.

– Também acho – disse Holmes. – Dê uma olhada, Watson.

O osso estava carbonizado, reduzido a um pedaço de carvão, mas não havia dúvida quanto à sua função anatômica.

– É a parte superior de um fêmur humano – respondi.

– Exatamente! – Holmes ficou muito sério. – Com que frequência esse rapaz cuida da caldeira?

– Todas as noites.

– É possível entrar pelo lado de fora?

– Sim, há uma porta do lado de fora. Há outra que se abre para uma escada, que leva ao corredor do quarto de Lady Beatrice.

– Então, qualquer pessoa poderia entrar lá durante a noite?

ARTHUR CONAN DOYLE

– Sim, senhor.

– O caso está se complicando, senhor Mason. O senhor disse que Sir Robert não estava em casa na noite passada, não é isso?

– Isso mesmo, senhor.

– E como se chama o hotel do qual o senhor falou?

– Green Dragon Inn.

– A pescaria é boa naquela parte de Berkshire?

O nosso bravo treinador deve ter pensado que um novo lunático acabava de entrar em sua dolorosa existência.

– Bem, senhor, ouvi dizer que há muitas trutas no rio do moinho e enguias no lago Hall.

– Perfeito. O doutor Watson e eu somos pescadores natos, não é verdade, Watson? Bem, senhor Mason, volte para Shoscombe. Chegaremos nesta noite ao hotel Green Dragon. É desnecessário dizer que não poderemos nos ver e que o sigilo é absoluto; mas o senhor sempre pode nos enviar um bilhete. E, se eu precisar do senhor, mandarei chamá-lo.

E foi assim que, numa clara noite de maio, Holmes e eu nos encontramos sentados em um vagão de primeira classe, rumo à pequena estação de Shoscombe. O bagageiro acima de nós estava repleto de cestos e de apetrechos de pesca.

Quando chegamos ao nosso destino, um pequeno trajeto de carro nos levou a uma pousada de estilo antiquado, onde o alegre proprietário, o senhor Josiah Barnes, aprovou calorosamente nossos planos de pescar naquela região.

– E o que o senhor me diz do lago Hall? Bastante enguias por lá? – indagou Holmes.

O rosto do senhor Barnes perdeu rapidamente a aparência jovial.

– Nem pense nisso! O senhor vai acabar afogado no lago antes de começar a pescar!

– Mas por quê?

– Por causa do lorde, Sir Robert. Ele tem um ciúme terrível de suas trutas. Além disso, se ele desconfiar de que dois forasteiros como os senhores

O arquivo secreto de Sherlock Holmes

chegaram perto dos estábulos, com certeza ele os perseguirá. Tão certo quanto o destino! Ele não gosta de correr riscos.

– Sim, ouvi dizer que ele tem um cavalo inscrito no Grande Prêmio.

– Sim, e que belo cavalo! Apostamos todo o nosso dinheiro nele, assim como Sir Robert. Por falar nisso... – o homem nos encarou com olhos pensativos – suponho que os senhores não sejam apreciadores das corridas.

– Não, senhor. Somos apenas dois londrinos cansados, em busca do ar puro de Berkshire.

– Então encontraram o lugar certo! Mas não se esqueçam do que eu falei sobre Sir Robert! Ele é do tipo de homem que bate primeiro e fala depois. Fiquem longe da propriedade.

– É claro, senhor Barnes. Mudando de assunto, de quem é aquele belo cãozinho spaniel que estava choramingando ali no corredor?

– Ele é meu. Não é lindo o meu cachorro? É um spaniel raça pura! Com *pedigree* da casa de Shoscombe. Os melhores da Inglaterra.

– Também sou um grande apreciador de cães! – disse Holmes. – Se me permite a intromissão, quanto vale um cão de raça como esse?

– Mais do que eu poderia pagar, senhor. Esse aí foi um presente do próprio Sir Robert. É por isso que o mantenho preso na coleira. Se eu soltá-lo, tenho certeza de que voltará correndo para o lago Hall em cinco segundos.

– Temos algumas cartas na mão, Watson. – disse Holmes, quando o senhor Barnes nos deixou. – O movimento não é fácil, mas em um ou dois dias poderemos ganhar este jogo. Acredito que Sir Robert ainda esteja em Londres. Talvez possamos adentrar seus domínios sagrados nesta noite, sem arriscar uma luta. Há alguns detalhes que eu gostaria de confirmar pessoalmente.

– Já tem alguma teoria, Holmes?

– Apenas isto, Watson: que há uma semana, mais ou menos, aconteceu alguma coisa que alterou profundamente a rotina do velho solar de Shoscombe. O que terá sido? Podemos apenas deduzir por meio das consequências. Elas parecem estranhamente misturadas. Mas isso certamente nos ajudará. Vamos reconsiderar nossos elementos. O irmão não visita mais sua amada irmã doente. Ele se livra do cãozinho favorito dela. O cãozinho da irmã dele, Watson! Esse detalhe sugere alguma coisa para você?

– Nada além do ressentimento do irmão.

– Talvez. Ou então... sim, vejo outra possibilidade! Vamos retomar nosso exame da situação a partir do momento da discussão, se é que houve uma discussão. A senhora não sai mais do quarto, muda seus hábitos, não é mais vista por ninguém, a não ser quando sai de carruagem, não se importa mais com o seu cavalo preferido, e aparentemente está entregue às bebidas. O cenário está completo, não é verdade?

– Falta a história da cripta.

– É outra linha de raciocínio, Watson. Há duas linhas, e eu ficaria grato se você não as confundisse. O raciocínio "A", que diz respeito a Lady Beatrice, é bastante sinistro, você não acha?

– Não sei o que dizer.

– Bem, tomemos agora o raciocínio "B", que diz respeito a Sir Robert. Ele quer ganhar a corrida a qualquer custo. A qualquer momento, o seu pequeno reino encantado pode ser vendido, e seus estábulos podem ser confiscados pelos credores. Toda a sua renda provém da irmã. E a criada dessa irmã é o brinquedinho dele. Até agora estamos em terra firme, certo?

– Até agora, sim.

– Ele não pode fugir do país, porque não tem dinheiro. Ele precisa fazer fortuna, e essa fortuna só virá com a vitória espetacular do Príncipe de Shoscombe. Portanto, ele não tem para onde correr.

– Sim. Mas e a cripta?

– Ah, sim, a cripta! Suponhamos, Watson... É uma suposição ultrajante, tenho até medo de falar... É uma hipótese que apresento apenas para fins de argumentação... Mas suponhamos que Sir Robert simplesmente tenha feito sua irmã desaparecer.

– Meu caro Holmes, isso está fora de questão!

– Provavelmente, Watson. Sir Robert vem de uma família honrada. Mas, mesmo entre as águias, às vezes podemos encontrar um abutre. Vamos aceitar, por um momento, que essa suposição esteja correta. Para fazer isso,

O arquivo secreto de Sherlock Holmes

ele deve se livrar do corpo da vítima e encontrar uma substituta que finja ser ela. Com a empregada no segredo, não é impossível. O corpo de Lady Beatrice é escondido na cripta, um local ermo e pouco visitado; e depois é incinerado às escondidas na caldeira, durante a noite. No entanto, alguns restos ficam para trás, como aquele fêmur. O que você acha, Watson?

– Desde que você leve a sério uma hipótese tão monstruosa, tudo é possível.

– Estou pensando em um pequeno experimento que podemos tentar amanhã, Watson. Vamos continuar representando nosso papel de turistas. Chamamos o nosso anfitrião para tomar um copo de vinho e conversamos calorosamente com ele sobre enguias e trutas; uma conversa que o tocará diretamente no coração. Nunca se sabe: conversando com ele, podemos apreender algum mexerico local que possa ser útil.

Pela manhã, Holmes percebeu que nos havíamos esquecido de trazer nossos anzóis especiais, o que nos salvou da pescaria naquele dia. Por volta das onze horas, saímos para passear, levando conosco o cãozinho spaniel preto.

– É aqui – disse ele, quando paramos diante de um portão enorme, encimado por dois grifos heráldicos. – Por volta do meio-dia, segundo me informou o senhor Barnes, a velha Lady Beatrice sai para seu passeio habitual. Quando o veículo estiver transpondo o portão, preciso que você distraia o cocheiro. Faça a primeira pergunta que lhe vier à cabeça. Não se preocupe comigo. Ficarei escondido atrás daquele arbusto, e você verá o que vou fazer.

Não tivemos de esperar muito. Quinze minutos depois, descia pela alameda a grande carruagem amarela, de capota aberta, puxada por dois magníficos cavalos cinzentos. Holmes se agachou atrás do seu arbusto, segurando o cão. Permaneci parado na estrada, com um ar casual e distraído. Um zelador veio correndo para abrir o portão.

A carruagem tinha diminuído a velocidade, e pude dar uma boa espiada em seus ocupantes. Uma mulher jovem, corada, de cabelo cor de estopa e olhos atrevidos, estava sentada à esquerda. À sua direita estava uma mulher idosa, de costas curvadas, envolta em xales que cobriam o seu rosto e caíam pelos ombros: certamente era a senhora doente. Quando os cavalos retomaram a marcha, ergui a mão com um gesto imperioso. O cocheiro parou, e perguntei a ele se Sir Robert estava em casa.

No mesmo instante, Holmes soltou o cãozinho. Pulando e latindo de alegria, o animalzinho correu até a carruagem e subiu no estribo. Mas, em menos de um segundo, sua alegria se transformou em raiva, e ele avançou rosnando sobre o vestido preto da senhora.

– Em frente! Em frente! – ordenou uma voz áspera.

O cocheiro chicoteou os cavalos, e a carruagem se foi; e nós dois ficamos parados no meio da estrada.

– Viu só, Watson? Funcionou! – exclamou Holmes, colocando novamente a coleira no cachorrinho. – Ele pensou que fosse sua dona, mas descobriu que era outra pessoa. Os cães nunca se enganam.

– E era uma voz de homem! – exclamei.

– Exatamente! Temos mais um trunfo em nossa mão, Watson. Mas o jogo ainda não acabou.

Meu amigo não parecia ter outros planos para aquele dia; então levamos nossos apetrechos de pesca para o riacho do moinho; e à noite tínhamos uma bela truta para o jantar. Foi somente depois da refeição que Holmes mostrou alguma intenção de retomar o assunto. Partimos pela estrada que havíamos seguido pela manhã e chegamos ao portão da propriedade. Uma figura alta e escura nos esperava: reconheci nosso cliente, o senhor John Mason, o treinador.

– Boa noite, senhores! – saudou ele. – Recebi seu bilhete, senhor Holmes. Sir Robert ainda não voltou, mas estamos esperando por ele nesta noite.

– A que distância do solar fica a cripta? – perguntou Holmes.

– A uns quatrocentos metros.

– Então não precisamos nos preocupar com ele. O senhor vem conosco?

– Sinto não poder acompanhá-los, senhor Holmes. Assim que ele chegar, ele vai me procurar para ter as últimas notícias do Príncipe.

– Compreendo. Nesse caso, nós vamos trabalhar sem o senhor, senhor Mason. Apenas nos mostre onde fica a cripta, e deixe o resto conosco.

O ARQUIVO SECRETO DE SHERLOCK HOLMES

A noite estava escura como breu, sem uma só nesga de luar; mas Mason nos conduziu pelo prado, até que uma massa indistinta surgiu à nossa frente: era a antiga capela. Entramos pelas ruínas do que outrora fora um alpendre. Tropeçando nos cacos de alvenaria, seguimos até um canto da construção, onde uma escada íngreme levava até a cripta. Mason acendeu um fósforo, e todo o lugar se iluminou com melancolia: as paredes em ruínas eram feitas de pedras grosseiramente talhadas; lápides de chumbo e pedra estavam dispostas de um lado, e eram muitas. A parede de túmulos se erguia até atingir a abóbada e se perdia nas sombras acima de nossas cabeças.

Holmes também acendeu sua lanterna, que projetava um feixe de luz amarela sobre aquele espetáculo de desolação. Os raios iluminavam as placas dos túmulos, a maioria adornada com o grifo e o pequeno brasão daquela antiga família, que ostentava os seus títulos até depois da morte.

– O senhor falou em alguns ossos, senhor Mason. Poderia mostrá-los antes de sair?

– Estão ali, naquele canto.

O treinador avançou naquela direção, mas de repente parou, petrificado:

– Não estão mais aqui! – murmurou ele.

– Era o que eu esperava – disse Holmes, com uma risadinha. – Imagino que o pobre cadáver já esteja na caldeira, desfeito em cinzas.

– Mas por que diabos alguém perderia tempo queimando esses ossos? Esse cadáver já deve ter uns mil anos! – perguntou John Mason.

– É por isso que estamos aqui – respondeu Holmes. – Como nossa busca pode ser longa, não queremos detê-lo. Creio que teremos a solução do problema antes do amanhecer.

Assim que John Mason saiu, Holmes começou a trabalhar.

Primeiro, ele examinou com muito cuidado cada uma das sepulturas, uma após a outra. Começou por um túmulo muito antigo, provavelmente saxão, e seguiu uma longa linhagem normanda de Hugos e Odos, até chegarmos a Sir William e Sir Denis Falder, do século XVIII. Mais de uma hora depois, Holmes encontrou um caixão de chumbo, em uma fenda da

233

parede. Ouvi seu pequeno grito de satisfação e percebi por seus gestos apressados, mas precisos, que ele havia alcançado seu objetivo. Com sua lupa, ele examinou cuidadosamente as bordas da tampa pesada. Então tirou do bolso uma espécie de pé de cabra, que introduziu em uma abertura, e começou a levantar toda a frente, que parecia estar presa apenas por dois grampos. A tampa cedeu com um som de alguma coisa que se rasgava; mas, assim que o caixão foi aberto, revelando parte de seu conteúdo, ocorreu uma interrupção imprevista.

Ouviam-se os passos de alguém na capela, acima de nós. Era o passo rápido e firme de uma pessoa que vinha com um propósito determinado e conhecia bem o terreno onde pisava. Um feixe de luz iluminou a escada, revelando a sombra de um homem. Ele era imponente em tamanho, feroz em sua atitude. A grande lanterna do estábulo, que ele segurava à sua frente, iluminava um rosto duro e bigodudo, com olhos perversos que esquadrinharam cada canto da cripta, até nos encontrar.

– Quem diabos são vocês? – ele trovejou. – E o que estão fazendo em minha propriedade?

Como Holmes permanecia em silêncio, o homem deu dois passos à frente e brandiu a pesada bengala que carregava.

– Estão me ouvindo? – gritou. – Quem são vocês? O que estão fazendo aqui? – repetiu ele, agitando a bengala no ar.

Mas, em vez de recuar, Holmes foi ao seu encontro.

– Também tenho uma pergunta para o senhor, Sir Robert – respondeu Holmes, muito calmo. – Quem é esta mulher morta? E o que ela está fazendo aqui?

Então Holmes se virou e levantou completamente a tampa do caixão. À luz da lanterna, vi um cadáver envolto em um lençol da cabeça aos pés. As feições eram hediondas. Era como o rosto de uma bruxa, onde só se viam o nariz e o queixo, com os olhos opacos e vidrados.

O distinto lorde cambaleou para trás, encostando-se a um sarcófago de pedra.

– Como descobriu isso? – ele gritou. – Isso não é da sua conta!

O arquivo secreto de Sherlock Holmes

– Meu nome é Sherlock Holmes – respondeu o meu amigo. – Já deve ter ouvido falar de mim. Em todo caso, isso é da minha conta, sim. E o meu dever, como o de qualquer bom cidadão, é lutar em defesa da lei. Parece-me que o senhor tem muito a responder.

Os olhos de Sir Robert queimaram de ódio por um momento, mas a voz tranquila e a segurança de Holmes surtiram efeito.

– Juro diante de Deus, senhor Holmes, eu não cometi nenhum crime! Admito que as circunstâncias estão contra mim, mas eu não poderia ter agido de outra forma.

– Gostaria de partilhar a sua opinião, mas temo que suas explicações tenham de ser dadas perante a polícia.

Sir Robert encolheu os ombros largos.

– Bem, que seja! No entanto, venham comigo à minha casa; e assim poderão julgar o assunto por si mesmos.

Quinze minutos mais tarde, estávamos reunidos na sala de armas do velho solar. O local era confortavelmente mobiliado, e Sir Robert nos fez esperar ali por alguns momentos. Quando voltou, estava acompanhado por duas pessoas: uma era a jovem serelepe que tínhamos visto na carruagem; a outra era um homem baixinho, com cara de rato e modos desagradavelmente furtivos. Ambos pareciam muito surpresos, o que indicava que o lorde não tivera tempo de explicar os novos rumos dos acontecimentos.

– Aqui estão – apontou Sir Robert – o senhor e a senhora Norlett, cujo nome de solteira é Evans. Por alguns anos, a senhora Norlett foi a dama de companhia de minha irmã. Eu os trouxe, porque minha única alternativa é revelar a verdade aos senhores, e eles são as únicas pessoas que podem confirmar o que estou prestes a dizer.

– Isso é mesmo necessário, Sir Robert? O senhor sabe o que está fazendo? – gritou a mulher.

– Quanto a mim, já vou adiantando que não tenho nada com isso! – disse o marido.

Sir Robert lançou-lhe um olhar de desprezo.

ARTHUR CONAN DOYLE

– Eu assumo toda a responsabilidade – disse ele. – E agora, senhor Holmes, ouça minha declaração; serei totalmente franco. O senhor já está totalmente informado sobre meus negócios. Caso contrário, eu não o teria encontrado no lugar onde encontrei. Portanto, já deve saber que inscrevi um cavalo no Grande Prêmio e que tudo depende dessa vitória. Se eu ganhar, tudo ficará bem. Se perder... bem, nem me atrevo a pensar nisso!

– Conheço toda a situação – disse Holmes.

– Sou completamente dependente da minha irmã, Lady Beatrice. O usufruto da propriedade é dela, enquanto durar a sua vida. No que me diz respeito, estou totalmente nas mãos dos agiotas. Sempre soube que, no dia em que minha irmã morrer, meus credores vão atacar a propriedade como um bando de abutres. Tudo seria levado: meus estábulos, meus cavalos, meus cães de raça, tudo! Pois bem, senhor Holmes: informo que minha irmã faleceu há exatamente oito dias.

– E por que o senhor não contou a ninguém?

– O que eu poderia fazer? Teria sido uma ruína absoluta. Por outro lado, se eu conseguisse ocultar essa morte por três semanas, ainda teria a chance de escapar impune. O marido da criada, este homem aqui, é um ator. Ocorreu-nos... Ocorreu-me que ele poderia substituir minha irmã por um breve período. Em suma, era apenas uma questão de mostrá-la todos os dias em seu passeio de carro, já que ninguém precisava entrar no quarto dela, exceto sua criada de confiança. Não foi difícil arranjar a farsa. A propósito, minha irmã faleceu de hidropisia, algo que já a atormentava há muito tempo.

– Isso cabe ao médico legista decidir.

– O médico da família poderá atestar que os sintomas se agravaram nos últimos meses, anunciando o fim iminente.

– E o que o senhor fez com o corpo?

– O corpo dela não podia ficar aqui. Na primeira noite, eu e Norlett a levamos para o velho caramanchão. No entanto, fomos seguidos pelo seu cãozinho spaniel favorito, que não parava de ganir em frente à porta. Tínhamos de encontrar um lugar mais seguro. Livrei-me do cachorro, e

O arquivo secreto de Sherlock Holmes

carregamos o corpo para a cripta. Não aconteceu nada indigno ou desrespeitoso, senhor Holmes. Não faltei com o respeito à morta.

– A sua conduta é imperdoável, Sir Robert.

O baronete balançou a cabeça com impaciência.

– Falar é muito fácil! – disse ele. – Se o senhor estivesse na minha situação, pensaria de forma diferente. É difícil ver todas as suas esperanças e todos os seus projetos frustrados no último momento, sem tentar se salvar de qualquer maneira. Achei que não cometeria nenhuma falta de respeito se a colocasse em um dos túmulos dos antepassados de seu marido, que estão enterrados em um chão sagrado. Abrimos um desses túmulos, retiramos os ossos e colocamos minha irmã nele, como o senhor pôde ver. Quanto aos ossos que havíamos exumado, não podíamos deixá-los no chão da cripta. Norlett e eu os levamos aos poucos para o solar, e à noite ele descia e os incinerava na caldeira. Essa é a verdadeira história, senhor Holmes, embora eu ainda não entenda como conseguiu me forçar a contá-la.

Holmes meditou em silêncio por algum tempo.

– Há um ponto fraco em sua história, Sir Robert – disse ele, por fim. – Suas apostas na corrida, ou seja, suas esperanças no futuro, ainda seriam válidas mesmo que os credores tomassem seus bens.

– O cavalo também teria sido apreendido. De que serviriam as minhas apostas? O Príncipe não poderia participar da corrida. Infelizmente, meu principal credor é meu pior inimigo, um bandido sem escrúpulos. É Sam Brewer, em quem eu dei publicamente uma surra de chicote em Newmarket Heath. O senhor acha que ele teria me poupado?

– Bem, Sir Robert – disse Holmes, levantando-se –, é claro que esse assunto deve ser levado ao conhecimento da polícia. Era meu dever esclarecer os fatos. Eu não vou além disso. Quanto à moralidade ou decência de sua conduta pessoal, não cabe a mim julgar. É quase meia-noite, Watson. Acredito que podemos voltar para nossa modesta casa.

Todos sabem que esse episódio singular termina com um final feliz, mais do que os atos de Sir Robert mereciam. O Príncipe de Shoscombe ganhou o Grande Prêmio. O seu dono ganhou oitenta mil libras líquidas com suas apostas. Os credores foram pagos, e restou dinheiro suficiente para restaurar Sir Robert à digna posição de sua família. A polícia e o tribunal encararam os fatos incriminadores com clemência. Depois de receber uma repreensão por ter ocultado a morte de sua irmã, o feliz proprietário escapou ileso dessa estranha aventura, e tudo agora sugere que, tendo superado essa fase sombria, ele chegara à sua velhice com honra.

Capítulo 12

• O COMERCIANTE DE TINTAS FALIDO •

aquela manhã, o prático e ativo Sherlock Holmes estava com um humor melancólico e filosófico.
– Você viu? – perguntou ele.
– O velho que acabou de sair?
– Sim.
– Sim. Eu o encontrei à porta.
– O que achou dele?
– Um ser patético, fútil e com cara de falido.
– Exatamente, Watson. Patético e fútil. Mas não é a própria vida patética e fútil? A história daquele homem não é um microcosmo do todo? Nós estendemos a mão. Nós alcançamos. Nós agarramos. E o que resta em nossas mãos? Uma sombra. Ou pior que uma sombra: somente a miséria.
– É um dos seus clientes?
– Pode-se dizer que sim. Foi enviado pela Yard. Assim como um médico envia um doente incurável a um charlatão. Acredita que não pode fazer mais nada e que, aconteça o que acontecer, o paciente não ficará pior do que já está.
– E qual é o problema dele?
Holmes pegou um cartão ensebado que estava em cima da mesa.

– Josiah Amberley. Ele diz que foi sócio minoritário da Brickfall & Amberley, fabricante de produtos de arte. Ainda podemos ver seus nomes em latas de tinta. Ele fez uma pequena fortuna, aposentou-se aos sessenta e um anos, comprou uma casa em Lewisham e se estabeleceu para descansar, depois de uma existência de trabalho ininterrupto. Seu futuro parecia devidamente assegurado.

– Parece-me que sim.

Holmes espiou algumas notas que havia rabiscado no verso de um envelope.

– Ele se aposentou-se em 1896, Watson. No início de 1897, casou-se com uma mulher vinte anos mais nova do que ele. Uma linda mulher, se a fotografia não engana. Então ele tinha o suficiente para viver: dinheiro, uma esposa, descanso e lazer. Um belo e promissor caminho pela frente. E, no entanto, não demorou dois anos para ele se tornar, como você pôde perceber, o mais miserável e arruinado dos seres que rastejam sob o sol.

– Mas o que aconteceu?

– A velha história, Watson. Um amigo traiçoeiro e uma esposa infiel. Ao que parece, Amberley tinha um *hobby* na vida: o xadrez. Não muito longe de sua casa, em Lewisham, vivia um jovem médico que também era um entusiasta do xadrez. Anotei o nome dele: doutor Ray Ernest. Esse jovem frequentava a casa, daí resultou uma certa intimidade natural entre ele e a senhora Amberley. Você notou que nosso infeliz cliente não é muito dotado de encantos exteriores, por maiores que sejam suas qualidades interiores. Os dois pombinhos fugiram na semana passada, para um destino desconhecido. O pior de tudo é que, talvez sem querer, a esposa infiel levou em sua bagagem uma boa parte das economias do velho. Onde estará a senhora? Será possível recuperar o dinheiro? O problema é extremamente comum, mas é de importância vital para Josiah Amberley.

– E o que você vai fazer?

– Meu caro Watson, sou eu quem pergunto: o que *você* vai fazer? Você faria a gentileza de me substituir? Você sabe que ando preocupado com

O arquivo secreto de Sherlock Holmes

o caso dos dois patriarcas coptas, que deve ser concluído hoje. Realmente não tenho tempo para ir a Lewisham. O velho insistiu muito para que eu fosse, mas expliquei a ele minhas dificuldades. Ele concordou em receber meu representante.

– Conte comigo – respondi. – Não creio que possa ajudar muito, mas farei o meu melhor.

Então, numa tarde de verão, parti para Lewisham. Mal sabia eu que, em menos de uma semana, este caso despertaria uma comoção geral em toda a Inglaterra.

Já era tarde da noite quando retornei à Baker Street para fazer meu relatório. Holmes tinha o corpo magro enterrado numa ampla cadeira; seu cachimbo expelia baforadas de tabaco forte, formando flocos de fumaça no espaço, enquanto suas pálpebras caíam flácidas e preguiçosas sobre os olhos. Ele parecia estar adormecido; mas, a cada vez que eu parava para retomar o fôlego, ou a cada passagem mais discutível de minha história, seus dois olhos claros e afiados como floretes me trespassavam, com um olhar inquisitivo.

– O senhor Josiah Amberley chama sua casa de Paraíso – expliquei. – Achei que interessaria a você, Holmes. Ele parece um nobre arruinado que se instalou entre os plebeus. Você conhece aquele bairro, com suas monótonas casas de tijolos, as suas monótonas ruas. Bem, no meio de tudo isso se ergue um antigo oásis de cultura e conforto: é essa velha casa, rodeada por um muro alto banhado de sol, azulejado de liquens, atapetado de musgo; o tipo de muro que...

– Chega de poesia, Watson! – cortou Holmes severamente. – Já entendi. Um muro alto de tijolos.

– Exatamente. Eu não saberia encontrar o Paraíso se não tivesse perguntado a um espectador fumando na rua. Tenho minhas razões para mencionar esse homem: ele era alto, moreno, tinha bigodes grossos e uma aparência meio militar. Ele respondeu à minha pergunta com um aceno de cabeça e me deu um olhar curiosamente questionador, que mais tarde voltou à minha lembrança. Eu mal havia passado pelo portão quando vi o senhor Amberley descendo o corredor. Só o tinha visto nesta manhã, e ele já tinha me dado a impressão de ser um ser estranho; mas, quando o encontrei em plena luz, sua aparência externa me pareceu ainda mais anormal.

– Eu também o examinei – disse Holmes. – Mas sua impressão pessoal também me interessa.

– Ele parecia literalmente sobrecarregado de preocupações. Suas costas estavam curvadas, como se ele carregasse um fardo pesado. No entanto, ele não é tão fraco quanto eu imaginava: seus ombros e seu peito poderiam ser os de um gigante, embora sua silhueta se afunile para baixo, para terminar em duas pernas finas.

– O sapato esquerdo amassado, o sapato direito liso.

– Nisso eu não reparei.

– Não, você não teria notado. Ele tem uma prótese de perna. Mas continue, Watson.

– Fiquei impressionado com as mechas sujas de cabelos grisalhos que se enrolavam sob seu velho chapéu de palha, bem como por seu semblante: feições vazias e uma expressão feroz e gananciosa.

– Muito bem, Watson. E o que ele disse?

– Ele me contou em detalhes as mazelas de sua história. Fomos andando juntos pelo jardim, e aproveitei para dar uma olhada no local. Nunca vi tamanho abandono e desleixo. O jardim está abandonado às ervas daninhas; tudo exala uma negligência selvagem, em que as plantas seguem os caprichos da natureza mais do que as regras da arte. Eu me pergunto como uma mulher decente poderia suportar tal situação. A casa está no último grau de abandono. O pobre homem parece que percebeu isso e quis remediar, porque havia um grande pote de tinta junto à entrada, e ele segurava um pincel grande na mão esquerda. Ele estava pintando a casa. Ele me conduziu ao seu decadente escritório, e tivemos uma longa conversa. Claro, ele ficou desapontado por você não ter ido.

O arquivo secreto de Sherlock Holmes

"'Já era de se esperar que um homem em minha condição, especialmente depois de minhas grandes dificuldades financeiras, pudesse atrair a atenção de uma celebridade como o senhor Sherlock Holmes', ele me disse. Garanti a ele que o problema não era dinheiro.

"'Claro que não!', ele respondeu. 'Ele trabalha por amor à arte. Mas, mesmo no nível artístico do crime, ele poderia ter encontrado algo aqui para estudar. É a natureza humana, doutor Watson! A ingratidão negra de tudo isso! Alguma vez recusei a ela alguma coisa? Já houve mulher mais mimada? E aquele jovem médico! Ele tem idade para ser meu filho. Ele tinha livre acesso à minha casa. Ele entrava e saía quando queria. E, no entanto, veja como eles me trataram! Oh, doutor Watson, este mundo é perverso, terrível!'

"Este foi o refrão dele por uma hora ou mais. Ao que parece, o pobre homem não desconfiava de nenhuma trama. Eles viviam sozinhos; uma governanta vinha durante o dia e deixava o serviço todas as tardes, às seis horas. Na noite da fuga, o velho Amberley, desejando agradar à esposa, reservara dois lugares no balcão do Haymarket Theatre. No último momento, ela se queixou de dor de cabeça e não quis ir. Ele foi sozinho. Parece não haver dúvida quanto a isso, pois ele me mostrou o bilhete não utilizado que havia comprado para a esposa."

– Muito interessante! – disse Holmes, cujo interesse parecia aumentar. – Continue, Watson. Sua história é cativante. Você examinou o bilhete? Por acaso anotou o número?

– Por acaso, sim! – respondi com certa vaidade. – Por acaso era o meu antigo número da faculdade: 31. Então eu guardei facilmente.

– Excelente, Watson! Quer dizer que o assento dele era 30 ou 32.

– Exatamente – respondi, um pouco contrariado. – E na fila B.

– Estou encantado com você, Watson. E o que mais ele contou?

– Ele me mostrou o que chama de sua caixa-forte. É realmente uma caixa-forte, como um banco, com porta de ferro e grades, totalmente impenetrável, como ele mesmo se vangloria em dizer. No entanto, ao que parece, a mulher possuía uma cópia da chave. Ela levou cerca de sete mil libras em dinheiro e títulos.

– Títulos! Como poderiam resgatá-los?

– Ele entregou à polícia uma relação dos títulos, esperando que sejam bloqueados. No dia da fuga, ele voltou do teatro por volta da meia-noite e encontrou a casa saqueada, a porta e as janelas abertas, e nem sinal dos dois. Desde então, não recebeu nenhuma notícia dos fugitivos. Ele avisou a polícia imediatamente.

Holmes pensou por alguns instantes.

– Você disse que ele estava mexendo com tinta. O que ele pintava?

– O corredor. Mas já tinha pintado a porta e o madeiramento da sala do cofre.

– Não parece uma ocupação estranha em tais circunstâncias?

– "Tenho de fazer alguma coisa para me distrair", foi a explicação dele. Realmente é um pouco estranho, mas sem dúvida ele é um homem excêntrico. Ele rasgou uma fotografia da moça na minha frente, em um acesso de fúria. "Nunca mais quero ver a cara dessa maldita!", ele gritou.

– Mais alguma coisa, Watson?

– Sim. Uma coisa que me impressionou mais do que qualquer outra. Eu tinha ido para a estação de Blackheath e já estava no trem quando vi um homem entrar apressadamente no vagão ao lado do meu. Você sabe que eu tenho um olho afiado para reconhecer fisionomias. Sem a menor sombra de dúvida, era o homem alto e moreno com quem eu tinha falado na rua! Eu o vi novamente na Ponte de Londres, depois o perdi de vista na multidão. Mas tenho certeza de que ele estava me seguindo.

– Sem dúvida! – disse Holmes. – Um homem alto, moreno, de bigodes grossos, usando óculos escuros?

– Holmes, você é um adivinho. Eu não tinha mencionado isso, mas o homem realmente usava óculos de sol.

– E na gravata dele havia um alfinete com um emblema maçônico?

– Holmes!

O arquivo secreto de Sherlock Holmes

– Estou brincando, meu caro Watson. Mas vamos ao que importa. Devo confessar que o caso, que me parecia absurdamente simples, tão simples que mal merecia minha atenção, agora se apresenta sob uma luz muito diferente. Embora você tenha deixado passar tudo o que era importante, os detalhes captados por sua observação me dão muito o que pensar.

– O que foi que eu deixei passar?

– Não se ofenda, meu caro amigo. Você sabe que não é pessoal. Ninguém teria feito melhor. Mas é claro que você perdeu de vista alguns pontos chave. Qual a opinião dos vizinhos sobre esse tal Amberley e a mulher dele? Isso é de extrema importância. O que dizem a respeito do doutor Ernest? Será que ele é apenas um conquistador barato? Com suas vantagens naturais, Watson, todas as damas do bairro poderiam ter sido suas informantes. Interrogou a moça do correio ou a mulher do verdureiro? Posso vê-lo muito bem cochichando ao ouvido da jovem garçonete do bar e recebendo um monte de informações em troca. Pois bem. Você deixou de fazer tudo isso.

– Mas ainda pode ser feito.

– Já fiz. Graças ao telefone e com o auxílio da Scotland Yard, geralmente consigo obter o essencial sem sair do meu quarto. Na verdade, minhas informações confirmam a história do velho. Ele tem fama, tanto de ser avarento como de ser um marido rude e exigente. É certo que ele tinha uma grande soma de dinheiro em seu cofre. Também é verdade que o jovem e solteiro doutor Ernest jogou xadrez com Amberley e, sem dúvida, outros jogos com sua esposa... Tudo indica que estamos indo bem. E, no entanto...

– Onde está a dificuldade?

– Talvez na minha imaginação. Ora, Watson, deixe a coisa no ponto em que está. Vamos terminar este dia de trabalho com um pouco de música. Carina está cantando esta noite no Albert Hall, e temos tempo para nos vestir, jantar e nos divertirmos.

Na manhã seguinte, acordei cedo; mas migalhas de torrada e cascas vazias mostravam que meu amigo tinha acordado ainda mais cedo do que eu. Sobre a mesa, encontrei um bilhete.

Meu caro Watson,

Há alguns pontos que eu gostaria de esclarecer com o senhor Josiah Amberley. Quando isso estiver feito, poderemos desistir do caso... ou retomá-lo. Eu gostaria que você estivesse disponível por volta das três horas, porque posso precisar de você.

S. H.

Não voltei a ver Holmes antes da hora marcada. Ele entrou sério, preocupado, distante. Nesses momentos, era mais sensato deixá-lo em paz.

– Amberley esteve aqui?

– Não.

– Ah! Estou esperando por ele.

Ele não ficou desapontado, pois logo o velho chegou com uma expressão de cansaço e vergonha em seu rosto severo.

– Recebi um telegrama, senhor Holmes, que francamente não entendo.

Entregou-o a Holmes, que o leu em voz alta:

Venha imediatamente, sem falta. Tenho informações sobre sua recente perda.

Elman, no Presbitério.

– Despachado de Little Purlington, às duas e dez – disse Holmes. – Little Purlington fica em Essex, creio eu, não muito longe de Frinton. Naturalmente o senhor vai até lá imediatamente. Isso vem evidentemente de uma pessoa de responsabilidade, um sacerdote daquele local. Onde está meu índice? Sim, aqui está. J. C. Elman, mestre em artes. Reside em Mossmoor, Littie Purlington. Veja o horário dos trens, Watson.

– Há um que sai às cinco e vinte da Liverpool Street.

– Perfeito. É melhor você ir com ele, Watson. O senhor Amberley pode precisar de ajuda ou conselhos. Chegamos a um ponto crucial no caso.

Mas nosso cliente não parecia nem um pouco disposto a partir.

O ARQUIVO SECRETO DE SHERLOCK HOLMES

– Isso é um completo absurdo, senhor Holmes – disse ele. – O que esse homem pode saber sobre o que aconteceu comigo? É perda de tempo e de dinheiro!

– Ele não teria telegrafado se não soubesse de alguma coisa. Telegrafe imediatamente e diga que o senhor está partindo para Little Purlington.

– Eu não vou.

Holmes ficou muito sério.

– Senhor Amberley, o senhor causará uma péssima impressão, tanto para a polícia quanto para mim, se não seguir uma pista tão importante. Creio que não está muito interessado em prosseguir com a investigação.

Nosso cliente pareceu horrorizado.

– Oh, é claro eu que vou, se o senhor vê as coisas dessa maneira – disse ele. – À primeira vista, parece absurdo supor que esse homem saiba alguma coisa, mas, se o senhor acredita nisso...

– Acredito, sim, senhor! – interrompeu Holmes, enfaticamente.

Ele me chamou de lado antes de sairmos e me deu alguns conselhos que mostraram a importância que ele atribuía a esse passo.

– Não o perca de vista! – ele sussurrou para mim. – Se ele fugir, ou se voltar atrás, corra para o correio mais próximo e telegrafe um bilhete simples: "Sumiu". Esteja onde estiver, vou fazer com que a mensagem chegue até mim.

Littie Purlington não é um lugar de fácil acesso, por estar localizado em uma estrada secundária. A lembrança dessa viagem não é muito agradável: o dia estava ensolarado e quente, o trem andava devagar, e meu companheiro de viagem não disse uma palavra, exceto para fazer um comentário sarcástico sobre a inutilidade daquela viagem. Em frente à estação, alugamos um carro que nos levou ao presbitério, a mais de três quilômetros de distância. Fomos recebidos por um clérigo solene, imponente, quase majestoso. Nosso telegrama estava aberto sobre a mesa.

– Então, meus senhores – perguntou –, em que posso servi-los?

– Viemos em resposta ao seu telegrama.

ARTHUR CONAN DOYLE

– Que telegrama?

– O telegrama que o senhor enviou ao senhor Josiah Amberley, sobre a esposa e dinheiro dele.

– Se for uma piada, cavalheiro, é uma piada de muito mau gosto – respondeu secamente o eclesiástico. – Nunca ouvi o nome desse cavalheiro e não telegrafei para ninguém.

Eu e nosso cliente nos entreolhamos, com espanto.

– Deve ser algum equívoco – disse eu. – Há nesta região algum outro presbitério? Aqui está o telegrama que recebemos: está assinado Elman e foi enviado hoje do presbitério.

– Há apenas um presbitério, senhor, e apenas um pastor. Este telegrama é uma falsificação abominável, e a polícia será informada. Enquanto isso, não vejo por que prolongarmos esta entrevista.

O senhor Amberley e eu voltamos para a estrada, passando provavelmente pela aldeia mais primitiva da Inglaterra. Fomos ao correio, mas já estava fechado. No entanto, havia um telefone na pequena pousada em frente à estação. Consegui falar com meu amigo Holmes, que compartilhou nosso espanto com o fracasso daquela viagem.

– Muito estranho! – disse a voz ao longe. – Muito interessante! Receio, meu caro Watson, que não haja mais trens para Londres nesta noite. Infelizmente, condenei você aos horrores de passar uma noite em uma estalagem no campo. Mas há a natureza, Watson. A natureza e Josiah Amberley. E você pode estar em plena comunhão com ambos.

Ouvi sua risada quando ele desligou o telefone.

Não demorei a perceber que a fama de avarento do meu companheiro de viagem não era uma invenção. Ele não parava de resmungar sobre as despesas da viagem. Na manhã seguinte, contestou os detalhes da conta do hotel. Insistiu para viajarmos na terceira classe. Quando finalmente chegamos a Londres, era difícil dizer qual de nós estava mais rabugento.

– O senhor poderia vir comigo até a Baker Street – eu disse. – O senhor Holmes pode ter novas pistas sobre o caso.

O ARQUIVO SECRETO DE SHERLOCK HOLMES

– Se forem como a última pista, não servirão para nada – respondeu Amberley, com um sorriso de escárnio.

Mesmo assim, ele me acompanhou. Eu já havia notificado Holmes por telegrama sobre nossa hora de chegada, mas encontramos uma mensagem de que ele nos esperava em Lewisham. Essa surpresa foi seguida por outra. Descobrimos que ele não estava sozinho na pequena sala de estar do nosso cliente. Um homem impassível e de rosto sério estava sentado ao lado dele; ele tinha óculos escuros e um alfinete de gravata maçônico.

– Este é o meu amigo, o senhor Barker – disse Holmes. – Ele também está interessado no seu caso, senhor Josiah Amberley, embora trabalhemos separadamente. Mas nós dois temos a mesma pergunta para o senhor.

O senhor Amberley sentou-se pesadamente. Ele pressentiu a iminência do perigo. Foi o que eu li em seus olhos arregalados e seu semblante agitado.

– Qual é a pergunta, senhor Holmes?

– Somente esta: o que o senhor fez com os corpos?

O velho se pôs de pé com um grito. Suas mãos ossudas golpeavam o ar. Tinha ficado boquiaberto, e por um momento ele parecia uma horrorosa ave de rapina. Em questão de segundos, tivemos uma visão do verdadeiro Josiah Amberley, um demônio cuja alma era tão distorcida quanto seu corpo. Quando ele caiu para trás em seu assento, colocou a mão na boca como se estivesse sufocando um ataque de tosse. Holmes saltou como um tigre, agarrou-o pelo pescoço e dobrou-o, até o seu rosto quase tocar o chão. Uma pílula branca escapou entre os lábios do monstro.

– Sem atalhos, Josiah Amberley! As coisas devem seguir seu curso normal e regular. E então, Barker?

– Um táxi está esperando lá fora – respondeu nosso companheiro.

– Estamos a apenas meio quilômetro da delegacia. Vou acompanhá-los. Fique aqui, Watson. Estarei de volta em meia hora.

O velho comerciante de tintas tinha a força de um leão; mas, nas mãos dos dois detetives experientes, ele foi reduzido a quase nada. Por mais que lutasse, ele foi arrastado para o táxi; e eu assumi meu dever solitário naquela casa sinistra. Holmes voltou logo depois com um jovem e elegante inspetor da polícia.

– Deixei Barker cuidando das formalidades – disse Holmes. – Você ainda não conhecia Barker, Watson. É meu grande concorrente na costa de Surrey. Quando você me falou de um homem alto e moreno, não tive problemas para completar o quadro. Ele tem vários bons casos em seu currículo, não é, inspetor?

– Ele realmente interveio várias vezes – respondeu o inspetor, com alguma reserva.

– Sim, os métodos dele nem sempre são ortodoxos. Nem os meus. Mas métodos estranhos às vezes são úteis, o senhor sabe! O senhor, por exemplo, com toda aquela formalidade e aquela balela compulsória de "qualquer coisa que disser poderá ser usada contra você no tribunal", jamais teria arrancado daquele canalha o início de uma confissão.

– Talvez não. Mas teríamos conseguido mesmo assim, senhor Holmes. Não pense que já não tínhamos nossa opinião sobre o caso e que não teríamos prendido o homem! O senhor nos desculpará, se não ficamos felizes quando o senhor intervém com métodos que não podemos empregar, e nos priva do nosso mérito.

– Eu não vou tirar nenhum mérito seu, inspetor MacKennon. A partir de agora, estou saindo de cena. Quanto a Barker, ele apenas fez o que deveria fazer.

O inspetor pareceu consideravelmente aliviado.

– Isso é muito honroso de sua parte, senhor Holmes. Elogiar ou culpar provavelmente não importa para você, mas para nós é muito diferente, quando a imprensa começa a fazer perguntas.

– Exatamente. Mas, como a imprensa fará perguntas de qualquer maneira, é melhor ter as respostas prontas. O que o senhor dirá, por exemplo, se um repórter inteligente perguntar os pontos precisos que despertaram suas suspeitas e que finalmente o convenceram da realidade dos fatos?

O inspetor ficou envergonhado.

O ARQUIVO SECRETO DE SHERLOCK HOLMES

– Parece que ainda não conhecemos os fatos reais, senhor Holmes. O senhor disse que o prisioneiro, ao tentar cometer suicídio, na presença de três testemunhas, praticamente confessou que havia assassinado a esposa e o amante. Que outros fatos o senhor tem?

– O senhor já planejou uma busca?

– Três agentes estão a caminho.

– Então logo terá o fato mais óbvio de todos. Os cadáveres não devem estar longe. Vasculhe as adegas e o jardim. Não deve demorar muito para mover os pontos mais prováveis. Esta casa é mais antiga que os canos de esgoto de Londres. Então deve haver um poço abandonado em algum lugar. Tente começar por aí.

– Mas como o senhor conseguiu desvendar o crime?

– Vou mostrar primeiro como foi cometido. Em seguida, darei as explicações que são devidas à polícia e ao meu paciente amigo Watson, cuja assistência tem sido constantemente inestimável para mim. Mas, primeiro, gostaria de esclarecê-los sobre a mentalidade desse indivíduo. É bastante peculiar, a ponto de acreditar que é mais provável que aterrisse no hospício de Broadmoor do que no cadafalso. Ele possui, em alto grau, aquele tipo de espírito que caracteriza o temperamento de um italiano da Idade Média, e não de um inglês de hoje. Ele é um avarento formidável; ele se tornou tão odioso por sua mesquinhez que fez de sua esposa uma presa fácil para o primeiro aventureiro que aparecesse. Esse personagem apareceu como o médico jogador de xadrez. Amberley é excelente no xadrez, o que indica, Watson, uma inteligência capaz de elaborar grandes planos. Como todos os avarentos, ele era ciumento; seu ciúme tornou-se uma obsessão levada ao extremo. Certo ou errado, ele suspeitava de um caso de amor. Ele decidiu se vingar e projetou seu esquema com habilidade diabólica. Venham comigo!

Holmes nos conduziu pelo corredor com muita confiança, como se a casa fosse sua; e parou em frente à porta aberta da caixa-forte.

– Ave! Que cheiro horrível tem essa tinta! – gritou o inspetor.

251

ARTHUR CONAN DOYLE

– Acabamos de encontrar nossa primeira pista! – disse Holmes. – Graças ao doutor Watson, que notou o cheiro, mas não conseguiu deduzir o motivo. Foi isso que me colocou em alerta. Por que esse homem, naquele momento, estava pintando a casa? Obviamente, para mascarar outro cheiro que ele queria esconder: um cheiro culposo, que teria despertado suspeitas. Então pensei nesta sala que vocês veem, com sua porta de ferro e suas grades infalíveis: um quarto hermeticamente fechado. Conectem os dois fatos! Para onde eles levam? Só pude descobrir examinando a casa pessoalmente. Eu já tinha certeza de que o assunto era sério; porque eu havia tomado algumas informações no Haymarket Theatre (outra informação dada pelo doutor Watson, a quem nada escapa) e recebi a garantia de que nem o lugar 30 nem o 32 da fileira B estavam ocupados naquela noite. Amberley, portanto, não tinha ido ao teatro; seu álibi se desfez. Ele cometeu um grande erro ao permitir que meu inteligente amigo visse o ingresso. A questão agora era: como eu poderia examinar a casa? Enviei um agente para a aldeia mais absurda e longínqua que consegui imaginar. Ele telegrafou para Josiah Amberley, e eu o convenci a fazer aquela longa viagem. Para evitar qualquer contratempo, o doutor Watson o acompanhou. Entenderam a minha jogada?

– É incrível! – respondeu o inspetor.

– Sem o perigo de nenhuma interrupção, consegui entrar na casa. Deem uma boa olhada no que eu descobri. Estão vendo o tubo de gás, ao longo do meio-fio? Muito bem. Ele sobe pelo canto da parede, e há uma válvula aqui no canto. O tubo se estende até a caixa-forte, como podem ver, e termina em uma roseta de gesso, ali no centro do teto, onde fica escondido pela ornamentação. Esta extremidade do tubo não está obstruída. A qualquer momento, abrindo a válvula do lado de fora, a sala pode ser inundada com gás! Com a porta trancada, eu não daria dois minutos de vida para alguém preso lá dentro. Que armadilha ele usou para atraí-los? Isso eu não sei. Mas, uma vez presos, eles estavam à sua mercê.

O inspetor examinou o tubo com interesse.

O arquivo secreto de Sherlock Holmes

– Um dos nossos agentes notou o cheiro de gás – disse ele. – Mas é claro que a porta e a grade estavam abertas, e a pintura já havia começado. E depois, o que aconteceu, senhor Holmes?

– Ocorreu uma coisa que eu não esperava. Ao amanhecer, eu saía pela janela da cozinha quando senti uma mão agarrar minha garganta, e uma voz me disse: "Então, seu malandro, o que você está fazendo aqui?" Quando consegui virar a cabeça, reconheci os óculos escuros do meu amigo e concorrente, o senhor Barker. Foi um encontro curioso, e demos muitas risadas... Acho que a família do doutor Ernest pediu que ele fizesse algumas investigações, e ele chegou à mesma conclusão que eu. Por alguns dias ele esteve vigiando a casa e avistou o doutor Watson entre os visitantes suspeitos. Ele não conseguiu deter Watson naquele dia; mas, quando viu um homem escapando pela janela da cozinha, ele não perdeu tempo. Então compartilhamos nossas descobertas e passamos a investigar o caso juntos.

– Por que não contaram nada para nós?

– Porque eu pretendia realizar aquele último confronto, que acabou sendo tão conclusivo. Vocês não me deixariam ir tão longe.

O inspetor sorriu.

– Talvez não. Bem, senhor Holmes, suponho que tenho agora a sua palavra: que o senhor se afastará do caso e que irá relatar todas as suas descobertas para nós.

– Certamente. É o que sempre faço.

– Em nome da nossa Polícia, muito obrigado! O caso parece resolvido, mas ainda precisamos encontrar os corpos.

– Ainda posso mostrar um pequeno fragmento de evidência – disse Holmes. – Tenho certeza de que o próprio Amberley não viu. O segredo, detetive, é sempre se colocar no lugar da outra pessoa e pensar no que ela teria feito. Esse método requer muita imaginação, mas compensa muito. Bem, suponha que uma pessoa esteja trancada nesta pequena sala e só tenha dois minutos de vida; mas ainda quer se vingar do demônio que está zombando dela, do outro lado da porta. No lugar dela, o que o senhor faria?

Arthur Conan Doyle

– Eu deixaria uma mensagem.

– Isso mesmo! O senhor gostaria que todos soubessem como morreu. De nada valeria escrever em um papel. Seria logo descoberto. Se escrevesse na parede, alguém poderia ler. Pois bem, olhe aqui! Logo acima do rodapé, está rabiscado o seguinte, com lápis vermelho: "Nós fo…"

– E o que o senhor conclui?

– Bem. É uma mensagem incompleta, a apenas alguns centímetros do chão. O pobre doutor já estava caído no chão, morrendo, quando escreveu isso. Perdeu os sentidos antes de terminar a frase.

– Acho que ele queria escrever: "Nós fomos assassinados!"

– Eu também interpreto assim. Se o senhor puder comparar com a caligrafia do médico…

– Faremos isso, com certeza! Mas e o dinheiro? E os títulos? É claro que não houve nenhum roubo.

– Com certeza ele escondeu tudo em lugar seguro. Quando todo o caso tivesse caído no esquecimento, ele os encontraria de repente, anunciando que o casal culpado havia se arrependido e enviado o dinheiro de volta para ele…

– O senhor tem mesmo uma resposta para tudo! – disse o inspetor. – Mas o que eu ainda não entendo é por que ele foi procurar o senhor.

– Pura vaidade! – respondeu Holmes. – Ele se julgava tão inteligente, tão seguro de si mesmo, que se achava invulnerável. Então ele poderia dizer aos vizinhos: "Vejam! Consultei não somente a polícia, mas também o grande Sherlock Holmes!"

O inspetor riu.

– Vou perdoar esse seu "grande", senhor Holmes – declarou ele –, pois o seu trabalho neste caso foi magistral, uma verdadeira obra-prima!

Dois dias depois, meu amigo me entregou um exemplar quinzenal do *North Surrey Observer*. Sob uma série de manchetes extravagantes, começando com "O horror do Paraíso" e terminando com "Um brilhante sucesso policial", havia uma pequena coluna com o relato cronológico do caso. O último parágrafo era típico:

O ARQUIVO SECRETO DE SHERLOCK HOLMES

Com notável perspicácia, o inspetor MacKennon deduziu que o cheiro de tinta poderia ser um disfarce para o cheiro do gás, que tinha passado despercebido. Ele também teve a ousada dedução de que a caixa-forte poderia ser a câmara mortuária. A investigação posterior culminou com a descoberta dos corpos em um antigo poço, habilmente escondido sob uma casinha de cachorro. Este é um exemplo digno que ilustra, na história do crime, a competência de nossos detetives profissionais.

– Bah! Vamos deixar para lá. MacKennon é um bom sujeito – comentou Holmes, com um sorriso indulgente. – Mas, em todo caso, guarde este caso em nossos arquivos, Watson. Quem sabe, um dia você talvez possa contar a verdadeira história.